JN191512

1958新町組少年団

袴　克明

◆主な登場人物◆

〈新町組少年団メンバー〉

ヒロシ（前澤《まえざわ》広《ひろし》）小学六年生

晋《しん》ちゃん（泉野《いずみの》晋弥《しんや》）中学一年生

セイさん（寺西《てらにし》性海《せいかい》）少年団団長　中学三年生

ヨシさん（千田《せんだ》良男《よしお》）副団長　中学三年生

誠一さん（竹田《たけだ》誠一《せいいち》）中学二年生

中田さん（中田《なかた》勇《いさお》）中学二年生

義明さん（今田《いまだ》義明《よしあき》）中学二年生

健ちゃん（新野《にいの》健造《けんぞう》）小学六年生

マサ坊（飯塚《いいづか》正幸《まさゆき》）小学六年生

銭海《せんかい》一利《かずとし》　小学五年生

吉田《よしだ》武志《たけし》　小学五年生

泉野《いずみの》洋平《ようへい》　晋弥の弟　小学五年生

今田《いまだ》次郎《じろう》　義明の弟　小学五年生

亀田《かめだ》真一《しんいち》　小学四年生

新野《にいの》修平《しゅうへい》　健造の弟　小学四年生

斎藤繁男《さいとうしげお》　　　　　　　　小学四年生
松本正明《まつもとまさあき》　　　　　　　小学三年生
吉沢勉《よしざわつとむ》　　　　　　　　　小学二年生
飯塚義則《いいづかよしのり》　正幸の弟　　小学二年生
今井茂《いまいしげる》　　　　　　　　　　小学二年生
安田雄二《やすだゆうじ》　　　　　　　　　小学二年生
金田一郎《かねだいちろう》　　　　　　　　小学一年生
斎藤明《さいとうあきら》　　繁男の弟　　小学一年生

＝＝＝

謹一郎《きんいちろう》　　ヒロシの父
キヨ　　　　ヒロシの母
美佐子《みさこ》　　ヒロシの姉　　二十三歳
幸代《ゆきよ》　　ヒロシの姉　　中学三年生
明（村上明《むらかみあきら》）　　ヒロシの級友　　小学六年生
新野《にいの》のおじさん（新野又三郎《にいのまたさぶろう》）　建造・修平の父、町内会長

春の巻

一

その町は、遠く白山山系を発した菊水川が加賀平野を潤して流れ下り、海辺の砂丘にぶつかって北東へ向きを変えた先の河口にあった。河口の、海から五百メートルほど遡った右手に深く矩形に切り込んで船《ふな》溜《だ》まりが造られていて、その漁港が町の経済を支えている。町は北東に伸びる海岸線に平行していて、海に沿った長手方向に一千五百メートル、幅は広い所で八百メートルほどの面積に、四千人ほどの町民が寄り添うように暮らしている。

町を海と並行に北東に横断して貫く大通りが本町筋で、漁港付近の神守《かもり》町に隣接する上本町を基点に、重胆寺町、達磨寺町、本町、下本町、その先に通町と続き、本町を中心としたこの道筋が町のメイン通りとなる。六キロメートルほど離れた内陸にある城下町の金沢から、まっすぐに町へ下る往還が、町の中心となる本町に至って横断し、海にぶつかる所に秋葉神社が鎮座する。一千四百軒ほどの戸数の家々は三十の町内会に分かれ、それぞれ本町筋から海岸に向けてほぼ並んで区分けされてあった。

家々は狭い路地に肩を寄せ合うように造られ、幸い戦災などに遭わなかったため、古くは江戸時代末期、主に明治時代末から大正、昭和初めのころに造られた家屋敷が建ち並ぶ街並みは、古い日本の小さな湊町の典型的な佇まいだ。町の名は「宮腰《みやこし》」と呼ばれ、藩政時代には年貢米の積出港として藩の蔵屋敷が置かれ、北前船が出入りする栄えた湊町だった。しかし、今は静かな漁師町となり、それに関連する商家や職人たちの町であり、金沢市内へ働きに行く勤め人の住む町ともなっている。かつての商港としての繁栄を伝えるのは、菊水川から引かれた木曳川という運河に沿って多くの材木問屋が並ぶことで、彼らと船持ちの網元、さらにこの地方の地場産業である撚糸やメリヤスなどの繊維関連の工場主が、この町を差配し支える有力者となっている。

冬には、海から吹き付ける北の季節風が荒れ狂い、長く暗い天候の数ヵ月が過ぎると、この町にも穏やかな陽光の射す春がやって来る。そんな四月一日は、「新町《しんまち》組少年団」の新年度が始まる日だ。「新町」は、本町筋と直行して海岸に伸びる道筋に四十軒ほどの家々が軒を連ねる町内会で、昭和三十三（一九五八）年のこの日、二人の新入生を迎えた新町組少年団は、総勢二十三人で始まった。

金沢市の城下から海へ直角に下った宮腰往還が、本町筋を横断して海岸に至る道筋が味噌蔵町で、味噌蔵町と本町筋に屋敷を構える商家が、かつてはこの町の有力町人だった。味噌蔵町の海に向かって左側に横本町が平行して並び、さらにその左隣が「新町」、そして今宮町、長浦町、海龍寺町と続いて菊水川の岸壁となる。菊水川に面した海龍寺町辺りには、藩政時代に御舟小屋という藩主の御召船の収納施設があり、宮腰町奉行のもとで御舟手裁許の指揮下に御船手足軽と呼ばれた七十人ほどが一番町・二番町・三番町に分かれ、その管理や訓練を行っていた。味噌蔵町と横本町が海岸に突き当たった浜辺に松林に囲われて秋葉神社の古寂びた御社が鎮座し、道路を挟んだ向かい側には船乗りたちが勧請した金毘羅神社の小さな御社が建っている。

秋葉神社は、創建年代は不詳ながら、文永年間（一二六四〜一二七五年）に加賀守護・富樫《とがし》氏によって設立されたと伝えられる。この時代、諸国に大火が多く発生したため、鎌倉幕府は遠江《とおとうみ》の秋葉神社（岐気《きへの》保神《ほのかみ》）へ畠山氏某と冨樫氏某を派遣し火を鎮める祈願をしたが、使者である冨樫氏某が加賀守護・冨樫氏の一族であったことから、この地に秋葉神社が勧請され鎮火社と号したのが起源とされる。その当時、この郡一帯には火伏せの神はおらず、秋葉神社は江戸期の加賀藩主・前田氏に至るまで長くこの地方の鎮火社として崇敬を集めてきたのだ。

秋葉神社の左手に、海からの高さが十二メートルほどの丸い砂山があった。「日和山」と呼ばれるその砂山の頂きには灯台があって、港に出入りする漁船や沖合を通る船舶の安全を守っている。そして日和山は新町組少年団の縄張りで、活動拠点の一つなのだ。

昭和三十三年四月一日午前十時、新町組の少年たちは皆、日和山の頂きに集った。四月一日が少年団の新しい年度の始まりなのは例年通りで、朝十時に日和山に集合することは、伝令役の晋ちゃんからヒロシにも伝えられていた。前日まで曇り空が続き、夜半には雨も降ったが、有難いことに天気は回復しつつあった。その日の朝は、灰色の筋雲が空に幾筋もかかってはいるものの、南東遠く白く輝く白山山系から昇った朝日が、集った少年たちに明るく降り注いでいた。

新町組少年団の団長・セイさんは、もう一時間も前に来ていて、灯台を囲む白い塀の正面でみんなを待っていた。セイさんは、本町筋から八十メートルほど町内へ入った右手にあるお寺の生まれで、本名・寺西性海。宮腰中学の三年生で、背丈は百七十センチメートルを優に超え、文武両道、中学一の秀才と聞こえ、陸上の中距離走の選手として金沢市中学校運動大会で優勝の実績を持つ。将来は寺の跡を継いで僧侶となるのだろう。その寺の名は浄土真宗大谷派妙専寺。道路に面して南北に十五間（一間は約一・八メートル）、奥行は東西二十三間ほどの敷地で、周囲を瓦屋根を架けた白壁の土塀で囲っていて、寺の境内も少年団の活動拠点の一つとなっていた。

　セイさんと共に少年団を支えるのは同学年の千田良男。町の子供たちからはヨシさんと呼ばれ、彼もスポーツ万能で中学校軟式野球部の選手として活躍し、学業もセイさんに劣らぬ優秀さと聞こえた。ヒロシの家の細い道路を挟んだ向かいに家があって、年老いた漁師の息子で家は貧しく見えたが、明るい笑顔の絶えない清々しい少年だ。

　中学二年生の団員は竹田誠一、中田勇、今田義明の三人。誠一さんは、本町筋を曲がる角地に店を張る衣料・呉服用品店の息子で、口数の少ない物静かな少年だが、言葉を発すれば緻密に熟慮されたもので、智将か軍師を思わせる雰囲気がある。中田さんは、数年前に金沢からこの町内に移って来た金沢市役所に勤める役人の息子で、いつも身なりが清潔できちんとしていて、どこか都会的な雰囲気を漂わせている。父親は部長クラスの幹部職員らしく、家は裕福に見えた。義明さんは左官屋の息子で、頑丈そうな身体を持ち、四角い顔に笑顔を絶やさない優しい少年だ。すでに父親の左官作業を手伝っていて、将来は一流の左官職人になるという。

　中学一年は泉野晋弥、通称晋ちゃん一人のみで、彼は少年団の伝令役を務めている。小柄だがスポーツ万能で、頭の回転が速く行動が軽やかだ。父親の仁蔵は名の知れた大工の棟梁で、漁港近くに材木の加工場を持ち、謡《うたい》の師匠としても有名だ。

　小学六年生は新野健造と飯塚正幸、そして「ヒロシ」こと前澤広の三人だ。新野健造・通称健ちゃんは、小柄で目立たない性格だが、粘り強く何事も嫌がらず率先して動く。健ちゃんの父親は又三郎といい、ヨシさんの父親と漁師仲間だが、比較的大きな船持ちの網元で、新町組町内会の会長を務めている。

ヒロシたちは「新野のおじさん」と呼んでいた。飯塚正幸・通称マサ坊はポンプ屋の息子。父親は浜際の土地に倉庫を兼ねた修理工場を持ち、金沢市の近郊にようやく整備が始まった上水道の配管工事で会社は繁栄していて、町内一、裕福な家ではないかと噂される。みんなから親しみを込めてヒロシ、あるいはヒロちゃんと呼ばれたていた前澤広は、色は白かったがガタイが大きく喧嘩や相撲が強くて、影で呼ばれた渾名《あだな》は「白熊（シロクマ）」だ。ヒロシの父親は魚の漬物屋を営んでいる。

小学五年生は、銭海一利、吉田武志、泉野洋平、今田次郎の四人。一利は、幕末にこの町で一世を風靡《ふうび》した豪商の末裔《まつえい》で、家はヒロシの家の斜め向かいにあり、父親は加賀友禅の染物職人だ。武志は、古くからの資産家の家柄で、父親は金沢市郊外にある大手紡績会社の技術者で取締役も務める。色が白く小柄で内気、どこか弱々し気に見え、少年団の活動にはヒロシたちが声を掛け誘い出すことも多い。洋平は晋ちゃんの弟で、活発なやんちゃ坊主。次郎は義明さんの弟で、敏捷で利発そうだ。

小学四年生は亀田真一、新野修平、斎藤繁男の三人。真一は妙専寺の前にある八百屋の息子、修平は健ちゃんの弟だ。繁男は金沢市郊外の機械メーカーに勤める機械工の息子で、物静かだが行動力があるように見える。

小学三年生は松本正明と吉沢勉の二人。正明は、海岸へ向かう道の中央辺り、本町筋に平行して走る細い道が交差する十字路の角にある魚屋の息子、そして勉は、まだ若い大工の一人息子だ。小学二年生には飯塚義則、今井茂、安田雄二の三人がいて、義則はマサ坊の弟だ。茂は、金沢の信用金庫に勤める銀行員の息子で、雄二は、若いが腕がいいと評判の建具職人の父を持つ。

「みんな集まったかい？　おはよう！」

団長のセイさんが嬉しそうに大きな声を掛けた。横に並んで立つ副団長のヨシさんも、みんなの顔を見ながらにこやかな笑顔だ。

「今日から新しい年度が始まります。今年の新入生は二人で、もう知っていると思いますが、金田一郎君と斎藤明君です。前に出て！……さあ挨拶！」

緊張に顔を赤らめ、二人並んでぴょこんと頭を下げた新入りの二人は、今年、宮腰小学校へ入学する。一郎は、町の近郊にある撚糸工場の技術屋の息子で、明は繁男の弟だ。二人とも刈り上げたばかりの青々とした坊主頭が朝日に照らされ初々しい。この町では、小学校へ上るとほぼ全員が髪を丸坊主に刈り上げるのが習わしで、これが、幼年から少年へと脱皮し成長した証となった。

少年団は男児のみで構成され、やがて中学や高校を卒業し社会人となれば、今度は町の青年団の一員となる。青年団は古くよりこの宮腰の町を運営する有力な組織の一つで、西日本の湊町で多く見られる青年組織「若衆宿」の伝統が伝わって出来たものなのだろう。消防団や夏祭りの運営など様々な社会奉仕活動の中心となり、この地域社会を支えている。

「さてと。それでは毎年恒例の新入生の儀式、灯台の塀の上を歩いて渡る儀式を行います。危ないと思ったら、手を繋いでもらってもいいからね」

と、セイさんが言う。

日和山の頂きにある灯台は、一辺が十五メートルほどの木製柵の塀で四周が囲われている。塀の高さは一・五メートルほどで、二・五メートルほどの間隔で立てられた角材の支柱で支えられ、頂部に幅二十センチメートル・厚さ十五センチメートルほどの笠木を巡らせている。新入生はこの笠木の上を、塀の一辺である長さ十五メートルほどを歩き渡ることになる。塀の支柱の間には太い縦格子の木柵が地上三十センチメートルの高さまで嵌められていて、外部と灯台敷地とを隔てている。灯台は、この木柵の塀も含めてすべてが白く塗られていて、日和山の斜面に生茂る低い緑の灌木の林の上に白く輝いて屹立し、新町組少年団の誇りでもあるのだ。

宮腰灯台は、明治三十（一八九七）年八月に建設され点灯が開始された。町の歴史を伝える町誌には、「北緯三六度三六分、東經一三六度三六分の地點。構造白色八角形木造。等級及燈質不動白光、電燈。明弧三三度北（三九度東）より二二一度南（三六度西）迄。燈高、基礎上五米一、平均水面上一八米二。燭光一〇〇。光達距離九浬。管理者町長、看守長一名、看守一名」と記される。灯台は、石積みで固めた基礎の上に高さ五・一メートルで建てられ、海面からは平均して十八・二メートルの標高で電燈の白光を放っていた。建物本体である灯塔は四角形で末広がりに造られ、その壁面は細い横板が並んで張られている。上部の四角形の踊り場の点検用床の上に造られた八角形の灯室は、その中の電燈が点滅しながら燭光一〇〇の白光を放つ。灯室の屋根は丸いドームの尖がり帽子のような形で、頂部にさらに小さな丸い屋根がちょこんと顔を出して乗っかっている。昔は横に灯台守の詰める建屋もあったらしい。夕刻のとばりが落ち始めると点灯し、規則正しく海に向かって光を放ち始めると、夕闇に点滅するその灯りは浜辺に遊ぶ子供たちに家へ帰る刻限を告げるのだ。今に残れば、明治の木造洋式灯台として貴重な文化遺産になったであろうが、空しく失われて、日和山さえ削り取られて平坦地となり、その跡形もない。

新入生の儀式には、灯台右手横の塀の一辺が選ばれ、その角に梯子《はしご》が架けられた。少年団員たちはその塀の両側に等間隔に立ち、塀頂部の、地面よりの高さ一・五メートルの笠木の上を歩く新入生を見守った。まず金田一郎が梯子に手を掛けた。すばしっこそうな彼はするすると梯子を上り、笠木の上に立つと、両手を広げて慎重に渡り始めた。口を真一文字に噛み締め、笠木を見つめながら歩く一郎を、両脇に集まった少年たちが見上げながら、「がんばれ！　ゆっくり、ゆっくり！」などと声を掛けて励ます。どうやら前もって練習していたらしい彼は、余裕を持って渡り終えた。次は斎藤明の番だ。同期の一郎より少し小柄に見える明を心配して、兄の繁男が手を差し延べたが、「一人で歩く！」と、その手を払い除けた。決死の青白くなった顔で、目だけ見開いて、明は笠木の上を慎重に歩いて行く。塀の反対側の角に辿り着いた時には見守る少年たちから拍手が起こり、地上に降り立った彼を繁男が抱き締めた。

　恒例の新入生歓迎の通過儀礼を無事に終え、少年たちは町内会の集会場「新町クラブ小屋」に移動した。新町のクラブ小屋は、砂浜に面した道路の左脇にあって、簡素な木造の平屋だが、夏祭りの曳山《ひきやま》山車《だし》を格納するため、建物自体は高く造られている。正面の引き木戸を開けると幅一メートルほどのコンクリート土間があり、その先の板敷きの広い部屋は町内のあらゆる相談事が話し合われる集会場となっていた。その左手は広いコンクリート土間で、夏祭りの曳山山車と春祭りに使われる小さな太鼓台の曳山が置かれている。板敷きの部屋の床に座った少年たちを前にして、セイさんがこう話し掛けた。

「それでは、みんな、これから今年の少年団の大体の行事の予定を話します」

　セイさんが持ってきたメモをもとに、書記役の誠一さんが、部屋の正面の板壁に吊るされた黒板に白墨で今年度の行事予定を書き込んだ。まず四月すぐに浜の清掃作業、五月は宮腰湊神社の春祭り、夏休み最初の十日間は朝の体操会、八月一日から三日までの宮腰湊神社夏の例大祭、そして八月末の中学生を中心に大人も参加する町内野球大会など。秋、十月初めには少年団恒例の冒険旅行、十一月には妙専寺で行われる御報恩講への希望者による参列、冬になれば、お正月の集会や二月の旧正月に行われる「少年カルタ取り大会」等々と、準備も含めれば結構忙しい行事が続くのだ。

「ええーっと、ここに書いてあるように、いつもと同じような行事の予定です。全部に参加することはありませんが、なるべく来てくださいね。あの、特に春祭りと夏祭りは、準備やすることが多くて、みんなに出てほしいんです。何か質問がありますか？」

誰からも質問はなく、最後にヨシさんがこう告げた。

「それでは、明日、浜と日和山の掃除をします。今日と同じように朝十時に浜に集まってください。ほうきや熊手はここにも少しありますが、なるべく家から持って来てください。そんなに時間は掛かりません。午前中には終わる予定です」

みんなが解散しようとした時、セイさんが声を掛けた。

「あー、そうだ。浜の掃除が終わった後、みんなに相談があるんです。前から考えていたんだけど、このクラブ小屋を少年団の砦にしようと思うんだ。賛成してくれて、一緒にやってくれる人だけでいいんだけど、明日の昼に残ってもらいたいんです」

すぐに賛同して手を上げる者もいたが、ヒロシは何のことだかよくわからず、そのまま自宅へ引き上げることにした。

ヒロシの家は、町内中央を本町筋に平行して走る細い道路に面してあり、すぐ先が横本町との境の十字路となる。町の道路は、宮腰往還や本町筋の大通りは四間五尺の道幅で、一番細い路地になると二間幅。

新町の海浜に向かうメイン道路は幅三間三尺で造られていたが、そこに直行する狭い二間幅の路地に面してヒロシの家があった。家は切妻造の二階建て、幅が三間、奥行き十二間ほどの細長いうなぎの寝床のような敷地で、隣の家とは軒がくっつき、互いにもたれ合うように建っている。平入り正面に硝子格子戸の玄関を持ち、屋根は、道路に面した正面を黒く光る能登瓦で葺いているが、裏側は昔ながらの板葺で、敷き並べた杉板の上に横桟の細い角材を置き、その上に抑えの丸石を並べて置いている。この古い町には、旧藩が許可した町域に多くの家々が小さな間口でひしめくように建っている。それは、お上に支払う税金が表に面した家の間口の広さで決まるため、町内の家屋はどれも狭い間口に奥行きが長く、全国で見られる町人たちが住む町家の特徴そのものの姿なのだ。

ヒロシの父は謹一郎といい、明治三十九(一九〇六)年生まれの五十二歳。魚の漬物職人で、自身で魚の漬物屋も営み、屋号は「分銅屋」という。ここは昔から商人の住む町で、ほぼすべての家が屋号を持っている。明治時代に入って名字を名乗ることが許されたが、まだ互いの家を屋号で呼び合うことが多い。菊水川近くの長浦町の浜際に漬物の作業小屋があり、謹一郎は、近海で豊富に獲れる魚を使った「こんか漬け」や「粕漬け」を作る。ヒロシの母の名はキヨ、四十九歳。働き者で、この日、ヒロシがお昼に帰った時も、漬物小屋へ作業に行っていて留守だった。次姉の幸代が二階から降りて来て、母が作り置いた昼食のおかずを卓袱台に並べ、一緒に食べようとヒロシに声を掛けた。幸代は宮腰中学三年生で、高校へ進学させて貰えるかもしれないと勉強に励んでいる。

午後六時を過ぎると、夕食の時間が始まる。茶の間の丸い卓袱台の上には港に上ったカレイやイカの煮付、加賀レンコンやツルマメと、ジンブと呼ばれる車麩の煮物、大根の浅漬けなどが並んだ。食卓を囲んで謹一郎を中心に、キヨ、ヒロシ、幸代が並び座る。長姉の美佐子はまだ帰宅していない。今年二十三歳になる美佐子は地元の漁港に勤めていて、年度初めの今日は事務作業が忙しく残業で遅くなるという。さっと素早く食事を終え、二階の部屋へ引き上げる幸代を見送りながら、キヨが、晩酌の二合徳利の酒をちびりちびり飲む謹一郎に話し掛けた。

「幸代のことだけど、前にも話した通り、何とかがんばって高校へ行かせてあげたいの。この前、期末の参観日に行って父兄面談に出たんだけど、担任の松田先生がね、ぜひ高校へ進学させてやってくださいって、何度もおっしゃるのよ。県立商業はもちろん、県立N高校も充分大丈夫ですって。本人も行きたがっているのよ」

黙って酒を飲んでいる謹一郎に向って、キヨはさらに続けた。

「美佐子だって高校に行きたかったのに、お父さんが反対したから。女は中学でいいって言うから。……今になって美佐子が言うの。後から入って来た高校卒業の女の人が、自分より出来るように見えて、肩身が狭いって。……女だって高校ぐらいは出なきゃあならない時代なのよ」

「うん。……考えておくよ。うーん、何とかせんにゃ、ならんかの」

謹一郎はひとりごとのような小さな声で応えた。

確かに、これまで町のほとんどの女性は、中学を卒業すると、どこかの大きな御屋敷に奉公に出るか、商店にでも勤めて、裁縫などの習い事を身に付け、早々に御嫁に行くのが常だった。これからはそんな時代ではないことは、謹一郎にもわかっていた。ただ、魚の漬物の売り上げは年々落ちてきていた。市や町などが主催する食生活改善運動が浸透し始め、魚の漬物など塩分の濃いものを多く摂取する食事は敬遠され、ハイカラな洋風の献立がもて囃されてきている。すでに幾つかの漬物屋が廃業していて、分銅屋の経営も年毎に厳しくなっていた。数年前までは漬け込み作業の最盛期となる六月には臨時に人も雇っていたが、漬け込む魚の量も大きく減って、家族だけの作業で完了できるほどになっている。このため、漁港のセリ市場で魚の仲買の仕事もする謹一郎は、競り落とした魚を自転車に積んで、近在の村々に行商に出て稼がなければならなくなっていたのだ。

翌朝十時に、ヒロシは家にあった竹箒を持って浜へ出掛けた。もうみんな来ていて、ヒロシが一番遅かった。セイさんが、みんなを二班に分け、一組は日和山、もう一組は浜辺の掃除となる。日和山の下に広がる砂浜は、菊水川が長い年月を掛けて運んだ砂が堆積して出来たもので、北東に能登半島に向け緩やかな弧を描いて続いている。海に平行になだらかな砂丘が続き、所々に防砂林の黒松が植えられていて、その白砂青松の砂浜を、若き日の室生犀星はこう詠った。

「砂丘の上」
渚には蒼き波のむれ
かもめのごとくひるがへる
過ぎし日はうすあをく
海のかなたに死にうかぶ
おともなく砂丘の上にうづくまり

海のかなたを恋ひぬれて
ひとりただひとり
はるかにおもひつかれたり

（『室生犀星詩集』岩波文庫）

金沢の長町高等小学校を中退し金沢地方裁判所に給仕として就職した犀星は、明治四十二（一九〇九）年、この町の登記所に転任してきた。町外れの小さな尼寺に住み、たった十ヵ月間ほどの滞在ではあったが、彼はここで、私生児として生まれた自らの生い立ちに悩みながら、自身の生き方を模索する十九歳の多感な青年時代を過ごした。そしてこの町で、後に『抒情小曲集』となる詩作の草稿を練り、やがて東京へと旅立って行く。この砂浜は、詩人・室生犀星の出発点となった場所なのだ。

広々としたこの砂浜は子供たちの遊び場であったし、夏ともなれば浜茶屋が並び、金沢から多くの海水浴客がやって来るので、浜に面した町内がそれぞれの区画の浜の掃除を分担して行うのだ。冬場の荒れる海から流れ着いた流木やゴミが波打ち際に広く積み重なっていて、それらを拾い集めるための藁《わら》を粗く編んだ筵《むしろ》が配られた。ヨシさんが浜の一ヵ所を指差していう。

「みんな、集めたゴミをここに持って来て！」

小高い砂丘の日和山から斜面が一気に浜に下りていて、その先に幅が五十メートルほどの広い砂浜が海に向かって伸びている。日和山の斜面には、砂の飛散を止めるためウバメガシなどの低い灌木が植えられ、その中にはハマグミも生えていて、秋ともなればその赤い小さな実が子供たちのおやつとなる。砂浜や日和山から集められた流木やゴミは一ヵ所に山のように積み上げられ、ヨシさんによって火が付けられた。冬の間の荒れる海の波浪に打ち上げられる流木は多く、川から流れ出た下駄やサンダルの片割れといったゴミも白い炎を上げて燃え上がった。遥か遠い山の森から流れ着いたクルミの実も結構多く、これは少年たちみんなで分け合うことにした。この広い砂浜は子供たちの遊び場であり、相撲を取る場所でもあり、ソフトボールや近頃ようやく道具が揃い始めた軟式野球の練習の場ともなるのだ。

町内会長の新野のおじさんもやって来て、焚火の傍に陣取り、火の燃え具合を見守っている。新野のおじさんは尋常小学校を出てすぐに父親の船に乗った叩き上げの漁師だ。長い間の潮風と強い日差しに鍛えられた身体は赤銅色《しゃくどういろ》に輝き、深く刻まれた額の二本の皺の下に、どこか可愛い丸い目を見開いている。漁に出る時は厳しい面差しを見せる彼も子供を見る目は優しくて、木切れやゴミを集めて持って来る子供たちに、「みんな、御苦労さん!」と、ねぎらいの言葉を掛けていた。

燃やした火の始末を終え、春の大掃除を終えると、昨日のセイさんの呼びかけに応じた子供たちがクラブ小屋に集まった。一応、小学四年生以上の希望者とされ、誠一さん以下、八人が参加した。ヨシさんは中学校野球部の練習があるからと帰って行った。

クラブ小屋の板の間に座った少年たちに、セイさんが改めて「クラブ小屋要塞化」のプランを説明した。要塞の名は『新町組砦』で、少年団の常設の基地にするという。クラブ小屋には梯子を掛けて上り下りできる簡単な板敷きの中二階がある。そこには夏祭りの山車の上に乗せる大きな人形や飾付が保管され、さらにたくさんの藁の筵の束が積み上げられていた。藁の筵は冬の間、厳しい北風が吹き上げる浜砂や潮風の害を防ぐため、各町内が総出で浜際に海に沿って高さ三メートルほどの防砂壁を作るのに使われる。防砂壁は、等間隔に立てた太い丸太の支柱に竹竿や丸太を渡し、そこに粗く編んだ藁の筵を張って荒縄で括り付けて設置されるのだが、三月末には解体されて、その筵の束が小屋の中二階と、その上の天井裏に板を渡した置場の空間に置かれているのだ。

セイさんの計画は、その筵の束を利用して要塞を造るというものだ。セイさんの指導のもとに中二階と天井裏の筵束が、配置を変えて積み上げられた。翌日はヨシさんも加わり、昼前には『新町組砦』は完成した。壁がなく玄関から丸見えの中二階の前面に筵束を積み、その背後に筵を広げて敷いて、この夏にはそこに泊まり込んで野営をする計画もある。さらに、中二階と天井裏の三階の間に梯子を固定し、三階からは山車を曳く太いロープが吊るされて、一階板の間に一気に降りる訓練をするのだ。『新町組砦』の建設と訓練には、最終的に小学四年生以上の全員が参加し、三年生の松本正明や、二年生の飯塚義則も兄の正幸に連れられて時折見学にやって来た。

新町組砦での訓練は、一階の板の間から四角い柱をよじ登って中二階に行き、さらに音を立てずに梯子で屋根裏の三階に登って、そこから一気にロープで地上の板の間に帰るルートの速さを競ったり、中二階・三階の陣地に密かに潜んで玄関に現れる者を監視したり、さらに三階から見下ろせる窓越しにクラブ小屋の外部を偵察するといったものだ。砂浜や日和山で遊び回った少年たちは、中二階の板の間に敷かれた砦の筵に寝そべって眠ったりもした。その年は四月七日に新学期が始まったが、土曜日の放課後にはほとんどの子供がやって来て、この砦を起点にソフトボールやかくれんぼなどの遊びを楽しんだ。また、緑色の塗装が剥げかかった古ぼけた卓球台で、いつもそこに置いてあった、薄いラバーを張ったラケットとピンポン玉で試合が行われたし、板の間では、少年たちの間で「ウマ」と呼ばれていた馬乗り遊びが、メンバーが十人も集まれば二手に分かれて盛んに行われた。

悲劇はすぐにやって来た。四月末の日曜日、砦三階からロープを下る訓練をしていたマサ坊が、ロープから手がはずれ落っこちてしまったのだ。うずくまって動けなくなっていたマサ坊を、みんなで一階の板の間に寝させて介抱すると、やがてマサ坊は立ち上がり、元気な様子を見せて他のみんなを安心させた。そして足を引き摺りながらも一人で歩いて家へ帰って行ったのだが、その夕刻、足首が腫れ上がったという。味噌蔵町にある医者に見せると、骨には異常はなく単なる打ち身と診断され、シップに包帯を巻かれて安静にしているよう指示された。そして、その夜、マサ坊の母親が、町内会長の新野のおじさんに訴え出た。「うちの子が、危険な目に遭った」と。

マサ坊の母は金沢市内のさる名家の出で、女子師範を卒業した知的で活発な人だった。町内の会合や少年団の話し合いなどほとんどに顔を出し、歯切れの良い意見を述べる。翌月曜日の夜、セイさんやヨシさんなど主要なメンバーと、マサ坊と一緒に遊んでいた同級生のヒロシたちもクラブ小屋に呼び出された。二階・三階に設置された『新町組砦』の要塞を見廻った後、新野のおじさんはニヤリと笑い、それから厳しい表情になって、みんなに告げた。

「ようこんなもん、作ったもんやの。ダラなことをしてしもうて。……今日はもう夜遅いさけ、今度の日曜日でいいから、片付けて元のまんまに戻さんな、いかんよ！　それから、正幸君の足は大丈夫やから、心配せんでええ」

翌週の日曜日、少年団は総出でクラブ小屋の要塞を解体し、筵束などを元に戻して片付けた。『新町組砦』は、わずか一ヵ月足らずの運命で潰え去ったのだ。

二

毎年五月十五日・十六日は宮腰湊神社の春祭りだ。宮腰往還がこの町に入る五百メートルほど手前の左手の田圃《たんぼ》の中に、鬱蒼とした社叢の森に囲われて鎮座する宮腰湊神社は、宮越の町のみならず近郷の村々の総鎮守で、古くからの格式を持つ延喜式内神社だ。宮腰往還は、元和二（一六一六）年、加賀藩三代藩主前田利常により金沢城から宮腰までを直線で結ぶ道路が計画されたことに始まる。近郊の村々から人々が駆り出されて手に松明《たいまつ》を持ち、金沢城内の極楽橋から見渡すその松明のかがり火が一直線上になるように馬による伝令が走り、このかがり火による縄張りで宮腰往還は造られたと伝える。宮腰の町は、利常の時代に藩の外港として整備が進み急速に発展した。金沢城下の街の建設用木材や、米・塩・薪炭・肥料など大量の物資がこの湊から輸出入され、輸送や取扱いに多くの人出が必要となった。近在の村々から出稼ぎに来ていた人々はやがてこの地に住み付き、また船大工の番匠など様々な技術を持った他国の人々も、越前や出雲・越後・松前・播磨・泉州などからやって来て住み付いて、多くはその出身地や職業などの名を屋号とした。

菊水川は、往時は河口付近で大きく蛇行し、幾度もその流路を変えていたが、河川改修され現在の流れとなり、そこに港が整備された。そして大正三（一九一四）年には、宮腰往還の道路に沿って電車が開通し、金沢の街と繋がれることになった。

宮越湊神社は宮腰往還の金沢に向かう右手に面して、高々と立つ巨大な石の鳥居を建てていて、そこから直角に伸びる参道を百メートルも行くと、神社の広い境内を横切って流れる木曳川にぶつかる。参道は幅四間ほどで、左右には古くより氏子たちが寄進した石灯籠が立ち並び、春四月ともなれば、参道両脇に植えられた桜並木の花吹雪が舞う。木曳川に架かる橋を渡った先の参道T字路を左に曲がり、右手に回り込むように進むと神社の正面入口に至る。木曳川は、藩政初期に初代・前田利家が、金沢城の城普請のために大阪から琵琶湖を通し敦賀を経て宮腰に荷揚げされた木材や物資を城下に運ぶために造らせた古い運河だ。その運河を遡って運ばれた材木などは、金沢城下・香林坊近くの河原に陸揚げされ、それら資材でお城や武家屋敷など城下町が建設された。静かに流れる木曳川は、往時、行き交う舟や作業人夫で大いに賑わったのだ。

神社は社叢の深い森の木立に囲われ、木曳川から引かれた石積護岸の掘割が境内を取り囲み、そこに架かる石橋の先に神社の表門が建っている。表門は切妻造、銅板葺の八脚門。左右の縦桟の格子戸を嵌《は》めた房の中に、黒と緋色の武官束帯を身に付けた古寂びた随神像が手に弓矢を持って訪れる者を睨んでいる。随神門をくぐって境内へ入るとまっすぐ石畳が伸びていて、その先で参道はT字路となる。T字路をそのまま進めば昔は拝殿であったという宝物殿の建屋が建ち、神社伝来の宝物を納めている。寛文三（一六六三）年に造営された、間口八間に奥行四間の細長い建物で、大和の大神神社《おおみわじんじゃ》の社殿に似た建築様式であってその関連が注目されている。T字路を右折すれば石の鳥居が立ち、その先の長々と伸びる石畳の奥に神社本殿が鎮座する。随神門を入った境内左手の砂利敷きの広い空地には、古い格式を誇る能舞台が建っていた。

宮腰湊神社の春期例祭は、能舞台で行われる神事能が最も重要な奉納神事となる。その起源は戦国時代末期に始まる。天正十一（一五八三）年、賤《しず》ヶ岳《たけ》の戦いの後、羽柴秀吉から加賀国二郡の加増を受けた藩祖・前田利家は、旧暦四月二十八日、能登国七尾から宮腰湊に上陸し、金沢の小立野台地の先端にある尾山城へ入城した。尾山城は、加賀一向宗の本拠として造られた浄土真宗の尾山御坊に始まり、これを滅ぼした織田信長の命により佐久間盛政がその跡地に築いた平山城だ。利家は加賀国入りの時、この湊町の守護神である宮腰湊神社に参拝したが、戦国の世に荒廃した神社を見て心を痛め、天正十四（一五八六）年、復興のために田地二町と氏子十五ヶ村を寄進した。そして、地元民衆の産土氏子《うぶすなうじこ》としての結束を固めるため、神社へ奉納する神事能を催すことを命じたのだ。初めは能舞台などなく、地面に敷き並べた敷物の上で猿楽能が演じられ、定められた席割で各村々の代表が観劇したという。ただ、この神社には古来四度の祭礼があり、そのうちの旧暦四月十五日には、神前に舞楽を奉じる神事が古くより行われていて、それが神事能の原初の起源とされる。古くからの湊町のため、日本海を航行する廻船によって諸国の人々が出入りし、様々な芸能もいち早くこの町にもたらせていた。

　中世・室町期に流行した幸若舞『信田《しだ》』の主人公・信田小太郎《しだのこたろう》も人商人により越前・敦賀から売られてきてこの地に住んだと伝承される。さらに、江戸歌舞伎の名跡となる初代中村歌右衛門もこの地に生まれた。彼は、正徳四（一七一四）年、金沢の医師・大関俊庵の子として生まれ、本名は榮蔵《ひでぞう》、幼名を芝之助といった。子供のころから無頼で芸事の好きな数寄者であったとされ、享保十五（一七三〇）年ころから旅役者の一座に加わり、やがて上方へ出て初代中村源左衛門の門人となり中村歌之助を名乗る。中村歌右衛門と改名したのは寛保元（一七四一）年ころで、屋号は生国である「加賀屋」を名乗り、実悪の名人と賞された。宝暦七（一七五七）年三月、江戸に出て市村座で四代目市川團十郎と舞台を共にし、このとき以来、二人は終生変わらぬ友情を育んだ。四代目のときに中村歌右衛門の屋号は「成駒屋」となるが、これは初代と團十郎との絆を記念して市川團十郎の屋号「成田屋」の一字をとったものだ。

神事能は、二代藩主・前田利長のときに大きく進展する。慶長九（一六〇四）年、関ヶ原の合戦での勝利の報賽として、利長は神社本殿の修復と拝殿の建立をすると共に能舞台と楽屋を造営し、これより神事能が毎年正式に藩の保護のもとに演じられることになった。能舞台は、万治元（一六五八）年、寛文元（一六六一）年と藩の援助のもとに修復が行われたが、寛文五（一六六五）年以降は宮腰の繁昌により、船手から能入用資金を奉加させることになり、神事能の興行は藩から産土氏子の村々の興行するものになっていった。

神事能は、当初は金春流で演じられた。前田利家は、豊臣秀吉が取り立てた金春流を自らも贔屓《ひいき》にし、利長、三代利常にと引き継がれた。能舞台を造営した前田利長の宮腰湊神社に下した下知状にはこう書かれる。

今度合戦勝利之為二報賽一、能美郡小松邊罷在候諸橋を以、寺中さらたけ明神神事大夫として、
毎歳能可二興行一候。仍如レ件。
慶長八年八月六日　　利長　在判

ここに記される諸橋大夫は金春流の能楽師で、中世の頃に京より能登国鳳至郡諸橋村に来て諸橋氏を名

乗った。やがて加賀国の守護であった冨樫氏に仕え、城下である野々市に住んだが、後に前田利家に見出され能楽師として加賀藩に仕えることになる。加賀藩の能が宝生流になったのは、五代藩主・前田綱紀の時代。綱紀は学問好きな江戸幕府五代将軍・徳川綱吉に寵愛されたが、綱吉が宝生流の能を好んだため、彼は四十四歳にして始めて能を宝生九郎に学ぶことになり、これより加賀に宝生流が隆盛することになる。この時、諸橋氏の当主であった諸橋喜大夫は、綱紀の命により貞享三（一六八六）年閏三月、江戸表に於いて宝生大夫に入門して宝生流を学び、爾後、諸橋家は宝生流の能楽師となった。宮腰湊神社の神事能の大夫は、先の下知状に見る通り慶長九（一六〇四）年以来諸橋家が勤めていたが、延宝五（一六七七）年に諸橋家が綱紀により江戸に召されたために波吉家が勤め、諸橋家が帰国後は両家が隔年に勤めることとなる。そして、この綱紀の時代に宮腰湊神社神事能も宝生流で演じられることになった。

入母屋造で本瓦葺の能舞台は、神社本殿の正面に向かって建てられている。舞台間口は十八・一尺、奥行十八尺のほぼ正方形で、右手に張り出して高欄を持つ地謡座（脇座）が付き、舞台奥には囃子方が座る横板（後座）があり、舞台正面の鏡板には様式化された豪壮な老松、切戸口壁面に竹が描かれている。左手に切妻造、瓦屋根の鏡の間（楽屋）の建物が妻入りを正面に建っていて、その間を舞台と五十九度の角度で取り付けられた橋懸《はしがかり》が繋いでいる。銅線で吊り下げられた素焼き瓶が、舞台床下に四個、橋懸の床下に一個取り付けられ、舞台や橋懸の床回りの羽目板張りと共に音響効果を出す。能舞台の建物は、軒下の垂木は一段の一軒《ひとのき》で、組物は舟肘木、舞台天井は化粧屋根裏の舟底天井で後座は片流天井。舞台装飾は、屋根正面は木連格子に懸魚、舞台軒下の四周を繰形の薄板欄間で飾り、隅木小口や高欄に飾り金物を付けるが、全体には簡素な姿だ。深い森の木立を背景に、明治四十（一九〇七）年に建てられた能舞台は、落ち着いた古い木肌を見せ佇んでいる。普段は、建物全体が冬の雪囲いを兼ねた高々とした板戸で閉じられているが、春祭りに向けて板戸が取り外されると、神事能の準備が始まる。

春祭り前の日曜日の午後のこと、ヒロシは晋ちゃんに誘われて同級の建ちゃんや小学三年の吉沢勉、晋ちゃんの弟・洋平とともに、能舞台の清掃作業の手伝いに駆り出された。晋ちゃんの父・仁蔵は、名の知れた大工の棟梁であり謡の師匠でもあって、今年の神事能でも地謡方として出演することになっていた。能は金沢市能楽会が主催するが、この町の神事能奉賛会が準備を含めたすべての裏方作業をすることになっていた。その指導的会員である仁蔵は、息子にその手伝いを命じたのだ。晋ちゃんに誘われて加わったヒロシたちは、能舞台の周囲に積もった枯葉を竹箒で集め、境内の焼き場に運ぶなど大人たちに交じって働いた。檜造りの能舞台には、さすがに子供たちは上らせて貰えず、奉賛会の男衆が米ぬかを包んだ布袋などで丁寧に床を磨いていた。

その夜、手伝いのお礼にと晋ちゃんの家に呼ばれたヒロシたちはお茶菓子の接待にあずかり、仁蔵の謡曲の稽古を見学することが許された。八畳の奥座敷が稽古場で、師匠・仁蔵の前に五人のお弟子さんが並んで座っていたが、そのうちの二人は町内会長の新野のおじさんと、吉沢勉の父親でまだ若い大工の和夫だった。大工の棟梁ともなれば、請負った建物の棟上げの祝いに目出度い謡曲を謡って施主を寿《ことほ》ぐのは、この町では当然のことだった。そのため、年季の開けた一人前の大工はもちろん、左官など多くの職人衆も謡を習ったもので、船持ち漁師の仲間内でも謡の習い事は、男の嗜《たしな》みとして必要なこととされたのだ。

春祭りが近づくと、少年団は忙しくなる。学校から帰ると、少年たちはクラブ小屋に集まり、まず注連《しめ》縄《なわ》を作らなければならない。用意された一センチメートル径の荒縄に、紙垂《しで》と稲藁をそれぞれ一メートルほどの間隔で挟み込む。紙垂は伊勢流のもので、真ん中の紙辺を細く丸めて縄に挟み込むのが厄介で時間が掛かるのだ。完成すると、町内の家々の軒先に取り付けて、長々と張り回して行く。その長さは、道の両側に張り巡らせるため六百メートル近くになり、これが大変な作業だった。少年たちは祭り前の日曜日までに注連縄を作り上げ、前日の夕刻は全員が学校帰りにクラブ小屋に集まって、セイさんやヨシさんの指令のもと町内への取り付けを終えた。そのあと、町内会役員の大人たちもクラブ小屋にやって来て太鼓台の曳山を用意し、これにも注連縄を張り廻す。

太鼓台は、幅八十センチメートル・縦一メートル・高さも一メートルほどの縦格子の木製台座で、その中に太鼓が据えられる。台座の四方には鉄製の車輪がある。太鼓台前方に太い曳き綱のロープを取り付けたら、左右に宮腰湊神社の神紋を入れた高張提灯を、笹竹で飾って取り付ける。高張提灯を吊るす竿は一・八メートルほどの黒く塗られた細長い角柱で、頂部に切妻の小さな屋根を掛け、長型の神紋入り提灯を吊り下げる。曳山の準備が終わると、少年たちは順番に先輩から教わりながら祭り太鼓の練習をした。祭り太鼓は二人一組で、右手は大桴《おおばち》で旋律を奏で、左手は小桴《こばち》でリズムを取る。夜遅くまで少年たちが練習する太鼓の音が高く鳴り響き、近所迷惑なことではあったが、それでもその音は、町の人々に春祭りが近付いていることを知らせる合図でもあった。

春期例祭の初日、五月十五日は例年、献幣使の参向を仰ぎ、神社本庁よりの幣帛が奉られる。その日の正午から神事能は開始され、夕刻の午後六時ころまで、毎年ほぼ同様な番組編成で演じられる。前田利長により能舞台が造営され、加賀藩による正式な奉納神事能となった慶長九（一六〇四）年の演目は、古式にのっとり、初めに神に捧げる祝言の翁（式三番）が舞われ、これに続いて『高砂』『田村』『熊谷』『三輪』『猩々』など六番が演じられ、早朝から夕刻まで一日がかりで猿楽能の奉納が行われた。また、狂言は寛文六（一六六六）年より演じられ、この時の演目は『今参』『二千石』『花見座頭』であったと伝える。江戸時代を通じて、翁（式三番）に続いて能は五～六番、狂言は三～四番が演じられ、神事能はまる一日をかける大掛かりな行事だった。明治初頭、維新政府の廃藩置県により加賀藩が解体され藩主も東京へ移住すると、加賀藩に召抱えられていた能役者も扶持を失い、金沢城下の能楽は廃れ、衰退していった。これを救ったのが、金沢の実業家・佐野吉之助で、彼は私財を投じて能装束の収集や能舞台の建設に尽力し、さらに明治三十四（一九〇一）年、金沢能楽会を設立して加賀宝生の伝統を復活させたのだ。

そしてこの時、宮腰湊神社神事能も同様に危機の時代を迎えた。明治三（一八七〇）年から明治四十四（一九一一）年まで、神事能の正式な奉納記録は途絶え、さらに史書『加能宝鑑』によれば、明治三十（一八九七）年には神社境内に能舞台もなくなっていたことが絵図によって確認される。その後、明治四十（一九〇七）年になってようやく、町の有志の力によって能舞台が再建された。しかし、じつは、この間も細々と町の人々によって神事能は維持されていたのだ。慶長九（一六〇四）年より三百五十四年の歳月を経たこの年、昭和三十三年までの間に、神社側の記録に依れば三百四十九回の神事能が奉納されている。奉納が途絶えたのは、終戦直後の昭和二十一（一九四六）年など五回だけであったことが確認されるのだ。ただ、明治以降の神事能は翁（式三番）が廃止されるなど簡素化し、戦後はさらに簡略化されて午後の半日のみの奉納となった。今年、昭和三十三年の神事能の番組は、初めに『敦盛』など素謡《すうたい》が二番と連吟が謡われ、その後に能『羽衣』が演じられた。これに続いて仕舞が二曲舞われた後、狂言『清水』と能『吉野静』が続き、最後に目出度い附祝言の『猩々』が謡われて終演となった。

宮腰小学校では、春祭りの二日間は半ドンとなり、前後の土曜日の午後に補習授業が行われる処置が取られていた。学校から帰ったヒロシは家の玄関にカバンを投げ入れ、急いで表に飛び出した。そこから健ちゃんの家へ行き、同じく急いでやって来たマサ坊と合流して宮腰湊神社へと向かった。三人とも今まで能などには関心はなく、春祭りに行っても、歌謡演芸大会などは見たとしても、まともに能を観賞したことがなかった。前の日曜日に晋ちゃんに誘われ、能舞台の掃除を手伝いに行ったヒロシは、今日の国語の授業のときに担任の大竹先生から、神社に伝わる神事能のことや能楽の話を聞かされ、ぜひとも観たいと思うようになったのだ。父親が出演する健ちゃんとマサ坊も誘い、今日始めに演じられる能『羽衣』に間に合うよう、三人は駆け足で宮腰湊神社へと走って行った。

神社正面の随神門をくぐった先の参道石畳の左手の広場には、もうたくさんの人が能舞台を囲んで座っていて、後ろにも立ち見の人々が取り囲んでいる。能舞台を前にした広場には砂利が敷き詰められ、その上に藁を編んだ茣蓙《ござ》が敷かれていた。近在の老人たちは朝早くから弁当持参で茣蓙に座って陣取っている。殊に最初に演じられる素謡は、町や近在の村々で謡を習う男たちの日頃の修練の成果を発表する晴れの舞台でもあったので、それに声援を送る家族や友人が集って、多くの観客で賑わうのだ。

ヒロシたち三人は舞台を取り巻く観客を掻き分けて進み、舞台右手の地謡座（脇座）の前に出て屈みこんだ。ちょうど連吟の『高砂』が演じられていて、ヒロシが一番見たかった能『羽衣』に間に合ったようだ。やがて、能『羽衣』が始まると、まず、鏡の間（楽屋）の五色の幕が上がり、地謡方が十人、囃子方四人が並んで橋懸を進んで来て舞台に登場した。舞台右手の脇座には地謡方が前列に五人・後列に五人並んで座り、舞台奥の横板（後座）に左から「太鼓」「大鼓」「小鼓」「笛」の四人の囃子方が座った。みんな、黒紋付の着物に水色の羽織袴を身に付け、口を真一文字に結んで前を睨んで座っている。ヒロシが目を凝らすと、前列の左から二番目に晋ちゃんの父・仁蔵が、後列の右の一番奥に健ちゃんの父・又三郎が、少し顔を赤らめ緊張した面持ちで座っている。舞台奥の横板（後座）左端に座る後見が、舞台正面に衣の掛かった松の作り物を据えると、横笛の鋭く高い音が舞台に響き、囃子方が囃子を演じ始める。すると、鏡の間の五色の幕が上がり、ワキの漁師・白龍《はくりょう》が釣り棹を担いで登場した。

白龍は漁を終えて三保ノ松原の浜に上がると、辺りがまるで極楽のような妙《たえ》なる雰囲気に包まれていて、そこにある松の木に美しい衣が掛かっているのを見つける。白龍が家の宝とすべく持ち帰ろうとすると、鏡の間の幕の奥から天人が呼び止める声がして幕が上がり、シテの天女が登場した。シテの天女は「増女《ぞうおんな》」と呼ばれる若い女性の能面を付け、黄金色に輝く「天冠」を冠り、華やかな薄紅色に花模様を散らした「紅入り」の着付け腰巻姿だ。ゆっくりと橋懸を進んで舞台に登場すると、白龍に向かって、

「羽衣がなくては天上界に帰ることがかなわない」

と歎き悲しんで「羽衣を返してくれ」と頼むのだ。白龍は、

「天人の舞楽を見せるならば返そう」

と言い、天女はそれに応じる。しかし、羽衣を返せばそのまま天へ帰ってしまうと疑う白龍に、

「いや疑いは人間に在り、天に偽りなきものを」

と語るのを聞き、白龍は恥じ入って羽衣を天女へ返す。美しい白地に豪華な金糸の刺繍を施した長絹（広袖の衣）の羽衣を受け取った天女は、横板の後見座に行き、後見の助けをかりてその羽衣を身に付ける。それから、シテの天女は月世界のありさまを語り、三保の松原の景色を愛でながら天女の舞を舞い始

める。「序之舞」からテンポの速い「破之舞」に続き、華やかな「キリ」の舞いで富士の高嶺へ昇って行き、やがて天上界の霞みの彼方へと天女は帰って行くのだ。この天女の舞が、能『羽衣』の主題で見せどころだ。静かな舞の「序之舞」から「破之舞」になると、地謡方の謡もクライマックスを迎える。最後の「キリ」で地謡方が謡う。

「東遊のかずかずに。東遊のかずかずに。その名も月の色人は。三五夜中の空に又。満月真如の影となり。御願円満国土成就。七宝充満の宝を降らし。国土にこれを。ほどこし給ふさるほどに。時移つて。天の羽衣。浦風にたなびきたなびく。三保の松原浮島が雲の。愛鷹山や富士の高嶺。かすかになりて。天つ御空の。霞にまぎれて。失せにけり」

フィナーレの最終章を謡うころには、仁蔵の顔は真っ赤に紅潮し、扇子を持つ手が小刻みに震えているのが、舞台に近い客席から見上げるヒロシにも見えた。ヒロシ自身も身体が緊張で力み返り、拳を固く握りしめていた。ヒロシが何より驚いたのは、シテの天女の能面が「天冠」から下がる飾り金具のキラキラ輝く奥に影を作って動き、まるで生きている様な豊かな表情を作ることだった。舞台に差し込む春の日の光に、能面は若い女の白く透き通る肌のように輝き、静かで力強い躍動の舞い姿を見せているのだ。

能『羽衣』が終わると、すぐにヒロシたちは新町へと引き返した。中学生たちが午後の授業を終え、新町クラブ小屋に集って来る時間に間に合わせなければならない。午後四時には、少年団だけでなく、女の子や幼稚園児たちも集合し、太鼓台の曳山を曳いて町内を一巡して練り歩き、春祭りを祝うのだ。団長のセイさんは少し遅れたが、ヨシさんや誠一さんはクラブ小屋に来ていて、祭り太鼓の準備をしていた。やがて、町内の女の子や母親に手を引かれた幼児たちも集まって来た。そして、みんなでお囃しを唄いながら太鼓台を曳いて、町内をゆっくりと進んで行く。今日は祭り初日で、新町町内のみの巡行なので、練習を兼ねてみんな代わりばんこに太鼓を打ち鳴らした。

曳山の町内曳き廻しが終わってヒロシたちがクラブ小屋へ帰ると、町内会婦人部のお母さんたち四、五人が忙しく立ち回っていた。これから開かれる、子供たちの春祭り祝の宴の準備をしているのだ。宮腰湊神社の春祭りは、これから始まる田植えに向けての豊作祈願や夏に向けての大漁祈願や海上安全を祈願するものだが、同時に氏子の子供たちの無事な成長を祈願する祭りでもあったので、すべての町内で、子供たちへなにがしかの祭りの祝膳やおやつが振舞われるのが習わしだった。

この日、クラブ小屋に集った子供たちには小さな紅白の饅頭が配られ、板の間に置かれたテーブルの上には大皿に盛られた祭り料理が並べられて、それをみんなで食べるのだ。春祭りの定番料理は、四角く切られた様々な種類の押し寿司。そして、今が旬の筍《たけのこ》の煮物は分厚い利尻昆布と厚揚げと共に煮込まれ、大鍋にそのまま、デンとテーブルの中央に置いてある。さらに、この町では「えびす」と呼ばれる寒天で固めた料理も定番だ。これは、寒天を煮て溶かしたものに醤油やみりん、砂糖を入れ沸騰させ、そこに溶き卵を流し込んで四角い容器の型に入れて冷やし固めたもの。切り分ければ、透明な断面に白い卵が筋模様をつくり、つるんとした食感が春祭りの到来を告げる。ヒロシの家には、富士山の形をした専用のブリキ製金型があった。この金型を山頂を下にして逆さに立て、卵を溶いた寒天を流し込むと、白い卵の筋が下部へ沈殿しながら固まっていく。出来上がった「えびす」は富士山の形になり、山頂部には沈殿した白い卵の筋模様が固まって、雪を頂いた富士山の姿となる。切り分けた富士の白雪の「えびす」は、ヒロシにとって近所の子供たちに見せびらかす自慢の一品だった。ちなみにこの寒天料理は、金沢の町では、その感触から「べろべろ」などとも呼ばれている。

そして子供たちが何より喜ぶのは、大きく盛り上げた粒餡のぼた餅で、こんな甘く美味しいぼた餅をたくさん食べられるのは、一年の内、この日以外には有り得ない。これらの料理は婦人部を中心に子供たちの母親たちが各々作って持ち寄ったもので、ヒロシの母・キヨも、昨日の夜遅くまで押し寿司を仕込んでいて、ヒロシは期待を込めてその様子を見ていた。この町の押し寿司は、塩締めした鯖やイワシ、小鯛などの切り身を酢飯の上に乗せて四角く切り分けたもので、各家庭で微妙に味の違いや工夫があった。

この町の多くの家では、押し寿司専用の木型の箱を持っていた。蒸籠《せいろ》より幅は広いが同様の形状をした箱で、米一升用のものと二升用のものがあり、お祭りなど大量に作る時は二升用を使った。二升用のものは縦横が三十×四十センチメートル、厚さ十センチメートルほどの木箱で、箱の内径に合わせた押し蓋が付いている。底板の上に寿司枠となる木箱を乗せ、まず、塩とお酢で締めた鯖やイワシ、小鯛などの切り身を均等に並べる。その上に甘い寿司酢で作った酢飯を入れて均等に敷き均し、「紺のり」(青く染めた乾燥海藻)や細かい千切りの生生姜などを散らして振りかける。その上に、酢水で湿らせた経木を敷き並べ、さらにその上に先の行程を三、四回ほど繰り返して重ねていく。酢飯が木箱の上端に達すると、上に押し蓋を乗せ、重しに漬物用の丸石などを乗せて数時間から一晩ほど押し寝される。三、四層で成形された押し寿司は、木型から外し、魚の切り身に合わせて五センチメートルほどの四角形に切り分けて完成となる。キヨは、この伝統的な魚の押し寿司以外に、細かく刻んだ筍やニンジン、お揚げなどの炊き込み御飯の上に、甘く煮た椎茸《しいたけ》や「田麩《でんぶ》」(鯛やタラの身を茹《ゆ》でて水分を飛ばしてそぼろ状にしたもので、食紅でピンク色にしたものはサクラデンプと呼んだ)などを乗せた押し寿司が得意で、ヒロシは、母が作るこの寿司のほうが酸っぱくなくて好きだった。卵を薄焼きして細切りにした錦糸卵を、押し寿司の表面に乗せることもあったが、鶏卵は高価だったので、滅多にのせられなかった。女の子も幼い子供も、そして少年団員もみんな、目を輝かせて滅多にない御馳走に舌鼓《したつづみ》を打ち、紅白饅頭やぼた餅の一つ二つもお土産として持たされて、嬉しそうに家に帰って行った。

春祭り二日目。各町内の太鼓台のすべてが宮腰湊神社の参道に集結し、春期例大祭の無事の完了を祝い、また、この年の豊作と豊漁を祈願して太鼓を打ち鳴らすのが恒例行事であった。新町組少年団も、主だった者が午後二時半ころにはクラブ小屋に集まって太鼓台の太鼓を敲き、手分けして町内の子供たちに声を掛けて宮腰湊神社に参詣する参加者を募った。夏の例大祭とは違って参加する大人は少なく、今年も町内会で子供たちの世話役をする晋ちゃんの父・仁蔵だけが付き添った。やんちゃで無鉄砲な子供たちの行動を心配しての見張り役だ。新町組の太鼓台曳山は、午後三時過ぎに出発した。団長のセイさんや副団長のヨシさんは中学校のクラブ活動があって参加せず、授業を終えすぐに帰宅してきた中学二年の誠一さんが指揮を執って始まった。曳山の後ろで打ち鳴らす太鼓のリズムに合わせて、子供たちは声を張り上げてお囃しを唄い、太鼓台を曳いて街中を進んで行く。幼稚園児なども、母親に手を引かれて付いて行った。

「エンヤホラサッサ、ヨッサ、エーンエン、エンヤホラサッサ」

「ヨーホラサッサ、ヨッサ、エーンエン、ヨーホラサッサ」

本町筋から宮腰往還を、囃し歌を大声で唄い太鼓を打ち鳴らしながら、ゆっくり進んで行くが、それでも一時間とかからない。往還を右に曲がり神社参道に入ると、もうすでに他の町内会の太鼓台が到着していて、神社正門から順に参道脇に並んで停まり、盛んに太鼓を打ち鳴らしている。新町組の太鼓台は、参道が神社の前を流れる木曳川にぶつかって超えた先のT字路を正門とは逆の右手に進み、社叢の木立に囲まれた神社を取り囲む掘割の岸辺に沿った場所に止められた。そこから参道に並ぶ多くの太鼓台の音に負けじと、交代で力を込めて太鼓を打ち鳴らす。それから、留守番役の建ちゃんだけを残して、みんなは仁蔵に引き連れられ、神社境内を本殿に向かい参拝を済ませた。町内役員の集まりがある仁蔵が、

「先に帰るが、なるべく早く引き上げてくれな。気を付けて！」

と誠一さんに告げ、先に帰って行った。それに合わせて、幼い子供たちも母親たちと連れ立って夕暮れの参道を三々五々帰って行く。神社正門を入った境内の参道の両側には、お祭りの夜店が並び、親子連れや子供たちが目を輝かせて売られている玩具《おもちゃ》を眺めている。夕刻の空は赤みを帯びてまだ明るかったが、深い社叢の木立に覆われた境内は薄暗く、その中で、夜店は灯された電燈の灯りで浮き上がるように華いでいた。夜店に吊るされた裸電球の下に、色鮮やかなセルロイド製のお面や様々な玩具、野球選手やお相撲さんのプロマイドなどが所狭しと並べられている。それを横目で見ながら、誠一さんがみんなにこう告げた。

「それじゃあ、ここで一旦解散して、三十分後に曳山に集まってください。遅れたら先に出発しますから、追いかけて来てください」

ヒロシは、春と夏のお祭りと正月にだけ貰えるお小遣いの五十円硬貨を握りしめ、夜店に並ぶ玩具を物色して歩いた。五十円硬貨は、昭和三十（一九五五）年に発行されたばかりの穴なしのニッケル貨で直径二十五ミリとずっしり大きく、銀色に輝くその硬貨は使うのが惜しまれて、気に入るものがなければその

まま持って帰るつもりだった。本当は、憧れの「地球ゴマ」が欲しかったのだが、夜店に並ぶそれはヒロシの持ち金では到底買えそうにない値段だった。ヒロシが初めて地球ゴマを目にしたのは、つい先日、小学校の理科の授業で先生が実演して見せてくれたときだ。細い凧糸を使って回された緑色のジャイロの中の独楽《こま》は、張った凧糸の上で回転を続け、先生の持つ鉛筆の芯先でも回り続けて、みんなを驚嘆させた。色鮮やかなビー玉は箱に入って輝いていたし、様々な絵柄のパッチ（メンコ）の束も魅力的だった。ビー玉やパッチをどれだけ多く持っているかは、小学校の仲間内では大きなステータスで自慢の財産だった。

夜店に並ぶ玩具の中に、少し傷んだブリキ製のポンポン船が剥き出しで置かれているのに目を止めたヒロシが、それを手に取って眺めていると、

「それは見本で、少し汚れているから安くする」

と露天商のオヤジが言う。握りしめていた五十円硬貨を見せると、

「ウーン、……エエイ、いいや。大負けで、それでいいよ。持っていけ！」

ポンポン船も、ヒロシがぜひとも手に入れたいものの一つだった。友人が町内の防火用水の溜池に浮かべ、船上に乗せた小さな蝋燭に火を灯すと、ポンポンと音を立てて船が水面を走るその姿に、大いなる関心を持っていたのだ。箱はなく、新聞紙に包まれたポンポン船を大事にズボンのポケットに仕舞い、ヒロシは急いで太鼓台曳山に走って戻った。曳山には、すでにみんなが戻っていて、盛んに太鼓を打ち鳴らしながらヒロシを待っていた。少年たちが全員揃ったので、誠一さんがみんなにこう提案した。

「このまんま往還の大通りを帰っても面白くないので冒険する。裏道の田圃の中の道を行くんだ。でこぼこの砂利道だが、みんなで引っ張れば大丈夫！　やってみようよ」

田圃の中を行く裏道は、宮腰往還と並行して走る細い農道で、農作業の人がリヤカーを引いて歩く道だった。五月半ばは田植えの直前で、田圃一面にレンゲ草が紅紫色の花を咲かせていて、暮れなずむ薄赤い夕空の下にその花の絨毯が風に靡いていた。レンゲ草は、雑草防止とその根粒菌による窒素固定の働きによる緑肥（肥料）の効果を期待して植えられるものだが、紅紫色の丸い花の根元には甘い蜜玉があって、少年たちはレンゲの花を摘んで口に入れ、甘い蜜を味わうのが楽しみだった。また、途中の畦道の脇には、直径が八センチメートルほどの鉄パイプを地中に打ち込んだ掘り抜き井戸があり、地上三十センチメートルの高さのパイプの先から自噴する鮮烈な地下水が湧き出していた。湧水は年中涸れることがなく、冬の大雪の積もるなかでも、そこだけはぽっかり大きな穴となり水場をつくっていた。

この町の周辺一帯は水が豊富で、遠く白山山系に降り積もった雪や雨が地中に入って伏流水となり、長い年月を経てこの地に湧き出すのだ。例えば、宮腰往還が町に入る入口左手に大きな製材工場を持つ材木商・川辰の屋敷の玄関前には、豊かに自噴する水飲み場が作られていて、電車を降りて家路を急ぐ人々も必ず立ち寄って喉を潤す名水だったし、新町の八百屋・亀田の店前に置かれた大きな水槽にもこんこんと湧きだす水が流されていて、殊に夏場にはスイカや瓜が冷やされていた。地下水の流れの基《もと》となるのは、町から海に流れ出る菊水川だ。この町の町誌に記載される古い地誌『三州大路水路』にはこうある。

「……此水源は石川郡倉谷山、二俣山の奥より流出る也。奥にも大谷二水有。西谷は二俣山の水也。西谷は大障子谷の東に菊花多し。此谷の滴り流るゝに依て、菊水川共云ふ。其所を菊潭《きくのありち》と云。往昔菊の水を飲得て長生せし者有しと也。金澤の酒家此水にて酒を造る。依て菊酒と云。此花小さく、一色黄花也。他所へ移し植すれば育たず。……」

菊水川の源流を遡れば、山中深い二俣の地で川は大きく東谷と西谷に二手に分かれ、西谷の奥の大障子谷に滴り落ちる水が水源の一つとなる。そこは、小さな黄色い菊の花が一面に咲く谷に開けた窪地で菊潭と呼ばれ、その桃源郷のような源流の地に湧き出す水を飲めば長寿が約束されると伝え、これがこの川の名の由来となる。また菊水川の水で造られた酒は、「加賀の菊酒」と都人《みやこびと》に珍重された。殊に中世の室町時代に名を馳せ、能楽『安宅』や能狂言『餅酒』に登場し、また、小瀬甫庵の『太閤記』巻一六の「醍醐の花見」の条では、豊臣秀吉への町衆からの献上品の中に、「名酒には加賀の菊酒、麻地酒、其他天野、平野、奈良の僧坊酒、……」と記される。その菊酒も、多くは宮腰の湊から船で都へ運ばれて行った。このことは、室町期の関白・一条兼良の『尺素往来《せきそおうらい》』にも記されている。彼は宴に天下の名酒を用意するよう指示し、「……酒者柳一荷。加レ之天野南京之名物。兵庫西宮之甘酒。及越州豊原。加州宮腰等。……」と、天下の名酒の一つにこの町から積み出される酒を挙げているのだ。

少年たちは、田圃の中に湧き出す水を飲み、レンゲ草を摘んで口にくわえて甘い蜜を味わい、太鼓を打ち鳴らしながら畦道を進んで行った。畦道の右手には平行して大きな農業用水が流れていて、満々と流れる用水路からもうすぐ始まる田植えに向けて水が田圃へ引かれ始めていた。この用水路を含め、辺り一帯の田圃の中を流れる小川の土手には蘆が生え、所々に低い灌木も植えられていて、初夏の虫送りのころには蛍が群をなして水辺を舞い、子供たちは虫籠を手に蛍を追いかけた。

と、もうあと少しで畦道が終わる所で、畦道を横断して溝が切られ、用水路から田圃へ向けて田植のための水が流されている場所にぶつかった。そこにリヤカーの車輪ほどの幅で渡された二枚の板の橋が架けられている。少年たちは太鼓台の曳山の車輪幅に合わせて板橋を架け直し、幅五十センチメートルほどに切り取られたその溝を慎重に渡ろうとした。その時だった。足元が暗くなり、かなりの重量の曳山の鉄の車輪が板の橋を踏み外してしまったのだ。右前の車輪が用水路に近い溝の中に落ち、太鼓台が用水路に向け大きく傾いて入り込んだ。太鼓台の底の左右にある唐草模様を刻んだ台輪（土台部分）の梁を持ち上げながら、みんなで力を合わせ、曳き綱を引っ張ったが、曳山はどうにも動かない。誠一さんや中田さん、そして義明さんもズボンを脱ぎ、水路に入ってさらにがんばったが、曳山は用水路の土手の粘土に嵌り込むばかりで、太鼓台は大きく傾いて用水路の早い流れに入り込むばかりだった。幸い、前に取り付けた高張提灯のローソクの火は、出発の時に消されていて大事に至ることなく、すぐに提灯だけは取り外された。

誠一さんが意を決してこう言った。

「もう大人に頼むしかない。晋ちゃん、新町に戻って、晋ちゃんのお父さんか新野のおじさんに話して、助けに来てと頼んでみてくれ！」

駆けだす晋ちゃんを見て、ヒロシも、

「ワシも行くから、一緒に行こう」

と架け出した。もう日はたっぷり暮れていて、薄暗闇の中を大通りに出ると、二人は一目散にクラブ小屋へ向って走った。確か、町の役員の大人たちは、春祭りの打上げを兼ねた寄合の宴会をやっているはずだ。クラブ小屋に着くと、玄関引き戸を急いで開け、息を切らしながら二人同時に大声で告げた。

「太鼓の曳山を、田圃の溝に落っことした！　太鼓が流されるよ！」

泥にまみれた手足と衣服、顔にさえ泥を跳ね上げた二人の姿に、大人たちは呆然と顔を見合わせた。晋ちゃんのお父さんのが、開口一番に言う。

「ばらなことをしでかして！　いったい、どこでそんなことを？」

新野のおじさんや大人たちは慌てて立ち上がる。

「また、あん子ら、ととのわんことをしおって！」

「ばっかいならんやっちゃ！」

「ほんま、やくちゃもない！」

晋ちゃんとお父さんは、連れだって現場へ向かった。残った大人たちは新野のおじさんを中心に、太鼓台を引き上げるロープや、テコとなる角材、太い丸太、そして町内会の弓張り提灯などを準備し、リヤカーに積み込む。ヒロシは急いで家に戻り、父・謹一郎と共に硝子ランプや懐中電灯を用意し、家に置かれた自転車で現場へと急いだ。ヒロシは後部に取り付けられた大きな荷台に乗って自転車を漕ぐ父の腰にしがみついていたが、この時ほど、父が大きく頼もしく感じられたことはない。

小一時間もして、現場へやって来た町内の大人たちを、途方にくれた様子で座っていた少年たちが見上げる。先に来た晋ちゃんのお父さんの指導のもと、太鼓台は用水路に流されないよう太鼓台曳山の曳き綱で固定され、大人たちの到着を待っていた。連絡を受けた団長のセイさんや副団長のヨシさんも加わり、総勢八人が、ある者は用水路にはいり、ある者は車輪にロープを掛け、ある者はテコとして丸太をセットをする。少年たちは周りを取り囲み、お祭り用の弓張り提灯や硝子ランプ、懐中電燈の灯りで作業を照らし出した。みんなの力を合わせた作業で、太鼓台曳山は、ついに用水路の溝から引き上げられた。流れる水で太鼓台を洗い、曳山が新町クラブ小屋へ帰ったのは、夜の九時を大きく過ぎていた。少年たちは、新野のおじさんからきついお叱りを受けたあと、各々家へ帰って行った。大人たちは、その後も太鼓台曳山の後片付けや、用水路を踏み荒らしたお詫びを関係する農家へどうするかなどと相談し合い、その後始末に追われたのだった。

三

春も終わりを迎え、五月末から六月に入ると、宮腰の町はイワシ漁の最盛期を迎える。イワシは季節性の回遊魚で、春先に対馬海流に乗って北上し、水温が二十度を越えるこの時期に、沿岸や沖合で産卵のピークを迎えるのだ。港の漁師はもちろん、許可を得た他国の船団も菊水川の岩壁に船を泊め、イワシ漁に携わる。漁法は、単独の船による曳き網の場合もあったが、多くは二隻の船による巻き網で、イワシの群れを包囲したら両方から網を絞りながら徐々に近づいて網を引き上げ、イワシの大群を捕らえるのだ。網の裾をしぼった形が巾着《きんちゃく》に似ていることから、町ではこの漁法を「巾着網漁」、あるいは単に「巾着」と呼んでいた。冷凍技術が発達していなかったこの時代には、捌《さば》きされない大量のイワシは町中に溢れ、猫さえ食べ飽きる「猫跨ぎ」の状態となったが、貧乏人には有難い季節だった。人々はこの安い魚を、「箱買い」といって、トロ箱いっぱいに買い求めて夕餉の食卓に載せたのだ。

この時期は、ヒロシにとって我家は豊かなのだと秘かに自慢できる季節だった。というのも、母・キヨは料理の工夫をするのが得意で、大変な料理上手だった。ご近所の家では、七輪で煙を上げる塩焼きか醤油の煮魚にするぐらいのイワシだが、ヒロシの家では、天ぷらやフライ、酢のものはもちろん、ピリ辛蒲焼、竜田揚げなど手を変え品を変え、殊に自家製味噌を使う「つみれ汁」や白味噌で和えた「なめろう」などは絶品なのだ。ご近所のおばさんたちが、作り方を聞きに来るのを見るに付け、ヒロシは母親に畏敬の念さえ持った。キヨは、若い頃に東京の大きなお屋敷で女中奉公をしていて都会の風に触れた経験があり、料理レシピの特集などがあれば『婦人画報』などを購入して研究するなど、ハイカラな一面を持っていた。ただ、キヨは食事に厳しい人だった。食べ物を乱雑に扱ったり、少しでも食べ残しをすると、子供たちに厳しい叱責を飛ばした。食べ物を、「全《まっと》うさせなさい」。食べ物はみんな生命《いのち》のあったものであり、「その生命を頂いているのだ」と。

この時期、ヒロシの家では、魚の漬物の仕込みの最盛期となり、一年で一番忙しい日々を迎えることになる。父も母も子供たちも、働きに出ている長姉さえも、家族全員が仕事に駆り出されるのだ。漬けるのは、豊富に水揚げされるイワシの中でも漁獲量の多い「ウルメイワシ」と、イワシ漁が最盛期を終えたころに日本海で漁のシーズンを迎えこの港に入荷する「ごまふぐ」が中心だ。仕込み作業は、菊水川に近い長浦町の、細い道路を挟んで建つ二軒の納屋と呼ばれた漬けもの小屋で行われた。内一軒は漬け込み作業の小屋で、もう一軒は魚を漬け込んだ木樽を長期に寝かせ貯蔵する小屋となっていた。その小屋を造り、魚の漬物業を始めたのは、先代となる、ヒロシの祖父・仁三郎だった。

仁三郎は頑健な身体を持った大柄な人だったが、先の大戦中の物資の乏しい時代に、何でもない風邪をこじらせて静かに息を引き取った。自らが死ぬ時を知り、海軍に徴兵されていた息子の謹一郎は居なかったが、その刻限に、キヨたち家族を枕元に集めて「これから、ワシは死ぬから」と言い残して静かに息を引き取っていったという。日清戦争にも出征し戦った、まことに骨太な明治の人であった。

明治八（一八七五）年に生まれた仁三郎は、若い頃、北前船の最後となる乗組員で、北海道から上方を結ぶ日本海航路の廻船に乗っていた。陸に鉄道が引かれ北前船による海運が衰えると、遠く安南（ベトナム）やルソン（フィリピン）へまで出掛ける船に乗ったという。明治二十二（一八八九）年に東海道線の米原から分岐して敷設が始まった北陸線は、明治二十五（一八九二）年の鉄道敷設法を弾みに線路敷設を加速し、明治二十九（一八九六）年に福井、翌三十（一八九七）年に小松に達し、明治三十一（一八九八）年には金沢に到達した。江戸時代末期から明治初めに最盛期を迎えた北前船は、明治中期以降、この鉄道の発達とそれに伴う電信・電話の整備によって急速に衰え、歴史の舞台から消えていった。

隠居した仁三郎は、若いころの、遠く東南アジアにまで出掛けて行った船乗り時代を懐かしみ、キヨに思い出話をよくしていたらしい。キヨが聞いた話によると、仁三郎は北前船の船頭にはなれなかったが、乗組員である「水主《かこ》」たちの頭《かしら》にはなったというから、最後のころには「知工《ちこ》」（事務長）は無理としても、表《おもて》（航海士）ぐらいは勤めたのであろう。北前船は千石船一艘の一航海の利益が一千両といわれ、たいそう利幅の大きな商売であったが、船員の給料は意外に低かった。ただ、船頭には自前の積荷を乗せて売買ができる「帆待《ほまち》」の特権があったし、水主たちにも船主の積荷による利益の一定割合を得られる「切出《きりだし》」という特別な配当金があったので、「板子一枚下は地獄」という危険な仕事ではあったが、一攫千金の夢を持って多くの男たちが北前船の船乗りになった。仁三郎も若い頃からの船乗り稼業でかなりの蓄えを残し、船乗りを辞めた後に、それまでに蓄えた資金を元手に、この魚の漬物の商売を始めた。ヒロシの父・謹一郎は仁三郎のもとで修業し、その後を継いだのだ。

ウルメイワシは、米糠《こめぬか》で漬け込まれ「こんかいわし」（米糠イワシ）となる。こんかいわしの漬け込み作業はこうだ。まず、イワシの頭と内臓を包丁は使わず、手で素早くむしり取る。この身を、作業小屋の奥にでんと置かれた大桶に入れて間を置かずに一気に塩漬けにする。使われる塩は瀬戸内海や能登の天然塩で、イワシの全重量に対し三十パーセントほどの量を使う。漬け込み用の木製の大桶は、ヒロシたち子供には見上げるような巨大なものに見えたが、高さ・直径共に一間程度だ。この大桶の他にも、もう少し小振りな桶が二つ並んでいて、ふぐなど他の魚の塩漬けに使用された。イワシの塩漬け期間は十日から二週間ほど。その間に塩の浸透により発生する水分は「いしる」と呼ばれる、いわゆる魚醤《ぎょしょう》だ。いしるは発酵菌が作るアミノ酸のうまみを含む濃い塩水で、この小屋の天井梁や桶・樽などに生息する発酵菌は、先代の仁三郎の時代からこの小屋に伝わって来たものであり、「分銅屋」の魚の漬物の味を決めるものとなる。いしるは、ふぐなどの漬け込みに必要で、売値が安く大して儲けにならないこんかいわしではあるが、いしるを得るために大量に作られるのだ。塩漬けされ、堅くしまったイワシは大桶から出し、米糠をまぶす。それを、高さ・直径共に五十センチメートルほどの木樽に一匹ずつ丁寧に並べていき、一段並べると、米糠・糀《こうじ》・唐辛子をふりかけ、また一匹ずつ並べて漬け込むという作業を繰り返し、木樽の上いっぱいになるまで漬け込む。最後に、木樽の内縁に「まぎ藁」(三つ編みにした藁縄)をぐるりと埋め込んで外気を遮断し、蓋をして漬けもの作業の終了となる。イワシを漬け込んだ木樽は、貯蔵小屋で三段ほどに重ねて並べ、重しの丸石を乗せて長期に熟成させ、半年から一年を掛けて出荷されていく。

特に子供たちの作業で重要だったのは、最初の工程で大桶へのイワシの塩漬け作業だった。ヒロシたちは大桶の中に入り、父が捌いて投げ込んでくるイワシを受け取って、桶の縁に沿って大量の塩を振り撒きながら丸く並べていく。この時、並べたイワシを足で踏みながら隙間なく整えるのだが、この踏み固める作業に十歳前後の子供の体重が最適なのだ。大人の体重では重すぎてイワシの身が壊れてしまう。さらに子供たちにはもう一つ大きな作業があった。天気の良い日に、残ったイワシの頭や内臓を海辺の浜へ運んで行き、砂浜の上にばらまいて天日干しにするのだ。天然肥料として重宝される干鰯《ほしか》は、叺《かます》（藁筵を二つ折りにして作られた袋）に詰めて近在の農家に売り、その売上金は子供たちの貴重な小遣銭となった。ただ、干されて乾燥したイワシの頭骨はささくれだって触れば手の肌に突き刺さって痛く、炎天下、砂浜からの照り返しの日射の中での厳しい作業だった。

「ごまふぐ」は、ふぐの身と卵巣に分けて捌き、それぞれが糠漬けとなる。ふぐは、まず、腹の中央の臍から口のあたりまで丁寧に包丁を入れ、素早く内臓を除去して、身と卵巣に切り分ける。身のほうは三枚に身卸し、清水できれいに晒す。それから木桶に入れて十～十三パーセントほどの塩分で一晩漬け込み、また水洗いして浜に運び、丸太で組まれた竹編みの干し台に並べる。四、五日ほど天日干しにした後、干し上ったふぐの形を整え、その身を木樽に糠、糀、いしると一緒に入れて漬け込む。この作業工程はイワシの場合と同様で、まぎ藁を木樽の内縁に巻き、蓋をして重石を置いて、貯蔵小屋に一年以上寝かせて出荷となる。その間も、木樽にいしるを注ぎ続け、また梅雨の後などには木樽を丁寧に洗って雑菌を防ぎ、重石の調整も怠れない。そんな気の抜けない管理は、年中休みなく続くのだ。

　ふぐの卵巣は「ふぐの子の糠漬け」となる。丁寧に取り出された卵巣は、まず三十五～四十パーセントほどの濃い塩分で塩漬けし、イワシのよりは少し小振りな大桶の中で一年ほど寝かす。水分が抜け固く締まった卵巣は、イワシの場合と同様に木樽に米糠・麹・いしるを丁寧に加えて漬け込む。猛毒を持つ卵巣の糠漬けは、二年以上の長い歳月、貯蔵小屋で寝かし出荷する。ふぐの子の糠漬けは、近年になって、ふぐの猛毒・テトロドトキシンが除去される日本伝統の発酵技術による珍味として話題になった。ほろほろした食感の深みのあるの塩味は、なんとも美味しい酒のつまみとなり、金沢など北陸の名産品として珍重されるが、この頃は、どこの家でも軽く火であぶって食卓に置かれていて、おかずがない時には、ご飯にふりかけて食べるのがごく普通の、ありふれたものだった。

この時期、ヒロシも姉の幸代も、学校から帰るとカバンを部屋に投げ入れるようにして家を出て、浜辺の納屋へ向かう毎日となる。そこでは父と母が忙しく働いていて、殊に大量のイワシを漬け込む日は、日が暮れても裸電球が下がる小屋の中での作業が続くのだ。電線が引かれる前は灯油ランプが使われていて、ランプの硝子の内側に貼り付く煤を磨くのは幼い子供の仕事だった。作業小屋の入口の左手に、手押しポンプの付いた水作業のコンクリート土間があり、手伝い作業が終わると、ここで手足や顔を洗って家路に就く。

毎日ではないが、殊に大桶の中での作業など忙しかった日は、銭湯に行くことができた。この時代、余程の大家でなければ家に風呂などないため、町には銭湯が多く、ヒロシの家族は、秋葉神社裏の右手の浜際に建つ「大汐の湯」の常連だった。海に近く、汲み上げて使う地下水に塩分が含まれていて良くあったまるお湯が評判だった。それでも、身体に沁み付いた魚の匂いは完全には取れなかった。姉たちは臭いといじめられた記憶があるというが、ガキ大将で喧嘩が強かったヒロシにその記憶はない。銭湯の入浴料は大人十四円・子供七円ほどだったが、毎日お風呂屋へ行って身体を洗い、常に身綺麗にしていられる家庭などは、そう多くはなかった。そのため子供たちの多くは多少の匂いを放っていて、それを誰も気にはしていなかったのだ。押し並べてこの時代、この町の子供たちはよく働いた。家事の手伝いはもちろんのこと、漁師や職人など、家業への手伝いは当然のことで、それによって親からお小遣いを貰うのが普通だった。

六月末の日曜日、ヒロシのもとに少年団長のセイさんから映画鑑賞の誘いの知らせが入った。年に数回、町の映画館に面白そうな「チャンバラ映画」三本立てなどが格安料金で掛かると、少年団で希望者による団体観賞が行われた。日本の映画興行が最盛期を迎えていた頃で、日本全体の年間観客数は十一億人を越えていたというから、国民一人当たり年間に十回以上映画館に足を運んだことになる。大映が総力を挙げて作った『忠臣蔵』は、長谷川一夫を主演に鶴田浩二・市川雷蔵・山本富士子・京マチ子といった豪華俳優陣で当時のお金で四億円を越える興行成績を上げたし、三船敏郎主演の『無法松の一生』は「ヴェネチア国際映画祭」で最高賞の金獅子賞を獲得、さらに黒澤明監督による『隠し砦の三悪人』など、映画史に残る名作が次々に封切られた昭和三十三年、その五月には、宮腰小学校の講堂で、前年に封切られた木下恵介監督映画『喜びも悲しみも幾歳月』の全校生徒の団体観賞会があった。佐田啓二・高峰秀子による凛々しく生きる灯台守夫婦の姿と日本各地の海や岬の灯台の風景が、ヒロシにとって初めて見る美しいカラーの大映像で描かれていて、その感動とともに深く長く目に焼き付いて記憶された。そして昭和二十五（一九五〇）年に封切られた黒澤明の『羅生門』も、ヒロシにとって初めて見る衝撃の映画だった。モノクロの映像に登場した、白々と浮き出すように輝く市女笠の京マチ子の容姿は、世の中にこんなにも美しい女性がいるのだと、幼心にも驚嘆させられたのだ。

この町の映画館は二館あって、封切映画を上演する高級館「宮腰劇場」は町の中央、公民館の裏手にある。もう一つは、封切して一、二年以上経つ映画を扱う安い映画館「湊町館」で、これは町を北に向って進んだ松前町と新潟町の町境付近の浜辺にあった。その辺りは遥か昔からの松前や新潟など北の国々との交易でやって来た船乗りや漁師、商人たちが住み付いたと伝える所で、殊に江戸時代末から明治にかけての北前船の最盛期には、多くの水主を出した船乗りの町だ。その町の浜際に、砂丘の松林を背にして映画館「湊町館」は建っている。もとは他所から出稼ぎに来た漁師たちが集団で生活し、網や漁具なども置かれた大きな番屋跡で、切妻造の瓦屋根に板壁の古く大きな木造建築だ。内部は広い板張り床に莫蓙が敷かれていて、観客は入口で下駄を脱ぎ、それを手に持って床に座って映画を観賞する。冬ともなれば、黒いカーテンを架けた硝子窓から海から吹き上げて来る冷たい隙間風が入り込み、館内に幾つか置かれた四角く大きな火鉢で暖を取りながらの映画鑑賞となった。夏には窓を開けて浜風を入れ、床の莫蓙に寝そべって観る人もいれば、弁当持参で二回も繰り返して同じ映画を観る人もいた。

この日、母親に頼み込んで漬物作業の手伝いを休ませて貰ったヒロシは、部屋の机の中の貯金箱に貯めていた虎の子のお金の中から四十円を取り出し、期待に胸を膨らませて新町クラブ小屋へ出掛けた。金沢市内の大きな名門の映画館の入場料金は百五十円ほどだが、宮腰劇場の料金は百三十円。湊町館の入場料は、少し安くて通常大人百円、子供はその半額だった。この日は格安奉仕日で、料金は大人八十円に子供は四十円だ。もちろん、四十円といっても子供たちにとっては大金で、簡単に調達できる金額ではない。本町筋裏手の細い路地にある大衆食堂の素うどんは一杯十八円だし、学校の遠足など特別な日にしか味わうことのできない甘く美味しい「森永ミルクキャラメル」も一箱二十円で、映画鑑賞は代金四十円の大変高価な遊び事なのだ。

クラブ小屋にはすでにセイさんが待っていて、集合時間の午後十二時三十分には少年たち十人が集って来た。湊町館の格安映画三本立ての昼の部は、午後一時に上演開始となる。集った少年たちを見ながら、

「ええっと、全部で十人だね。それじゃあ、入館代は四十円だけど、みんな、ここに出してみて」

と、セイさんは大きな布の巾着袋の口を開けた。ヒロシは、握り締めてきた十円硬貨四枚を巾着袋に入れたが、中には十円二枚に五円玉二枚などと、映画代金が足らない子供も数人はいて、申し訳なさそうに頭を掻いている。

「いいんだ、少し足らなくたって。それじゃ、出掛けよう。みんな、いいね。いつものように、映画館の前では一列に並んで入って行くよ」

少年たちは一団となって、浜に沿った細い道を進んで行く。小さな家が寄り添うように密集して建っている間を縫うように走る道は迷路のようにジグザグを繰り返すが、それでも最短コースで湊町館に辿り着いた。入口前でセイさんが少年たちに声をかける。

「みんな一列に並んで。……お金を払って入場券を貰うから、ワシの合図でサッと素早く中に入るんだ。いいね！」

映画館入口には、大きく突出して玄関棟が造られていて、正面の両開きドアを開くと広いコンクリート土間になっている。右手に木製のカウンターがあり、そこに白髪の爺さんが座っている。長い年月の漁師生活で赤銅色《しゃくどういろ》に日焼けした深い皺だらけの顔を綻ばせ、爺さんは少年たちに声を掛けた。

「みんな、久し振りだな。よう来てくれた」

「今日は、十人です。ここにお金を入れるよ」

と、セイさんがカウンターの上に置かれた料金箱の中に、巾着袋からざらざらとお金を流し入れる。そして、子供入場券十枚を受け取ると、みんなに合図して土間を進み、館内を仕切る扉の前にいる職員のおばさんに入場券を千切った半券を渡して、重たい木戸を開いて場内へ並んで入って行った。この間、二、三分の早業で、これがセイさんの手だった。十円玉に五円玉も混じる硬貨の数を正確に数える手間の間に、カウンター前には次のお客さんの長い列ができていて、爺さんにはその客たちへの素早い対応が優先される。こうして少年たちは、決まって少し足らない代金で映画を見ることができたのだ。しかし、映画館主のあの爺さん、ニヤリと笑ってすべてを見通し、映画好きの貧乏な子供たちの不正を見逃してくれていたのかもしれない。

上映されたのは東映の『旗本退屈男』シリーズの内、『謎の伏魔殿』（昭和三十〈一九五五〉年八月封切）・『謎の幽霊船』（昭和三十一〈一九五六〉年七月封切）・『謎の紅蓮塔』（昭和三十二〈一九五七〉年一月封切）の三本立てだ。主人公は、市川右太衛門が演じる直参旗本・早乙女主水之介《さおとめもんどのすけ》、人呼んで旗本退屈男。無役ながら一千二百石の大身で本所割下水の屋敷に住み、「諸羽流青眼崩し《もろはりゅうせいがんくずし》」の剣の達人だ。豪華絢爛の黒羽二重の着流し姿に、蝋色鞘《ろいろざや》の刀を腰に落とし差し、素足に雪駄履きで深編笠を冠る。額に受けた三日月型の「天下御免の向こう傷」がトレードマークで、悪人に引導を渡す時は、この傷を指差しながら啖呵を切るのだ。進藤英太郎や月形龍之介、山形勲といった名優の演ずる悪役を相手に縦横無尽の活躍で、華麗にして見事な剣捌きを見せる。殊に、映画終盤のクライマックスで、高千穂ひづるや丘さとみなどが演じる美しいお姫様が危機に瀕するあわやの場面で、早乙女主水之介が颯爽と登場すれば、客席からは拍手が巻き起こり、

「よう、待ってました！」

「待ってたよーッ！」

などと大きな掛け声が掛る。ヒロシら少年たちもかたずを飲んで映画に見入り、手に汗を握って旗本退屈男・市川右太衛門へ熱い声援を送ることになる。映画が終わり、劇場を出るころには、海に夕日が傾き出していた。帰りは砂浜を歩いて帰ったが、みんなはもうすっかり時代劇の中の人になっていて、浜辺で拾った竹の棒などを刀にしてズボンのベルトに差し、ちゃんばらごっこをしながら砂浜を駆け回る。もう大人に近い中学生のセイさんなどは、それには加わらず笑いながら、

「もう遅いから、早く帰るぞ。もういい加減に、みんな、さっさと歩くんだ！」

と声を掛ける。この日は梅雨時にもかかわらず朝方の曇空が夕刻には晴れ渡り、日本海に落ちる夕日の光が波にきらきら輝いて、子供たちの顔を茜に染めていた。

夏の巻

一

菊水川の河口を挟んだ対岸は「向いの浜」と呼ばれ、この川が気の遠くなるような長い時間を掛けて運んだ砂が堆積して創った広大な砂丘になっている。その幅は、三百メートルから広い所で五百メートルほどもあり、海岸に沿って西南方向へ、大河・手取川の河口まで断続して数十キロメートルの長さで延びていた。そこは、冬の激しい海風による飛砂を防ぐため「防砂林」の松林になっていて、あちこちにニセアカシアやヤブツバキ、ハマグミなどの灌木が大小の群落をつくっている。砂浜にはハマスゲやコウボウムギ、ハマニガナ、ハマボウフウなど砂地に生える草も群落をつくり、その間に、春にはハマエンドウが青紫の、ハマツメクサが白く可憐な花を開き、夏にはスカシユリが橙色地に赤黒い斑点を散らす花を空に向ける。ハマヒルガオは春先から秋にかけてほとんど一年中、淡いピンクの花で砂丘の斜面一面を彩り、灌木が茂る林の中にはハマシャジンが青みを帯びた白い小さな花をひっそり咲かせている。

幾筋か並行して走る砂丘の峰に囲まれた窪地には、春先の雪解けや梅雨の長雨のころには水溜りの小さな池も現れ、その鬱蒼とした森の窪地には子供を飲み込むような巨大な大蛇が住んでいるとの噂が、子供たちの間でまことしやかにささやかれていた。そして、早朝や夕刻には遠く近くフクロウの鳴く声が聞こえ、春から夏にはメジロやカッコウ、オオルリ、秋にはショウビタキやツグミがやって来る。シジウカラやムクドリは、年中、林の中を飛び回り、運が良ければ、色鮮やかなキジが樹間の草叢に姿を見せ、少年たちに驚きと幸せの思いをもたらした。

だから、海と砂浜とクロマツやニセアカシヤなどの林が続く広大な「向いの浜」は、少年たちにとっては好奇心をそそる冒険に満ちた場所だった。秋ともなれば、ハマグミが真っ赤な丸い実を付け、砂丘裏の農家が植えた柿の木が黄金の果実をたわわに実らせた。農家の垣根越しに大きく枝葉を伸ばす柿の実を採るのは、もし見つかれば農家の親父から大目玉を食らう危険な行為だったが、少年たちは大挙して「向いの浜」へ、その美味しい果実を求める冒険の旅に出掛けるのだ。さらに冬には、砂丘に積もった雪の斜面で竹スキーを楽しみ、冬の嵐で海岸に流れ着いたハリセンボンや形の良い貝、流木、そして稀には流し網の浮となる青緑色の大きな硝子玉も打ち上げられ、それら宝物を探して拾い集める冬の旅にも出掛けた。殊にハリセンボンは、口から空気を吹き込んで腹を大きく膨らませ、乾燥させて「フグちょうちん」が作られる。これを玄関の軒に吊るして置けば「風伏せ」として、どんな大風が吹いてもその家の屋根は吹き飛ぶことはないとされ、風水害に大層な験《げん》があるとされ、珍重された。

そんな七月初めの、梅雨の晴れ間に太陽が顔を覗かせた土曜日の放課後に、ヒロシたちは「向いの浜」へ冒険の旅へ出掛けることになった。桑の実の季節が来たのだ。浜に生える桑の木は、近在の農家が養蚕を生業として蚕を飼っていた時代に植えたもので、養蚕業が衰えたため、浜のあちこちに自生して群落をつくっている。春先、若葉の間にもじゃもじゃ密集した穂のような白く小さな花が咲き、六月末から初夏の七月のころに実を付ける。桑の実は、初めは赤いが熟すと赤黒い紫色となり、小さな粒々が集って直径一センチメートル、長さ一・五~二センチメートルほどの大きさとなる。程よく熟した実は酸味より甘さが際立ち、少年たちにとっては至上の美味しさのおやつとなった。ヒロシたちは、桑の実のことを「つまみ」と呼んでいた。摘まんで口に入れ、摘まんではまた口に入れて飽きることのないご馳走だからだ。この時期、誰かが「つまみ」を採りに行ったならば、すぐにみんなに知れ渡る。桑の実を摘まんだ指先は、赤黒い桑の実の色が沁み付いて薄紫に染まり、翌日に学校へ現れれば、すぐにみんなに「向いの浜」へ「つまみ」を食べに行ったことがばれてしまうのだ。

ヒロシの小学校のクラス、六年一組の級友・山根や下田たち五、六人が、昨日の放課後に「向いの浜」へ行って来たという。夕刻の一時間足らずの短い時間に、たらふく「つまみ」を食べ堪能したのだと、薄く紫色に染まった親指と人差し指をかざし、自慢げにクラスのみんなに報告したのだ。これは捨て置けない事態であった。ヒロシは六年一組の級友、坂本と中野を誘い、新町組少年団の同級生、健ちゃんやマサ坊にも声を掛けて、「向いの浜」へ出掛けることにした。家に帰り、自室の机にカバンを放り投げると、ヒロシは集合場所の妙専寺境内へ走って行った。健ちゃんやマサ坊、少し遅れて坂本と中野が集まると、みんなにそこで少し待って貰い、ヒロシは小学五年生の吉田武志の家を訪ねた。実は、一学年下の武志の母親から、内向的でおとなしく家に籠りがちな息子を心配して、なるべく外へ連れ出して一緒に遊んでほしいと頼まれていたのだ。家の玄関の戸を開け、土間に入って声を掛けると、武志がなにか浮かぬ表情でぼそっと顔を出した。それでも、「向いの浜」へ「つまみ」を採りに行こうと誘うと目を輝かせ、「行く！」と言う。今まで何度も「向いの浜」には行ったことがあるが、まだ「つまみ」は食べたことがないと言うのだ。

支度をして出て来た武志と共に妙専寺に着いたヒロシは、待っていたみんなと「向いの浜」へと出発した。新町から本町筋の大通りに出て右折し、達磨寺町、重胆寺町から上本町を抜けると菊水川にぶつかり、その岸壁沿いの道を左方向に進んで行く。川に沿って遡った先にある神守町の街並みの外れに、菊水川右岸を大きく開削して造られた矩形の宮腰《みやこし》漁港がある。菊水川は、白山山系の奈良岳（奥三方山）を水源とし、標高一千六百四十四メートルから加賀平野を海に向かって直角に延長三十四・二五キロメートルの流路で流れ下る急流河川だ。金沢の街の西側を縦断して流れるが、その広い河原の流れはいつも白波を立てる速さで、金沢の人はその荒々しい姿から「男川」とも呼んでいた。しかし、菊水川が「向いの浜」を形成する砂丘にぶつかって北東にその針路を変える辺りからは、川の流れは随分と緩やかとなり、七十メートルから広いところで百メートルほどもの川幅で満々と水を湛えて流れるようになる。そこから川は海岸線に平行して一キロメートルほども進んで神守町付近に至り、そこで左に向きを変えて一気に日本海へと流れ出る。神守町の先の菊水川を挟んだ広い一帯は普正寺村と呼ばれる農村で、民家も疎らで田畑が広がる土地だが、ここは宮腰という要津が成立したルーツともいえる場所なのだ。古くは奈良時代、この辺りの平野一帯が東大寺領荘園であったころに物資輸送の湊として栄え、平安時代に醍醐寺領荘園となると、その荘園を支配する荘家がこの付近に置かれた。中世の鎌倉時代には臨川寺領となり、やがて北条得宗家の領国となったが、その地頭職の代官所もこの付近に在ったことが近年の発掘調査で明らかになっている。この一帯は海に近く菊水川もゆったり流れ、その伏流水である湧水も豊富で人が集住するのに適していた。そのため、古く縄文時代には人々が住居を構え、殊に八世紀の奈良時代から長く中世に至るまで続く港湾集落が成立していたことが、金沢市教育委員会などによる発掘調査で確認された。その遺跡からは、弥生時代の貴重な勾玉が検出され、さらに、奈良・平安時代の荷札である付札《つけふだ》や木簡《もっかん》が大量に出土して、この地が重要な港湾集落であったことを明らかにした。その他にも、数多くの祭器類や馬具、須恵《すえ》器《き》・土師器《はじき》・木製容器類など様々な生活用具、さらに鎌倉時代に亘る中世の墓地が発見されて、そこでは砂に埋もれた五輪塔や宝篋印塔《ほうきょういんとう》などが発掘されている。

ヒロシたちは、神守町の先にある船溜まりの岸壁に面して造られた漁港のセリ市場の中を通り抜け、その先で菊水川を渡って「向いの浜」へ到達する。そこには「普正寺大橋」という木製の橋が架けられていて、車がようやく交差できるほどの幅があり、橋の路面には細かい砕石が敷かれて簡易な舗装がされている。普正寺大橋を渡ると、狭い畑地の先には砂丘の見上げるように高い丘陵が菊水川に沿って連なっていて、その丘陵を覆う松林の緑が、薄雲が漂う初夏の空の下に黒々と広がっていた。川に沿って開かれた畑地を通り、丘陵の松林の中の道を上って行くと、その中腹の菊水川や漁港が見下ろせる場所に、六年一組の級友・村上明の家が、松林に囲われて豪壮な入母屋造の瓦屋根を大きく広げて建っている。村上の家は、町で一、二を争う大きな網元で、地元で漁を行うだけでなく、遠く太平洋へも遠洋漁業の船団を他の船主たちと組んで送ることもある船持ちだ。明は三人兄弟の次男で、普段はもの静かだが豪胆なところがあり、みんなから一目置かれる存在だ。ヒロシは、「向いの浜」が地元の明を誘い、今日の案内役を頼んでいたのだ。

道路に面して砂地の広い敷地があり、右手に建つ大きな建屋の前には小さな畑も作られていて、キュウリやトマトが実っている。ヒロシは、建屋玄関の大きな硝子格子の引き戸を開け土間に入って、家の奥へ向け大きく声を掛けた。

「こんにちは。明君いますか？　六年一組の前澤です」

「はーい。……おやまあ、前澤君ね。お久し振りですね」

家の台所から明のお母さんがにこやかに現れた。そして、懐かしげにみんなの顔を見渡したあと、

「ちょっと待ってね。……明、前澤君たちがお見えよ！」

と、玄関の土間を上った広い廊下の右手にある階段下から、二階に向けて大声で明を呼んでくれた。それから台所に引き返し、新聞紙に包んだお菓子の包みを持ってきた。

「明と遊びに行くのね。これ、みんなで食べてね」

いつもそうなのだ。明の家に遊びに行くと、明のお母さんは、いつも決まって家に置いてある何かしらのお菓子を包んで、おやつを持たせてくれる。それは、ヒロシの家では滅多に見ることのない黒餡の饅頭だったりして、ヒロシは今日も秘かに期待してはいたのだ。

明が二階から降りて来て、みんなは一緒に「向いの浜」の砂丘の奥に実る「つまみ」を摘んで食する冒険の旅へと出立する。玄関を出て道路へは向かわず、明の家の前の畑を通り抜けて奥へ進み、敷地を取り囲む松林の中の細い砂の道を上って行った。家の裏手は砂の小高い山になっていて、その山は菊水川に沿って続き、川から急勾配で立ち上がる河岸段丘の長大な丘陵を形成している。松林を抜けて丘陵の頂きに辿り着くと、そこは灌木の群落となっていた。初夏の今は、ニセアカシヤが白い房状の花の束を大量に葉影に垂らし甘い芳香を辺りに放っている。少年たちは開けた斜面の砂地に腰を下ろした。そこは菊水川の河口から上って来て、「向いの浜」を海岸に平行して貫く道の峠になっていて、幅三メートルほどの砂地の道が海に平行して南西方向にまっすぐ伸びているのが見下ろせた。初夏の日差しにその砂の道は白く輝いていて、遥かに遠い彼方の松林の中に消えている。道の右側は砂浜が波打ち際まで続き、その先は白波を立てる群青の日本海が広がっている。左側はクロマツや灌木の林が茂る砂丘の緑がうねるように連

なっていて、「向いの浜」一帯に人影は見当たらず、夏空の下で海の波音のみが響いて聞こえてくる静けさだった。

少年たちは腰を上げ、峠の坂道を白い砂を巻き上げて一気に駆け下った。砂道の両側には、木杭で支えられた竹を縦に編んだ「静砂垣《せいさがき》」が連なって造られているが、大部分は砂に埋まっていて、浜辺に生える草々が所々に群生し、砂の上を這うハマヒルガオの花が海風に揺れている。静砂垣を乗り越えて、まず右手の海辺へと向かう。波打ち際の砂浜で拾った竹や木の棒を刀にして、チャンバラごっこを楽しむのだ。先日観た映画『旗本退屈男』の主人公・早乙女主水之介を交互に演じ、主水之介役以外は悪役となり主役の主水之介に綺麗に切られなければならない。映画の中の主人公など善人役は「いいもん」役と呼ばれ、勧善懲悪の悪人役は「悪いもん」役と少年たちは呼んでいて、誰もが「いいもん」役をやりたがるのは当然だった。

一頻《ひとしき》り海辺で遊び回った後、渚の砂浜に座りこんだ少年たちは、明のお母さんから頂いたお菓子の包み紙を開いた。中身は金沢の「柴舟《しばふね》」という銘菓だった。それは小判型の煎餅を反らし、生姜汁と砂糖の糖蜜を丹念に塗った煎餅菓子だ。柴を積んで川面を渡る川舟を柴舟というが、表面が砂糖の引き蜜で化粧引きされ微かに白く、うっすらと雪のかぶった舟を連想させる風雅な菓子だ。茶の湯が盛んな金沢で、江戸時代初めころから続く伝統の茶菓子で、少年たちが滅多に口にできるものではない。ヒロシも金沢の親戚のおばさんが手土産に持って来た時にだけ、数枚頂いて食べることができる程度だった。みんなは柴舟をパリッと割って口に入れ、ピリッとした辛みの生姜の隠し味を忍ばせた砂糖密の甘さを反芻するように楽しんだ。

柴舟を食べ終わった時に、やおら明が腰にぶら下げてきた風呂敷包を広げた。その中には新聞紙に包まれて「氷室まんじゅう」が入っていた。金沢では、毎年七月一日は「氷室の日」と呼ばる。小学校の給食でも生徒全員に氷室まんじゅうが配られ、町中が饅頭一色となる。江戸時代、加賀藩では冬場に積もった雪を山中の氷室で保存し、夏場に取り出して幕府に献上した。その氷は筵《むしろ》と笹葉で幾重にも包まれて二重の桐の長持ちに納められ、八人の飛脚によって四日がかりで江戸まで運ばれた。将軍への重要な献上品であり、無事に氷が江戸に届くようにと藩が神社に饅頭を奉納して祈ったのが、氷室まんじゅうの由来である。五代藩主・綱紀のころ、片町の道願屋彦兵衛《どうがんやひこべえ》が白い雪氷を模して作ったとされ、暑気払いの縁起ものの進物として武家の間で使われるようになり、やがて庶民にも広がって風習となった。また別の説では、明治時代中ころ、下松原町の新保屋が「氷室饅頭」として白いまんじゅうを売り出したのが評判を呼び、他の菓子屋もこぞって作るようになって庶民の間に広がったとも。氷室まんじゅうは、中に黒い漉し餡を入れ、酒種を用いて作る、素朴な味わいの「酒饅頭」だったが、子供たちにとっては年に一度、学校で配られる甘く美味しい御馳走だ。ヒロシは、つい先日の七月一日に学校給食で配られた一個を食べただけだったが、明の家では町のお菓子屋さんで購入し進物に使ったらしい。その残りを、明の母がみんなに一個ずつ包んでくれたのだ。小学校で配られたものより一周り大きく、ずっしりとした甘い黒餡が口中に広がる至福のひと時に浸ったあと、ヒロシたちは波打ち際を離れ、先の砂道を越えて砂丘の奥の松林の中へ入って行った。

枯れ落ちた松葉が厚く積もった砂地に生える下草の上を踏んで、クロマツの間を抜け、灌木の林をかき分けて進んで行く。やがて、冬の雪解けのころや梅雨時には、いつも現れる水溜りの浅い池のある場所に辿り着いた。周囲には桑の木が点々と生えていて、青々と茂る葉っぱの間に下がる実の「つまみ」を摘まんで、口に頬張った。みんなは夢中で、しばし無言となる。赤黒い紫色の小さな粒々が密集した桑の実は、咬むとプチプチ弾けてつぶれ、甘酸っぱい果肉の汁が口の中いっぱいに広がる。ヒロシが持参した布袋を広げ、摘んだ「つまみ」を入れようとすると、明がこう言う。

「この先に、もっといい場所があるんだ。みんなは知らない秘密の場所だよ。そこの方がもっと『つまみ』が生《な》っているから、そこへ行こうよ!」

さらに西へ二百メートルほども進むと、灌木に囲われてぽっかり開けた小さな草原が現れ、白や黄色の小さな花があちこちに咲く空間となっていた。周囲の灌木は、互いに競い合うように初夏に白い花を付けるニセアカシヤやハマグミで、その中に藪椿の木が濃い緑の硬い実を付けていた。藪椿は、まだ雪の残る冬の間に林の奥でひっそり赤い花を咲かせ、その実は秋十月ともなると熟して下に落ち、硬い外皮を三枚に開いて黒みを帯びた茶褐色の種を撒き散らす。藪椿の種は、少年たちには木製の玩具の艶出しや潤滑剤として貴重で、殊に、割った実の椿油をパッチ(メンコ)の裏側の紙面に塗り付けると、パッチは焦げ茶色に変色して重厚な色合いの高級品となり、その価値を上げるのだ。そして、その開けた草地の一角に、桑の木が大きな群落をつくっていた。確かに先に荒らされた形跡がなく、桑の実は葉影のあちこちにたわわに実って垂れている。ヒロシたちは、その「つまみ」を手で摘んで口に入れ、布袋を用意してきた者はその中へ放り込み、入れ物のない者はズボンのポケットに貯め込んだ。ヒロシも、母や姉たちへの土産にと、持参した布袋に「つまみ」を一心に摘み取って投げ入れる。と、その時、林の先にいた中野とマサ坊が、「ギャッ!」と同時に叫び声を上げた。

みんなが驚いてその方向を見ると、体長一メートルは優に超える大きな蛇が、林の草叢に逃げ込んで行くのが見えた。ぬるりとした淡黄色の体に黒い縦縞模様が幾筋か走るシマヘビで、この浜の主として、少年たちは恐れを込めて「青大将」と呼んでいた。誰も見たことのない伝説の「大蛇」とまでは言えないが、出会えば幸運があるとも信じられた「青大将」に遭遇し、気を良くした明はさらに菊水川河畔にある冒険の場所へ案内すると言う。

そこからは海に背を向け、松林の中を菊水川の岸辺へ向かって緩い上り勾配の砂丘の斜面を登って行き、たどり着いた頂上は菊水川に沿って起伏する河岸段丘の小山が連なる丘陵の上で、そこに尾根道が走っている。細い砂地の尾根道を明は何かを探すようにしながら、さらに先へと進んで行った。道の左手には、生茂る木々の間から菊水川が見下ろせ、河岸に向けて急勾配の砂の斜面がなだれ落ちている。海岸に近い砂丘一帯は、先人たちが防砂林として植林したクロマツなどの人工林だが、この川沿いの古くからの丘陵地にはブナやタブノキ、ウラジロガシといった古来の植生が分布していて、幹の径が五十センチメートルを超えるような大木も丘陵の斜面にがっしりと根を這わせている。そんな急勾配の斜面の中腹に、菊水川に向け大きく枝葉を広げるタブノキの大木が立っていた。その根元から五メートルほどの高さで枝分かれした太い幹が菊水川の上に高々と枝葉を伸ばしていて、その幹に太い麻のロープが括り付けられて垂れ下がっていた。

「ここだ。ここだよ」

明がタブノキを指差しながら、急な斜面を慎重に下って行く。ヒロシたちも後について斜面を下ると、川岸は幅が三メートルくらいの平地になっていて、タブノキから吊るされたロープが十メートルほどもの長さで垂れ下がっていた。ロープの下端は地面から五十センチメートルほどの高さで、先端には幾重にも絡めた結び目が瘤のように付けられている。菊水川が屈曲する付近にある専光寺村の中学生たちが作ったもので、「ターザンごっこ」と称して肝試しをしているという。下端の結び目の瘤に太ももを絡めてしっかりとロープにしがみ付き、川に向けてブランコのように投げ出て、いかに遠くまで川面の先へ行けるかを競うのだ。

初めに、明がロープに取り付いた。

「まずはワシが、ターザンごっこのやりかたを見せるよ。ええーと、まずロープの端に跨って、それから両手でしっかりロープを抱えてね。……よし、みんなワシの背中を押して！　もっと力いっぱい押して！」

ヒロシと坂本が明の背中を押し、川に向かって押し出され引き返して来ると、さらにまた大きく背中を押し出した。

「ヒュー！　……ワー、たっかいよ！」

と、明が愉快そうに声を上げる。次は坂本、そして中野、健ちゃん、マサ坊と続き、ヒロシも、映画『ターザン』の主人公のようにロープにつかまって川面の上で宙に舞う。川の先へ遠く高く投げ出され、川風を切って耳元でヒューッと音を立てる爽快な浮遊感に、みんな大声をあげて笑い、川面の先の遠さと高さを競い合った。次は武志の番だ。初めは恐れて嫌がった武志を、「ほんのちょっとだけ。すぐ戻すから」となだめ、チャレンジさせた。ロープに必死な形相でつかまった武志は、河岸から一メートルほども行かないうちに引き返して一回目の挑戦は終わった。そのあとも、みんなが交互に競って遊んだ後、健ちゃんが武志に声を掛けた。

「もう、ターザンごっこは止めるけど、最後にもう一度やってみる?」

「うん、ぼく、もう一回やってみる。もっと遠く先へ飛んでみたい!」

ヒロシと健ちゃんが武志の背中を押し、一回目より遠く一・五メートルほど、引き返してさらに背中を押し、二メートルほども先へ川面を飛ぶと、「わ〜!」と武志が嬉しそうな大声を上げた。さらに三度目の背中を押した時、悲劇は起こった。川岸から三メートルも行った先から引き返す途中で、嬉しそうに空を見上げていた武志の太ももがロープ下端の結び瘤から滑って離れ、岸から二メートルばかり先の川の中へズボリと落ちてしまったのだ。ヒロシは助けようとすぐさま川に飛び込み、健ちゃんも続いた。幸いなことに川底はヒロシの腹あたりの深さで、すぐに武志を岸辺に運び、みんなで力を合わせて陸へ引き上げた。全身ずぶ濡れになったヒロシたちは着ている上着とシャツを脱ぎ、水を絞って着直したが、もう夕刻に近い川には、初夏とはいえ冷たい川風が吹いていて、殊に武志の唇が寒さで薄青く変色してきている。

「ワシ、先に家へ帰って、風呂を焚いて準備しておくから。みんな、後から追い付いて来て!」

明が、そう言って真っ先に川沿いの道を駆けだした。しばらくして、みんなもその後を追い、泣きべそ顔で「寒い、寒い」と言う武志を励ましながら、川に沿って続く土手の道を歩いて行った。

家の表で待っていた明のもとに辿り着くと、表玄関の先にある勝手口から台所の広いコンクリート土間の中へ案内された。すぐ右手にある竈に大きな鍋がかけられ、お湯が沸かされていて、土間の奥に置かれた五右衛門風呂の焚口で着物に白い割烹着を着た明のお母さんが薪をくべて盛んに火を焚いている。

「大変だったわね。さあ、濡れてる着物を全部脱いで! さあ、ここに来て」

竈の大鍋で沸かした熱いお湯を土間の流し場に置いたタライに入れ、バケツに汲んだ水で薄めると、まずは寒さに震える武志をタライの中に立たせ、そのお湯を身体に掛けて温めた。武志を毛布で包んで待たせると、次は健ちゃん、そしてヒロシと素早く手当てをしてくれる。そうこうしているうちに、五右衛門風呂のお湯も湧いてきた。風呂の前に置かれた踏み台に上り、まずヒロシが風呂の木桶に跨って、浮いている底板を沈めながら風呂のお湯に浸かった。次に武志と健ちゃんが続き、寒さに震えていた三人がお湯の中で至福の声を上げる。それを羨ましげに見ている中野や坂本、マサ坊に、「次は、あんたたちも入ってもいいのよ。手拭いがそこにあるから、用意して」と、明の母が笑いながら声を掛けた。やがて、連絡を受けた明の父も宮腰漁協の仕事場から帰って来た。ヒロシたち三人は着替えのシャツやズボンを貸し与えられ、濡れた衣服を風呂敷に包んで帰り支度をする。そしてみんなで、明の父親の軽トラック「ダイハツ・ミゼット」の荷台に乗り込んだ。武志は助手席に座り嬉しそうだ。

ダイハツ・ミゼットは、ダイハツ工業が前年の昭和三十二（一九五七）年八月に販売を開始したばかりのオート三輪の軽トラックで、性能の良さと零細な事業者でも手の届く安さで人気を博していた。明の家では、この町で一番早くに購入していて、薄いクリーム色の新車は明の父親の自慢のひとつであった。もうすっかり日の暮れた町に帰り着き、新町の入口十字路で車を下りたヒロシたちは、それぞれの家に帰って行った。

夏休みが始まった七月二十日の午後三時に、ヒロシは武志の家に、「およばれ」されることになった。この町では他家に招待されることをこう呼ぶ。「向いの浜」冒険旅の一件のお礼にと、あの日いた全員が「およばれ」されたのだが、遠く離れた明は来なかった。この日は大相撲名古屋場所の千秋楽で、そのテレビ放送を見せてもらえるという。

テレビ放送は昭和二十八（一九五三）年二月にNHKが本放送を開始していた。金沢では、NHK金沢放送局によって昭和三十二（一九五七）年の暮れも押し詰まった十二月二十三日に放送が開始され、それは本州の日本海側では最初のことだった。この日は大変な騒ぎだった。町の中心にある公民館にテレビ台が設置され、みぞれ降る寒い日であったが、多くの町民が公民館の玄関ホールに集まって初めてのテレビ放送を見守った。ヒロシも密集する人々の間で、高く据えられたテレビ台を見上げたのだが、テレビ受像機の小さな箱の中の白黒の画像が、生き物のように動き回るのを驚嘆の思いで見つめた。その時見た番組は、開局記念に金沢で開催された素人歌謡のラジオ番組『三つの歌』で、司会者・宮田輝の軽妙な語り口が鮮明に蘇ってくる。その日からしばらくは、町の電気屋さんの前ではテレビ観戦の人混みができたし、お風呂屋の脱衣場に設置されたテレビの前では子供たちが陣取って家へ帰らない事態となって、学校から子供たちやその父兄に対し、長く風呂屋に居座ることへの注意を喚起する通達が出された。この時代のテレビ受像機は大変に高価で、14型白黒テレビの価格が十万円は遥かに超えていて、一般の家庭がすぐに購入できる代物ではなかった。そんなテレビが武志の家には置かれていて、それは武志の父の弟で、大阪で事業を起こし成功した叔父さんが、母親である武志の祖母のために購入したものだった。

ヒロシたちは、カステラやシュークリームといったこの町ではお目にかかることのない洋菓子の接待を受け、武志の母が入れた紅茶を皿の付いた花模様の優雅なカップで飲ませて頂いた。ガラス瓶に入れられた白砂糖をたっぷりと入れた透き通る茶褐色の紅茶という飲み物を、ヒロシはこの時生れて始めて飲んだ。この時代に砂糖は一キログラムが百五十円はする貴重品で、箱詰めで結婚式の引き出物にもされるものだった。

それから、優しく微笑んで座る武志の祖母の小さな身体を取り囲んで、居間に置かれたテレビでの大相撲観戦となった。昭和三十三（一九五八）年、この年の名古屋場所は七月六日に始まり、この日、千秋楽を迎えていた。今場所は横綱・千代の山が休場していて、栃錦と若之花が十二勝二敗の相星で並んで千秋楽を迎えたため、横綱同士の優勝対決に世間は湧き立っていた。手に汗を握る白熱の相撲に、ヒロシたちは息を呑んでテレビに見入り、声も出せない興奮に包まれた。結果は若乃花の勝利。この年の一月場所で横綱・吉葉山は引退していて、横綱・鏡里も場所後引退を表明、大相撲は栃錦、若之花による「栃若時代」を迎えたのだ。

夕刻、梅雨の曇り空が夕闇を深めるころ、ヒロシたちは栃若の優勝を掛けた熱戦の余韻を胸に家路に着く。武志の母が、優しい笑顔でいつまでも少年たちを見送っていた。

二

夏休みが始まると、小学生は初めの十日間、早朝六時に日和山に集ってラジオ体操をしなければならない。新町では中学生も参加し、新町組少年団の全体行事となっている。子供たちが持つラジオ体操手帳に出席の認印を押すのは、本来は町内役員の大人の役割であったが、新町では少年団の団長のセイさんが認印を預かって中学生たちが代行した。

前日まで曇っていた天気が快晴となった七月二十二日、朝のラジオ体操の後、少年団はセイさんの号令のもと、海に泳ぎ出て遠浅でのアサリ漁を行うことになった。セイさんや副団長のヨシさんたちが話し合って決めた計画で、少年団用の野球グローブを購入する資金を得ることを目的とするものだった。野球は少年たちの憧れで人気のスポーツだ。昭和十一（一九三六）年に日本のプロ野球は始まったが、終戦後の混乱の時期を川上哲治や千葉茂、青田昇といった名選手の活躍で乗り越え、この昭和三十三年には、セ・パ両リーグとも六球団ずつの合計十二チーム体制となった。そしてこの年に立教大学から読売巨人軍に入団した長嶋茂雄は、初年度から三割二十九本塁打三十七盗塁の活躍を見せ、日本シリーズでは三原脩監督率いる西鉄と水原茂監督率いる巨人の三年連続の対決となった。西鉄がワールドシリーズでも前例のない三連敗からの四連勝で、逆転日本一を達成。稲尾和久が七試合中六試合に登板し、西鉄の四勝すべてを挙げるなど優勝の原動力となり、地元の新聞が「神様、仏様、稲尾様」との見出しを付けて、これは後々まで語り伝えられる伝説となった。そんなプロ野球の熱気はこの田舎の小さな町にも伝わり、大人のみならず、子供たちにも野球熱が深く浸透していて、夏の終わりの八月末には中学生を中心に大人も参加する町内対抗の野球大会も行われた。しかし、軟式ではあったが、ボールとバットがあれば良いソフトボールと違い、野球は全員がグローブやミットを手に着用しなければならいお金の掛かるスポーツだ。新町組少年団の持つ野球グローブは、払い下げの米軍の軍服の生地を使ったのではないかと噂される深緑色の布地で作られた手袋に、茶色の豚皮を丸く切って手のひらの真ん中に縫い付けただけの代物だった。薄っぺらなそのグローブは、一たび激しい打球を受ければ、手のひらがズキンと痺れる痛みの打撃を受け、捕球を少しでも過《あやま》れば突き指をするのはしょっちゅうのことだった。それを見かねた町内会の大人たちが、前年までに革製のしっかりした投手用のグローブと捕手のキャッチャーミットを買い与えてくれていて、それらは皮クリームでの手入れを怠ることのない少年団の大切な宝物だった。そして、今年の少年団の目標は、自らの力で一塁手のファーストミットと新しい木製バット一本を手に入れることだった。野球グローブはスポーツ用具としては超高価な品物で、どう安く見積もっても二千五百円以上、ファーストミットともなればもっと高く、三千円は優に超える価格であることが予想された。前年の昭和三十二（一九五七）年に歌手・フランク永井が歌った歌謡曲『１３、８００円』は、都会の大学卒の初任給の平均額が一万三千八百円になったことを歌って話題になったが、そんな物価の頃の三千円を優に超えるファーストミットを、田舎町の少年団が自らの力で購入するというのは、だいそれた目標だった。

早朝六時に日和山に集った少年たちは、ラジオ体操を済ませるとクラブ小屋で着替えをし、小学三年生以下や風邪気味という者を除いて、全員、白い褌《ふんどし》姿で、砂浜へ下りて行った。このころ子供たちは「さらし」の六尺褌を腰に巻いて泳いでいたし、相撲も取っていた。夏には、日和山の右手の秋葉神社下から北東に向け海岸に沿って何軒もの浜茶屋が建ち、宮腰の浜は海水浴場となって、梅雨明けから八月中旬のお盆のころまで金沢からやって来る海水浴客で賑わったが、金沢から来る子供たちはみんな海水パンツを履いていて、そのスマートな水着姿を宮腰の子供たちは珍しげに見ていたのだ。ヒロシも、この朝早く、家の裏の背戸にある物干し台に干してあった父親の白い腹巻き用の「さらし」を、そっと盗むように持って来ていた。実は、ヒロシの家では終戦の翌年の夏に、小学三年生であった長男・征一がこの海で溺れ死んでいて、生まれ変わるように生れてきたヒロシが海に泳ぎに行くことを、母・キヨは大そう恐れて嫌がったのだ。

夏休みが始まってすぐに、浜に流れ着いた丸太や材木の製材工場の廃材置き場で拾ってきた角材で組まれた大きな筏が、日和山の麓の砂浜に置かれていた。セイさんやヨシさんの指導のもと、少年団員みんなで力を合わせ、作り置いた筏を波打ち際へ運んで行く。筏の上に取り付けた平板の台にトタンバケツを乗せ、少年たちは筏の端に取り付いて海に入り、沖に向けて、泳ぎ出した。

「よっしゃ！　よっしゃ！」

「わっしょい！　わっしょい！」

風はなく、朝凪の海は穏やかで、小さな波さえ立っていない。波打ち際から十メートルも行くと少年たちの背の立たない深みとなるが、場所によっては沖合三十メートルくらいで腰の高さの遠浅の砂地に至る。そこは浜際と違い、人の手が入らないだけアサリの量が豊富だった。少年たちは交互に海に潜り、逆立ちしてアサリを採った。潜るのが不得意な者は足の指先で貝を挟み、器用に拾い上げて収穫した。小一時間かけてみんなで採り、少年たちは海岸へ泳ぎ戻った。収穫したアサリは、持って行ったバケツ三つすべての七分目程度は埋まり、セイさんたちは満足げに笑みを浮かべて、参加した少年たちに声をかけた。

「みんな、ご苦労さん！　明日もがんばるからね。みんな明日も出て来てくれよな！」

収穫したアサリは、新町の街角にある松本魚店に持って行って買い取ってもらう手はずだ。クラブ小屋に戻り、着替えて解散となったが、セイさんとヨシさん、そして会計係の誠一さんの三人は松本魚店へ向い、採ったアサリの販売交渉をする。魚店主である松本正明の父は、額がテカリと輝いて禿げあがっているが、まだ若い働き盛りで威勢が良い。少年たちが採ってきたバケツ三杯のアサリを重量計の台に乗せて重さを量り、大きなそろばんを弾きながらこう言う。

「ウーン、少年団ががんばって採ってきたもんやさけなァー。よーし、バケツ一杯、八十円で買うたるよ。儲けはなしだ！」

「うわー！　あんやとう！　あんやとー！」

セイさんにとっても思いがけない高値で、野球用具購入の資金獲得に好スタートを切ったかに思えた。

しかし、翌二十三日は曇空で浪も高く、中学生だけでアサリ採りに出掛けたが、漁獲はさっぱりだったし、その翌日はもっと天気が悪くなった。この年、北陸地方は天候不順で七月下旬になっても曇空が続いていた。殊に七月二十四日から二十六日にかけては前線が停滞し、集中豪雨が発生して富山県や石川県の一部に堤防決壊や家屋の流失など大きな被害が出た。町でも二十五日・二十六日に激しい雨が降ったが、幸い、金沢やこの町に大きな被害はなかった。しかし、この天候では、少年たちのアサリ漁は計画した成果を上げることはできなかった。中学生たちは、さらにに、うなぎ漁にも取り組むことにした。大きな竹の筒の底だけ残して節を抜き、田圃《たんぼ》の畔で取ったミミズを入れて、夕刻、その竹筒を菊水川の岸辺に沈めて置く。早朝、ラジオ体操が始まる前に菊水川へ出掛け、沈めていた竹筒を引き上げるのだが、うなぎも少年たちの作った簡単な仕掛けにかかるほど馬鹿ではなく、一匹の成果もなく終わったのだ。

セイさんたちが打ち出した最後の打開策は、紙や金物類の廃品回収だった。雨の降る朝、ラジオ体操は中止になったので、ヒロシたちがクラブ小屋に集まると、セイさんが、みんなにこう告げた。

「みんな、雨で海に出れないのでアサリ漁ができません。それで、新聞紙や雑誌、それから金物なんかを拾い集めて売ろうと思うんです。えーっと、まず、みんなの家にある雑誌などの紙や空き缶、ガラス瓶なんかで、いらないものがあったら持って来てほしいんです」

その他にも、町内や浜茶屋の周りを歩き、空き缶やブリキ板、ビール瓶などを手分けして拾い集めるなどと、その計画案を説明した。そして、まずは翌日のお昼ころまでに、各自が自分の家の中を中心に拾い集め、手に入れた紙類や金物、ガラス瓶などをクラブ小屋に持って来ることになった。

ヒロシは家に帰り、すぐに家の中を物色した。新聞紙はいつも決まって回収されて行くので諦め、部屋の隅に置かれている読み終わった婦人雑誌などの本類や一升瓶を集めて玄関の土間に置いた。それから、家の一番奥に建つ納戸にも行って、その中を探してみた。すると、奥の棚の下に、埃を被ってはいるが、菊の花が精緻に彫り込まれた銅製の丸い火鉢があり、それは値打ちがありそうに見えた。翌朝、銅製火鉢もこっそり持ち出して、集めた雑誌や一升瓶と一緒にクラブ小屋に運んだ。昼ころには、クラブ小屋に少年たちが集めてきた紙類や金物、ガラス瓶などが並べられ、セイさんたちが点検して種分けをした。そして、ヒロシが持ち込んだ銅製の火鉢を指差して、セイさんがみんなを見渡して言った。

「これはダメだよ。これは家で大切なもんだと思うよ。誰が持ってきたん？……」

ヒロシは頭を掻いて立ち上がり、セイさんからその火鉢を受け取った。これは廃品ではなく、家へ持ち返らなければならない大切な品物と判断されたのだ。

「これもダメだな！　これは誰が持ってきた？」

セイさんはそう言うと、荒縄で括られた鍬の刃床三枚を手にかざして持ち上げた。それは小学五年生の今田次郎が家から持ち出したもので、木の柄が付いていない鍬の刃を、もういらないものと勘違いしたらしい。左官の仕事では大切な道具だと知る兄の義明さんが、「ダラな事をして！」と睨んでいる。その他にも家から貴重品と思われる品物を持ち出した少年たちがいて、それらは各自持ち返ることになった。

家に帰ったヒロシは、母からきつく叱られた。「いらないから納屋に置いていたのでなく、大切な火鉢だから、お客さん用として仕舞って置いたものなのだ」と。

叱られはしたが、この七月二十八日はヒロシの誕生日だ。誕生祝いに、年に精々二、三度しか作ってもらえないカレーライスを食べることのできる特別な日なのだ。カレーライスは、子供たちにとって滅多に味わうことのできないご馳走で、誕生日には作って貰えるのがヒロシの家の慣例だった。そしてこの日は、ヒロシは昼飯を食べずに、貴重な夕食に腹を空かせて備えるのが常だった。前日まで続いた雨が上り、曇り空ではあったが中学生たちは海に出かけ、うねりが残る海の遠浅で、短い時間に半分ぐらいには埋まったバケツ三杯のアサリを採ってきた。それを浜辺で待ち受けたヒロシは、そのうちのバケツ一杯のアサリを松本魚店と同じ値段で購入したいとセイさんに申し出た。カレーライスの具材にするのだ。家に帰ると、アサリをタライに入れた塩水に浸けて砂出しをする。昼過ぎには、母が着物に襷《たすき》掛《が》け、白い割烹着の腕をたくしあげてカレーライスの調理に取り掛かった。この時代、すでにインスタントのカレールーはあったが、まだ一般的ではなく、この町では売られていなかった。ヒロシの母は、台所の竈に南部鉄の黒々とした大鍋を架け、その中にバターと小麦粉を入れてかき混ぜて炒め、さらにカレー粉を投入してスパイスなどで味付けしカレーのルーを作る。そこに別に炒めた玉ねぎや、ジャガイモ、ニンジンを入れてグツグツ煮込んでいく。具材の肉は豚の細切れで、これはほんの少ししか入らなかった。肉は高価な食材で、町に二軒しかない肉屋さんで、経木で包んで量り売りする貴重品だった。子供たちはカレーライスの中の、滅多に口にできない豚の細切れ肉を求めて争ったりしたものだ。肉の代わりとして具材に加えられるのが、浜で上がったアサリや小エビだった。具材の準備を含めれば一日がかりの手間の掛かるカレーライスは、夕餉の食卓に供された。さらに食卓の丸い卓袱台の真ん中には、金時草《きんじそう》の濃い紫のお浸しや細かく刻んで塩揉みしたキュウリ、小さな丸ナスの一夜漬け、そして丸々と真っ赤に完熟したトマトなどが、それぞれ大皿に盛られて置かれた。ヒロシの誕生祝いの食卓だ。

　夏野菜は、近在の農家が大八車に乗せて売りに来るもので、それぞれの野菜特有の深い味と香りがした。殊にトマトは、かぶりつけばほとばしる果汁と少し黄色味を帯びて弾ける果肉に、夏の太陽がつくる日溜まりのような深く濃い味がした。この町の家々はそれぞれに近郊の農家と繋がりがあった。それは古く江戸時代からのもので、農家がその家の便所から「お汚《わ》い」（糞尿）を引き取って運び、田圃の中に作った肥溜《こえだ》めで発酵させて肥料としたのだ。そして、そんな農家は、繋がりのある家々に朝採れの新鮮な野菜を大八車に積んで、安い値で提供しにやって来たのだ。

　食卓一杯に広がる料理に目を輝かせ、大きな皿に盛られたカレーライスにかぶり付くヒロシを見て、母は満足げだ。カレーライスなどに興味はなく、浜で取れたキスの刺身とコゾクラ（ぶりの幼魚で夏に取れる地魚）の煮付を肴に、黙々と晩酌をする父の横で、今日は早く帰宅した長姉の美佐子や次姉の幸代も、大皿に盛られたカレーライスに嬉しそうだ。

「わー！　久し振りね。お母さんのカレーライス。……美味しいね、美味しいね！」

こんな日は、お櫃の中のご飯も一気に少なくなっていく。

新町組少年団による、アサリ漁や廃品回収は、その後も八月半ばころまで断続的に続けられたが、ファーストミット購入の資金にはついに届かなかった。それでも、少年たちの努力を見ていた親や町内会の大人たちから寄付金が集まり、ファーストミットはなんとか購入できた。野球バットは、新町組少年団の先輩で青年団の役員をしている高木さんから貰えることになった。高木さんが所属する草野球チームが使っていたバットで、使い古されたものだったが、彼の手によってバットの木肌は磨かれ、薄茶に着色されてニスも塗られていた。こうして、新品でピカピカに輝くファーストミットと、良く手入れされた中古の野球バットが手に入り、新町組少年団に新たな宝物が加わった。

三

八月一日・二日・三日は宮腰湊神社の夏の例大祭で、この町で行われる最大の年中行事だ。宮腰湊神社の主祭神は、護國八幡大神・天照皇大御神・猿田彦大神（佐那武大神）の三柱。神社拝殿の奥の砂利敷きの神域に、銅板葺で入母屋造の本殿が三棟並んで建っていて、それぞれ八幡社・神明社・佐那武社と呼ばれる。その縁起は、古書『皇朝百代通略』にこう書かれる。

「猿田彦神は聖武天皇神龜四年六月十五日陸奥人佐那獲神於海中而祠之大野庄眞砂山竿林明年以聞帝勅曰佐那武大明神」

さらに「佐那夢覚めて驚き異み急ぎて船を湊に寄せ陸に上りて見れば蓊鬱たる深林眞砂山に在りて之を竿の林と唱ふ中に鏘々たる神鈴を聴く、就て視れば一の瑞蘺ありて神明宮を鎭齋す。佐那乃ち其祠宮布施氏に議し新に其傍に一祠を建立し猿田彦神を勸進したり」と記される。

現代語に訳するとこうなる。宮腰湊神社は、神亀四（七二七）年に陸奥の人・佐那《さな》がこの浜の沖合を航海中に猿田彦大神の出現を感じ、海辺にあった真砂山の竿林《さおのはやし》に鎮座していた神明社の傍らに一祠を建立し勧請したことを、その創祀とする。この天照坐皇大御神《あまてらしますすめおおみかみ》を奉斎する神明社の創建年代は飛鳥朝時代であるとされ、聖武天皇の天平元（七二九）年には官社に列せられ、これをもってこの社の正式な開基とする。

そして、醍醐天皇による延長五（九二七）年成立の『延喜式神名帳』に記載される、加賀国四二社の中の一つに収められた式内社となる。その後、建長四（一二五二）年に真砂山の社殿が炎上したため、東八丁を隔てた現在地、寺中の離宮八幡宮に遷座された。

この神社開基の縁起が創られたのは、平安時代末期から鎌倉時代にかけての中世初めのころと思われる。実際の起源は、往古、菊水川河口に住み付いた海民が、海辺の小高い砂山を聖地として海に向かって龍燈の火を焚いて遥拝し、やがてそこに祖霊を祀る小祠を建てたのが始まりなのだ。律令の古代には、この平野一帯は「大野郷」と呼ばれ、その中心の湊の守護神であり、古くからのこの一帯の産土神《うぶすながみ》であることから、小祠から発展した神社は「大野湊神社」という社号で呼ばれ、加賀国四二社の中に記載される式内社となった。真砂山に神明社が勧請されたのは、おそらく平安時代中期以降のことであろう。古代においては、天照大神は大王家の氏神として天皇や皇后、皇太子以外の奉幣は禁止されていた。それが平安時代中期以降、殊に中世に入って朝廷の財力が衰微すると、伊勢神宮を維持しその神域を守っていくために、全国各地に信者を獲得するための講を組織する御師《おんし》が活躍するようになる。それによって日本各地に天照大神を祀る神明社が勧請されるようになった。同時代に、同じ伊勢に鎮座する猿田彦神が、日本神話の天孫降臨で邇邇藝命《ににぎのみこと》の先導をしたということから海陸の交通安全や方位除けの神として信仰され、全国の津泊に勧請されようになる。宮腰の湊においても、早くとも平安時代中期ころに伊勢神宮の御師の活動により神明社が勧請され、その後に、この湊を拠点とする海民によって猿田彦神が勧請されて、先の神社創建の縁起の基が創られたのだ。「大野湊神社」という社号は、平安時代末期ころには消えていき、代わって「佐那武社」の名が見えるようになる。『源平盛衰記』巻二十九に、越中・加賀国境の「倶梨伽羅峠の戦い」に敗れた平家は、「……平家は礪波山を落されて、加賀國宮腰佐良嶽の濱に陣を取、旗を上よとて佐良嶽山に赤旗少少指上たり。谷々に被二討殘一たる兵ども、五騎六騎十騎二十騎馳集り。……」と書かれていて、この源平合戦「治承・寿永の乱」（一一八〇～一一八五）のころには、浜辺の「真砂山」は「佐良嶽山」と呼ばれるようになっている。

これを主導したのは、白山信仰の修験者たちで、彼らが今に伝わるこの神社の縁起を創り上げたと思われる。白山修験は平安末期から鎌倉時代に盛んとなり、佐那武社は加賀馬場白山宮の海に面した有力末社となった。この湊に鎮座した「大野湊神社」は、白山信仰の要となる白山七社の一つである佐羅宮の影響下に入り、その名が通じる「佐那武社」という社号となって、同じく不動明王や毘沙門天、そして聖観音を本地仏として祀ることになる。つまり、海辺の真砂山に佐羅＝佐良ヶ嶽の名を与え、そこに祀られる神を佐那武大宮大明神または佐良嶽明神としたのは、白山信仰の修験者だった。一説に、佐那とは『古語拾《こごしゅう》遺《い》』や『類聚名義抄《るいじゅみょうぎしょう》』にいう鐸（さなぎ＝佐那伎）のことで、鉄製の大きな鈴を意味していて、製鉄に関係するという。白山を切り開き、白山信仰の基を創ったのも鉱山や金属精錬の技術を持つ山の民であり、佐羅宮も不動明王や毘沙門天を本地仏とする製鉄・鍛冶に関係する神社とされる。縁起に登場する佐那が陸奥から来た人とされることも、古代におけるこの湊の奥州を含む広大な地域との交易や製鉄技術などの交流を感じさせるのだ。この白山修験との深い繋がりは、鎌倉時代中期に起こった事件に良く表れている。嘉禎《かてい》元（一二三五）年、加賀国一之宮・白山本宮の造営に際し、その造営料として「一国平均役」が加賀国一円に賦課され、この大野荘の地頭代や荘官にも賦課されたが、彼らはその進納を出し渋った。これに激怒した白山神人たちは、白山三社（本宮・金剣宮・岩本宮）の神輿をかついで大野荘内に乱入、これに呼応して、この大野荘に鎮座する佐那武社の神輿も地頭代の屋敷に乱入し、神輿を置き去りにして彼らを威圧するという事件が起こっているのだ。

宮腰の湊に近い現在の寺中の地に、白山修験は海へ向けての拠点を築いていたが、彼らはそこに白山信仰と関係が深い八幡神を祀る離宮八幡社を勧請していた。八幡神もまた、産銅などの金属精錬技術を持つ山の民を起源とする神格で、朝廷の護国神としての地位を高めていた。そして建長四（一二五二）年、真砂山の佐那武明神の社殿が火災に遭い消失すると、寺中の離宮八幡社の鎮座する場所に佐那武社は遷座することになった。この神社に祭神として八幡神が加わったのはこの頃のことと思われる。最盛時には、龍宮寺・円龍寺・普照寺など社僧三十六坊を数える白山修験の寺が建っていて寺中と呼ばれ、これらの寺は神宮寺として佐那武社を維持し管理していた。しかし戦国時代に入ると、加賀一向宗門徒による「長享の一揆」（一四八七〜一四八八年）で社殿や堂宇を全て焼失、神人・社僧も離散して佐那武社は見る影もなく荒廃することになる。戦国時代には、加賀国は一向一揆が支配する「百姓が持ちたる国」となるが、その勢力の中心の一つがこの「大野荘」の一帯であり、一向宗（浄土真宗）の吉藤専光寺・宮腰仰西寺・観音堂西福寺などの大坊主が集中していて、加賀一向一揆を指導していたのである。そして天正十四（一五八六）年、加賀藩の藩祖・前田利家が金沢へ入国するため宮腰に上陸した際、荒廃していた社殿を再興し、社領を寄進して宮腰湊神社として復興した。それは、この神社がこの地方一帯の産土神を祀る神社であり、古くより八幡神を祀って、この地の武将から篤い尊崇を集めていたことによる。それは、文治二（一一八六）年、奥州へ落ちのびる源義経一行が一夜この神社に泊まり、武運長久を祈って甲冑を奉納して遅咲きの川越桜を残したと、古書『龜尾記』に伝えることにも表れている。そして室町時代には、連歌師・飯尾宗祇が、越後の上杉氏に古典講釈をするため招かれて京都から下向する折、この義経の古跡を訪ねて宮腰湊神社に参拝、句を残した。

旅人の　みやのこしけむ　をそ櫻

さらに、江戸時代に入った元禄二（一六八九）年旧暦七月二十三日、『奥の細道』の旅の途次、金沢からこの地を訪れた松尾芭蕉も、宗祇の辿った旧蹟を訪ね、この神社に参拝している。この日、芭蕉は俳諧が盛んだったこの町の俳人たちに招かれ、閭之亭で六吟連句『金蘭集』を興行、この時、挨拶の句を残している。

小鯛さす　柳すずしや　海士が妻（軒）

本殿の中央に護国八幡宮、向って右に神明社、左に佐那武社の三殿が合祀され、八幡宮が主祭神となっているが、これは江戸時代後期からのことで、本来は神明社を御本社とし、別宮に佐奈武社を祀るのであり、護国八幡宮は摂社であった。このため、夏の例大祭は、元祖の御祭神である天照大御神と猿田彦大神（佐那武大神）の二柱が、年に一度、この町の旧社地である佐良嶽「大野荘眞砂山竿林」まで御神輿にて里帰りをするという謂れのお祭りなのだ。佐良嶽は、長い歴史の度重なる嵐や大波で砂丘地が削られ、海中に没して今はない。その場所は日和山の左手、今宮町の下に続く海の先にあったとされ、その浜辺に夏祭りの仮宮の社殿が造られる。この夏祭りが、いつごろから行われていたのかは定かではないが、江戸時代初期の寛永年間（一六二四〜一六四四年）にはすでに行われていたことが文献に見え、宝暦四（一七五四）年の『佐那武大明神御神幸行烈之次第』に記載されている行列のあり方などは、今とほとんど変わりがない。明治三十四（一九〇一）年に盛大に行われた千二百年祭の記録はこの町の町誌に詳細に描かれていて、今もその伝統通りの祭礼の姿なのだ。

夏の例大祭の行事日程はこうだ。まず、祭礼前日の深夜に、忌火だけを灯した本殿で二柱の御祭神を神輿へとお遷《うつ》しする「神遷《かみうつ》し神事」が行われる。この時、漆黒の闇の拝殿に居並ぶ白装束の氏子の耳に、奥の本殿から地を這い低く地響きする声が、「オー、オー」と聞こえてくる。神主が御祭神を迎える祝の雄叫びの声だが、神御自身の発する喜びの雄叫びのような、重厚な響きを持って暗闇の中に伝わってくる。

［一日目］　例大祭初日の午前十時、宮腰湊神社を出発した神輿は、白装束に各種の幟旗を立てた渡御行列を伴って宮腰往還を進み、町中の本町筋から今宮町を通って、故地である今宮町の浜辺に建てられた仮殿に到着する。二基の神輿は天照大御神と猿田彦大神（佐那武大神）の二柱で、天照大御神の神輿が多少大きく見えるが二基ともほぼ同じ大きさで、同じ形状と意匠を持つ神輿だ。神輿の胴体は六角形で、その六角屋根に太い野筋が葺き下り、先端は丸く天に向けて蕨手《わらびて》を跳ね上げている。屋根頂部には大きな鳳凰《ほうおう》が羽根を広げて乗り、屋根先端の蕨手にもそれぞれに小さな鳳凰が取り付けられている。黒漆に真鍮の飾り金物を付けた台輪に、やはり黒漆に螺鈿《らでん》を施した担ぎ棒が取り付く。屋根や鳳凰、胴体もすべてに金箔が貼られて黄金色に輝き、その重量が本体だけで三百キログラムを越える神輿は、その製作年代がはっきりと分かってはいなかった。ところが後年、平成十一（一九九九）年、宮腰湊神社創建千三百年を記念して二基の神輿が解体修理された時、その内一基の神輿内部から棟札が発見された。その棟札には、寛永十

（一六二二）年十月造立と書かれ、さらに寛政年間（一七八九〜一八〇一年）と天保年間（一八三〇〜一八四四年）に修理されたとの棟札もあり、江戸時代初期に製作され、幾度も修理されてきたものと確認された。さらに、もう一基の神輿には嘉永年間（一八四八〜一八五四年）に修理されたとの棟札だけがあったが、その構造や意匠、作り方から、やはり江戸初期の、先の神輿と同時期に製作されたものと判断された。この神社の神輿は、鎌倉時代の嘉禎元（一二三五）年に大野荘の地頭代の屋敷に乱入したとの記録があるように、遥か古い時代から連綿と続いて町民によって造立され、幾代にも亘って、この神社の中に鎮座されてきたものなのだ。

この二基の神輿の他に、「ツバキ神様《かみさん》」という椿の大きな枝葉を茂らせて前後に赤い鳥居と紙垂《しで》を長々と垂らす大麻《おおぬさ》を掲げた神輿が、先導役としてその前を進む。この神輿は、往古、神が鎮座した「眞砂山竿林」を表したもので、漁師町の若い船乗り連中が担ぐ。天照大御神がお乗りになる神輿は四十二歳の初老の厄歳を迎えた男衆が担ぎ、この初老会の連中が最も華やかに夏祭りを盛り上げる。それは同じ年にこの町に生まれた同期生たちが、男盛りの姿を町の人々に見せる晴れの舞台なのだ。

宮腰往還では、氏子町のそれぞれの町内が持つ十七基の曳山や十五台ほどの太鼓台が、道路脇に並んで三基の神輿を出迎える。神輿が町中に入ると、順路にある本町や今宮町などの家々が一軒ごとに笹竹を結んだ高張提灯を表玄関に掲げ、道には塩をまいて神輿を迎える。神輿の巡幸をお迎えする時には、家の屋根や二階など神輿より高いところから見下ろしてはならず、そこに布団や洗濯物を干すようなことをしてはならない。さらに、家事や仕事の手を休め表へ出て神輿を迎えるなど様々な禁忌や決まりごとがある。

また、巡幸中、神輿の下をくぐると無病息災の効果があるとされ、殊に子供たちは競ってその下をくぐるのだ。浜の仮殿に到着した神輿はそこで二晩を過ごされ、その間、町の人々は崇敬の念を捧げて御祭神に参拝する。

仮殿到着後には、まず夏越大祓が行われる。これはこの祭礼がかつては旧暦六月に行われていて、無事な夏の作物の実りと海での大漁を祈ったことの名残りと謂われる。夕刻の午後五時からは、御祭神に夕食を奉る祭礼、夕御饌祭《ゆうみけさい》が行われる。

［二日目］午前十時より、町長や各種団体長をはじめとする来賓の参列のもと、地域のさらなる繁栄、住民の生活の安泰、仕事の発展などを祈願する夏季例祭の祭典儀式が行われる。正午からは、宮腰港の漁業協同組合関係者が持ち回りで船を出し、宮司以下の神職を乗せた「神《かん》さん船」を先頭に、大漁旗を掲げた船団が共だって海へ向けて出て行く。そして仮殿の沖合まで来ると、「神さん船」の船上に祭壇を設置して海上安全・大漁祈願の海上安全祈願祭を執り行うのだ。夕刻の午後五時からは一日目と同じく夕御饌祭が行われる。この祭り中日には、浜では奉納子供相撲大会が開かれ、悪魔払、子供奴、獅子舞など、町に伝わる民俗芸能が町中の路上で披露される。この湊町は古くより相撲が盛んで、浜では、大正四（一九一五）年六月十三日に北國新聞社が主催して旧制中学校の全国初となる相撲大会が開かれた。それは、高等学校相撲金沢大会として続き、アマチュアのスポーツ大会では日本最古の歴史を誇るのだ。

悪魔払は、黒・赤・橙色の面を冠った鬼が、それぞれ太刀・鉞《まさかり》・弓矢を持って演武し悪魔を払うもので、修験山伏が行った厄払いの祈祷を起源に持つとされる。子供奴は江戸時代の参勤交代を模して子供たちが奴行列をするもので、神輿の先導の役割をする。獅子舞は、大きな布地の胴体の先端に付いた加賀獅子の大きな獅子頭を巧みに操る大人に、青少年の棒振り役が様々な武器で戦って獅子を討ち取るものだ。

藩政時代に庶民が武芸を隠れて行ったものが起源と伝えられ、巨大な胴体の中には芸者衆が入っていて、笛・太鼓・三味線にお囃子唄の音曲を賑やかに響かせる。これらを迎える町内の家々では、御祝儀袋に金銭を入れて、それぞれの家の招福を願い厄災を払ってもらおうと待ちかまえる。

秋葉神社境内の左手に広がる空き地には、芝居小屋や年によって出し物が変わる「見世物小屋」が建ち、本町から味噌蔵町を通って秋葉神社・日和山に至る路上には、びっしりと露天商の出店が並んで人々が集い、町は夏祭り一色となるのだ。

［三日目］　午前十一時三十分から出御祭が行われ、正午に浜の仮殿から神輿が出御して、二柱の御祭神が宮腰湊神社へお帰りになる還幸《かんこう》となる。仮殿を出発した神輿は、途中、神守町に鎮座する天磐橡樟船社《あめのいわくすふねのやしろ》と、町の北東の浜際にある新濱町に鎮座する西宮社を御旅所として立ち寄られ、その間に町中の路地を巡って家々に神の祝福を与えるのだ。

夕刻、宮腰往還の町への入り口の大通りは「お祭り広場」となり、加賀鳶や悪魔払などすべてが集合して演技が披露される。その往還には各町内の曳山や太鼓台も集合して居並び、神輿の神社へのお帰りを見送ることになり、夏の祭礼の盛り上がりは最高潮を迎える。お祭り広場の大通りで、神輿は木遣唄や祭音頭の掛け声のもと、「神輿振り」を行い、「お練り」と呼ばれる往きつ戻りつを繰り返して、夏祭りの終了を惜しむように、なかなか出発しようとはしないのだ。そこで唄われる木遣唄は、こうだ。

音頭「ホーラーンエー、今日は吉日ヤンエー」
囃子「ヤットコセー　ヨーイヤナー」

音頭「今日は吉日、日柄もよいぞ、ヨーイトーナー」
囃子「ホーランソーレ　アラランドッコイショ　ヨーイトコ　ヨーイトコーナー」
〽白歯が好いか、染歯がよいか、ニッコリ笑ろたら染歯もよかろ。
柱は大杉、黄金の關よ、桁は鞍馬の大天狗。
叶うたも叶うた、思ふ事叶うた、鶴が御門に巣をかけた。
目出度きものは破れた蚊帳だ、ツル（吊）とカメ（蚊奴）とが舞い遊ぶ。
こたゑたも道理じゃ、千萬長者の金筥じゃもの。
音頭「ドットコー　ドットコセー　ヨーイヤナー」
囃子「ウンエー　エイヤ　エイヤ　エイヤ　エイヤ　エイヤ」

そして祭音頭はこうだ。

囃子「ヨーイヨーイ　ヨーイヤナ　アラランコララン　ナンデモセー」
音頭「アー、一で乙（キノト）の（囃子）［アー　ドッコイ　ドッコイ］　大日如来」
囃子「アラ　ヨンヨイ　ヨンヨイ」
音頭「二で新潟の（囃子）［アー　ドッコイ　ドッコイ］　白山様よ」
囃子「ヨーイヨーイ　ヨーイヤナ、アラランコララン　ナンデモセー」
三で讃岐の金毘羅様よ　四で信濃の善光寺様よ　五で出雲の縁《えん》神様よ
六で無間《むけん》の御太陽《オブント》様よ　七で七尾の天神様よ　八で八幡《やはた》の八幡《はちまん》様よ

九で高野の弘法大師　　十で所の氏神さまよ

殊に、軽い「ツバキ神様」を担ぐ若い漁師たちは、しこたまお神酒も入って威勢良く、走り出して出発したかと思うと、また引き返すことを繰り返し、後に続く二柱の神輿をこれでもかと焦らせる。お年寄りも混じる町内選抜の担ぐ神輿の担ぎ手から「早く出せ！」と怒りの注文が出て、時には喧嘩腰の小競合い《こぜりあ》になることもあるのだ。

後年、ヒロシが四十二歳となった初老の厄歳に、同期の連中と共に天照大御神の神輿を担ぐことになった。夏の太陽の陽射しが照り付ける街中を巡り歩く神輿をみんなで交互に担ぎ、それを支援する同期の女性陣から振舞われる御酒《おみき》やビールの酔いが全身を回る夕刻に、このお祭り広場へやって来たのだ。この時には、最後のお練りや神輿振りに備えて担ぎ手を増やすため、担ぎ棒の親棒から垂直方向にトンボと呼ばれる横棒を二本伸ばし、その先の前後に脇棒（外棒）を加えて前後方向の担ぎ棒（縦棒）が合計で四本となる四点棒の担ぎ方に神輿はセットされる。この担ぎ棒に百人は超える同期の連中が群がって、交互に神輿を担いで練り歩く。神輿振りや往きつ戻りつのお練りを繰り返すと、神輿の重さが担ぎ手の肩に益々くい込んで悲鳴を上げるほどの痛みとなるが、炎天下で飲み続けてきた酒の勢いのままに木遣唄や祭音頭の囃子の掛け声で喉をからしていると、やがて頭の中は空白となり、神憑りしたトランス状態に陥って感極まり、目から涙が溢れ出してきたのだ。

そして、夏の夕空が真っ赤に染まり、やがて夕闇が漂い始めるころ、道の両脇に並んだ消防団による加賀鳶の火消し纏《まとい》が打ち振られ、居並ぶ各町内の曳山や太鼓台が太鼓を打ち鳴らす中、神輿は宮腰往還を駆け出して行く。先頭を切るツバキ神様はすごいスピードで疾駆し、初老連中の神輿が最後の力を振絞って駆け足で続き、町内選抜の年寄りが担ぐ神輿はよたよたした足取りの駆け足で、宮腰湊神社へと帰って行く。神社拝殿へ辿り着いて神輿が安置されると、夏祭り終了を告げる花火が打ち上げられ、境内参道では最後を締める悪魔払いが奉納される。その夜間、静けさを取り戻した拝殿では神輿から二柱の御祭神をもとの本殿へとお遷しする「神遷し神事」が行われ、すべての祭儀が終了する。

昭和三十三年、夏祭りが近づいて少年団のする準備は、春祭りの時と同様だ。日和山での朝の体操が終わると、少年たちはクラブ小屋に集まり、まず注連縄《しめなわ》を作る。一センチメートル径ほどの荒縄に、紙垂と稲藁をそれぞれ一メートルほどの間隔で挟み込み、完成すると、町内の家々の軒先に取り付けて路地の両側に張り巡らせていく。準備が終わると、子供たちは春先と同様に、順番に祭り太鼓の練習をした。やはり祭り太鼓は二人一組で、右手は大桴《おおばち》で春祭りと同じ旋律を奏で、左手は小桴《こばち》でリズムを取る。それぞれの町内で準備された曳山や太鼓台で子供たちが練習する太鼓の音は、町中至るところで遠く近く聞こえてきて、盛夏本番の季節の到来を人々に知らせるのだ。

春祭りとの大きな違いは、少年たちより大人が忙しいことだ。町内役員で祭りの世話役はもちろん、町内選抜の神輿の担ぎ手に持ち回りの順番で三人を出さねばならないし、漁師であれば、二日目の「神さん船」の渡御巡行に船を出すこともあり、「ツバキ神様」の神輿の担ぎ手を出すこともある。大工であれば、浜に設営される仮殿の建設に参加することにもなる。祭り前日の七月三十一日の朝早くから、町内会長の新野のおじさんや祭りの世話役の大人たちがクラブ小屋に集って、新町組の曳山の準備が始まる。この町では、古くに成立した町内会が十七基の曳山を持っていて、この祭礼に出る山車《だし》のことを「曳山」、あるいは単に「山」と呼んでいた。曳山は、大きな木製の外車に四角形の台座と胴体を乗せ、その上に高欄を配した屋台が乗る形態だが、上段の屋台に乗せる神の依り代に各町内の特徴がある。例えば、本町の曳山には入母屋造の二層構造で赤漆に金箔貼りの木彫欄間で装飾された華麗な御社が乗っているし、味噌蔵町のものは黄金に輝く大太鼓の上に時を告げる巨大な金の鶏が乗っている。その他、日本神話に登場する様々な神様の人形を乗せる曳山や、ツバキや榊《さかき》の幹が枝葉を広げ正面に大きな御神鏡を掲げる曳山もある。長浦町の曳山は、それらと異なり巨大な北前船で、中央の高い帆柱に張った白い布帆を天高く立てている。いずれも黒や赤漆で塗り込められた上に金箔が貼られ、あるいは真鍮の飾り金具で装飾され、さらに見事な木彫欄間を台座の上の胴体に嵌め込んだ、見上げる高さの大きな曳山だ。豪華絢爛な曳山は、町衆が最も財力を持った時代の、古いものは江戸時代末期から、さらには明治・大正のころに造られたものだ。

新町の曳山は、黒漆の二輪の大きな外車に台座が乗り、前方には一輪の小振りな前輪が付いていて、これに方向舵が付いて曳山の舵を取る。台座の上に乗る四角形の胴体は、黒漆を塗った格子壁の上に金箔で彩色した花鳥を刻む木彫欄間を嵌めて四面を飾り、その上に赤漆の高欄を配した広々と大きな屋台を乗せている。屋台には、『古事記』では「天宇受賣命」、『日本書紀』では「天鈿女命」と表記される「アメノウズメノミコト」が乗っておられる。

アメノウズメノミコトは、日本神話のなかに次のように登場する。天照大神が天岩戸に隠れて世界が暗闇になったとき、神々は大いに困り、天の安の河原に集まって会議をして、思兼神《おもいかねのかみ》の発案により、天岩戸の前で様々な儀式を行った。そこにアメノウズメが登場し、わが国最初の踊りを舞う。その様子は『古事記』にこうある。

「天の石屋戸《いわやと》に槽伏《うけふ》せて踏み轟《とどろ》こし、神懸かりして胸乳かき出《い》で裳緒《もひも》を陰（ほと＝女陰）に押し垂れき」

つまり、アメノウズメが、天岩戸の前でうつぶせにした槽（うけ＝特殊な桶）の上に乗って背をそり胸乳をあらわにし、裳の紐を股に押したれて、女陰をあらわにして低く腰を落して足を踏みとどろかし、力強くエロティックな動作で舞い踊った。これを見た八百萬《やおよろず》の神々は、大きな声で「共に笑ひき」ことになる。この神々の大笑いを不審に思い、岩戸を少し開けた天照大神に、「汝命《いましみこと》に益《ま》して貴き神坐《いま》す（あなたより尊い神が生まれた）」と、アメノウズメが語り掛ける。その言葉に、「いよよ奇《あや》しと思ほして」と、驚き外に出た天照大神を、天手力雄神《あめのたぢからおのかみ》が手を取って表に引き出すと、再び世界に光が戻ることになる。

新町の曳山の上に舞い立つアメノウズメノミコトは、長い黒髪に白い鉢巻きをきりりと締め、白い着物を着て大きな鏡を胸に垂らすお姿で、さすがに胸乳をあらわにしてはいない。アメノウズメの人形の白くふくよかな御尊顔は、大そう美しい。少し微笑んだ赤い口元に、切れ長に澄んだ目が優しく見開いていて、子供心にも、美しい女人とはこういう人をいうのだと思わせるものがあった。ヒロシなど、大人になって女性を見るときに、その美しさの判断の基準にさえなってしまったのだ。アメノウズメの右手は榊を持って頭上高く上げ、左手には長い薙刀《なぎなた》を持つ。これは、『日本書紀』では「千草を巻いた矛」、『古事記』では「天の香山の小竹葉《ささば》を手草《たぐさ》に結《ゆ》ひて」と書かれることからきた舞い姿だ。アメノウズメの背後には赤漆に金箔を貼った大きな太陽が立ち、その周りを、紙垂を結んだ枝葉を大きく広げる榊が取り囲む。屋台の後の隅には五色の幟旗が二本立てられ、それは曳山が動くと風に舞って翻る。台座胴体の中には太鼓が置かれ、前方には赤漆の高欄に囲まれた幼児が乗る桟敷台があり、後方には太鼓の打ち手が二人座る台座が取り付けられている。

夏祭りの準備が始まると、大人たちは、朝早くからクラブ小屋の二階に置かれた格納箱からアメノウズメの人形や様々な備品を取り出して曳山に取り付け、紙垂を結んだ榊の木を用意するなど忙しい。実は、七月に入ったころから、人形の衣類や備品類の点検は行われていて、傷みがあれば補修などが行われる。曳山に大きな不具合が出てくると、町内では補修に掛る費用を捻出するため、数年に亘り特別に各家庭から募金が集められて、補修資金が積み立てられもするのだ。夏祭り前日の七月三十一日夕刻にはすべての準備が整うと、少年たちは年に一度訪れる例大祭への期待に胸ふくらませて家へ帰って行く。クラブ小屋では大人たちがまだ居残って、寄進された御神酒や奉賛金の確認など様々な打合せをしているし、中学生たちはクラブ小屋の周りの掃除や、町内に取り付けた注連縄の最後の点検などを手分けして行った。

この年、昭和三十三年の夏は、天候不順ではあったが、それでも祭り初日は薄曇りの空に時折太陽が顔を出し、強い夏の陽射しを見せていた。朝八時を過ぎると、曳山を監督する大人たちや少年団の子供たちは、白い布地に「新」の黒い文字を背に縫いつけた法被《はっぴ》姿でクラブ小屋に集って来た。殊に親に手を引かれてやって来る幼児たちは、白い法被に飾り結びの帯を巻き、金銀刺繍の豪華な前掛けを付けて、鉢巻き姿で曳山の前の桟敷台に乗せられる。女の子も親たちも集って来て、曳山の前に取り付けられた赤・白・青の綱を撚り合わせた化粧曳き綱に手を掛けて引っ張り上げる。やがて午前九時に宮腰湊神社で、各町内の曳山や太鼓台の出発を促す花火が打ち上げられると、それを合図に、祭り太鼓が打ち鳴らされ、新町組の曳山は出発した。太鼓の音に合わせ、子供たちは大声で囃子唄を唄ってゆっくり町中を進み、宮腰街道の所定の場所まで曳山を運んで行く。大人も子供もみんな晴れやかな笑顔だ。曳山の囃子唄が聞こえてくる。

「ヨーホラサッサ、エッサ、エーン、エーン、ヨーホラサッサ」

宮腰往還に集結した各町内の曳山や太鼓台は、往還の道脇に長い行列をつくって御祭神の神輿を待ち受ける。新町の先に並ぶ曳山は今宮町で、高々と天に向け榊が枝葉を広げる下に赤い巨大なサンゴがごつごつ枝を広げ、そこに金銀蒔絵の打出の小槌が乗る宝の山が屋台を飾っている。後ろに居並ぶのは横本町の曳山だ。ここの屋台に乗るのは神武天皇で、白い左前の上衣にゆったりしたズボン状の袴を履き、ひざ下をひもで結んだ衣装で、背に矢筒を背負っている。白い御尊顔に黒々と長い髭を垂らし、左手に持つ弓の先に大きな鳥がとまり、右手を顔の前にかざして遠くを見つめて立っておられる。神武東征のときのお姿で、弓の先にとまる鳥は「金鵄《きんし》」。神武天皇が大和の地で長髄彦《ながすねひこ》と戦っている際に、金色の鵄《とび》が天皇の弓に止まると、その体から発する光で長髄彦の軍兵たちの目がくらみ、天皇軍が勝利することができたとされ、それが「金鵄」なのだ。あるいは、熊野から大和へ進軍する神武天皇の東征軍を道案内した八咫烏《やたがらす》なのかもしれない。ただ、この神武天皇の御尊像は、曳山が動くたびにその振動で前後左右に大きく揺れ動いて頼りなく見え、さらには新町のアメノウズメの神様の容姿の方が遥かに美しく見えもして、わが新町の神様のほうが立派で偉いのではないかと、ヒロシをはじめ新町組少年団の子供たちは誰もがそう思っていた。ところが、横本町の神様である神武天皇のほうが身分の高い神様なのだということを、ヒロシが知ったのは遥か後年の大人になってからのことだった。

午前十時に花火が打ち上げられ、神輿は神社を出御される。神輿の行列は、黒い烏帽子を冠った白装束の神人たちが、各種の幟や旗、傘などを持って列をつくって歩き、その間に三基の神輿が等間隔に挟まって進んで行く。行列の前方には黒紋付きに袴姿で、頭にカンカン帽を冠った町の世話役たち有力者が並んで進み、待ちかまえる人々に挨拶をしながら歩く。二人で担ぐ長い横棒に吊り下げられた大きな神守太鼓《かもりだいこ》を先導に打ち鳴らしながら行列は進むが、初日は比較的静かな祭りの神輿行列で、正午前の十一時三十分には浜の仮殿に到着し遷座される。神輿行列が通り過ぎると、その後に続いて、曳山や太鼓台は各町内へ帰って行くのだ。夏祭りは、子供たちにとって正月と並ぶ夢のような日々だ。御赤飯が炊かれ、押し寿司はもちろん、様々な料理が食卓に並び、普段は食べることのない御馳走を口にすることができるのだ。

ヒロシの家の斜め向かいにある銭海一利の家は、梅雨明けの七月末から八月下旬に掛けてドジョウとうなぎの蒲焼きを売る店となり、この夏祭りの期間は商いの最盛期となる。一利の父は加賀友禅の染物職人だが、手先が器用で見事な手捌きでドジョウやうなぎを切り捌き、一家総出でその身に竹串を打つ。うなぎの蒲焼きの料理法は、身の開き方は関東流で背開き、焼き方は関西流で素焼きや蒸しをせずそのままタレを付けて焼くという、単純で豪快なものだった。そして、ドジョウの蒲焼きはこう作る。店の土間に置かれた大桶の中で黒々と丸い円を描いて泳ぐドジョウの群から一匹をすくい上げると、大きな俎板《まないた》の上で頭の急所に目打ちをし、素早く包丁で背開きにする。この時、ドジョウは「キュッ！」と悲鳴のような音を立てるのだが、ヒロシは幼い頃、この音が恐ろしかった。背開きされたドジョウは、頭・腹・尾びれの三つに切り分けられ、天辺から頭・腹・尾びれの順に細い竹串で串刺しにされて素焼きにする。素焼きしたドジョウはすぐに脇に置かれた甕《かめ》の中の秘伝のタレに浸けられ完成する。薄く煙りを上げる素焼きドジョウが、タレに浸け込まれる瞬間には「ジュ！」と音が立ち、白い蒸気が上って、辺り一帯に香ばしい匂いが放たれる。

銭海の家の表玄関の戸が外され、そこに細長い石の火床が設置されて炭が焚かれる。その火床に並べられたドジョウやうなぎは白い煙を上げて、そのたまらない甘く香ばしい匂いは路地を伝わって町中に広がり、夏祭りの到来を人々に実感させるのだ。しかし、うなぎの蒲焼きは大そう高価な食べ物で、ドジョウの蒲焼きのほうは、殊に夏祭りにあっては、ほんの数本ではあるがヒロシも食することができた。この町には「盆に帰らずとも祭りに帰れ」との言葉があって、遠く都会に出て暮らす人たちも、お盆よりもこの夏祭りを懐かしんで帰郷するのが常だった。金沢の町に嫁に出たヒロシの叔母さんも泊まり掛けで里帰りをすることがある。そんな時には、貴重なうなぎの蒲焼きも特別に御相伴にあずかることがあった。その甘辛い濃厚なタレに包まれたぷりっとした食感は、年に一度有るか無きかの贅沢な思いを与えてくれるのだ。

祭り中日の二日目は、殊に小学生たちにとっては勝負の日となる。奉納子供相撲大会が行われるのだ。神輿が鎮座する仮殿の前の広い砂浜に、赤土が盛られ相撲の土俵が造られる。各町内から一人だけ選抜された小学一年生から六年生までの少年による学年ごとの勝ち抜き戦で、優勝者には御幣《ごへい》（幣束《へいそく》）が与えられる。御幣は、白く大きな紙で作られた二本の紙垂を太い青竹の幣串《へいぐし》に挟んだもので、小学校の各学年に一つしかない名誉なものだ。一たび町内から優勝者が出れば、御幣は優勝者の名と共に曳山の屋台の上に高々と掲げられる。ヒロシの家では、この日と、秋に行われる小学校での全校相撲大会の日の朝にだけ、一個が十五円以上はする高価な鶏卵を熱々のご飯にたっぷりと掛けた卵掛けご飯が供される。父・謹一郎は何も言わないが、母・キヨと姉の幸代からは「がんばって！」との気合が入っている。実は去年の相撲大会では優勝戦の土俵際でうっちゃられて負けていて、六年生のヒロシにとっては今年が最後のチャレンジとなるのだ。朝早くから始まった奉納子供相撲大会は正午を過ぎて、最後の六年生の番が近付いてくる。そこまで、新町組には残念ながら優勝者は出ておらず、五年生の泉野洋平に期待が掛っていて、彼の父親のみならず新町の大人たちも大勢集まって大声で声援を送っている。しかし洋平も、優勝戦で一回り体格が勝る下本町の少年に押し出されて敗れ去った。ヒロシの身体には緊張が走り、白い六尺褌《ふんどし》をきりりと締め直す。いよいよ出番だ。これまで、校内の練習試合では全勝し無敵なのだと自分に言い聞かせる。

「落ち着いて！　落ち着いて取れば、大丈夫なんだ！」

ヒロシは準決勝まで順調に勝ち進んでいった。決勝戦の相手は、やはり六年三組の木下となった。体格はヒロシより少し小柄だが、筋肉質の身体で腕力が強く、使う技も巧みで気の抜けない相手だ。土俵に上がり、しこを踏んで蹲踞《そんきょ》、木下の顔を見る。もう頭は空白となっていて、観客の声援など聞こえはしない。立ち会い、右に逃げられたがなんとか組みとめ、押し込んだ後、右上手投げで仕留めたかと思ったが、木下も足を絡めながら身体をあずけての粘り腰。一旦、ヒロシに軍配が上がったが、二人同体の引き分けで再試合となった。やはり、手ごわい相手だ。ヒロシは土俵脇で水を口に含んで、息を整えた。

「勝てる相手なんだ。落ち着いてやれば、いつもは勝てる相手なんだ！」

ヒロシはさらに自分に言い聞かせた。再試合はあっけなかった。腰を落としてじっくり立ち会い、相手の前褌《まえみつ》をつかんで一気に土俵際に詰め、そこで腰を落としながら身体を預けて粘る木下を寄り切った。勝ち名乗りを受けたとき、ようやく観客の声援が耳に入り、左手の先に姉の美佐子と幸代が笑顔で手を振っているのが見えた。優勝賞状と名誉の御幣を受け取って土俵を下りると、少年団長のセイさんと副団長のヨシさんが嬉しそうに待っていた。御幣は、セイさんと泉野のおじさんに渡され、新町クラブ小屋の中に置かれている曳山の屋台の上に据えられた。

ヒロシが家に帰ると、母が待っていて、「よかったね。ご苦労様、本当によかった！」と、喜びよりもホッとした表情だ。母は「胸が痛くなるから」と言って、相撲大会には一度も顔を見せたことがない。そして、今年は特別だと、百五十円もの夏祭り小遣いを渡してくれた。さらに、働いている長姉の美佐子からも「優勝祝い」として百円を貰い、合計二百五十円の大金を握りしめてヒロシは日和山へと急いだ。午後三時に健ちゃんとマサ坊とで待ち合わせしていて、祭りの露天商の出店や芝居小屋へ遊びに行くことになっている。健ちゃんが少し遅れて、走りながらやって来た。今年は、新野のおじさんが海上安全祈願祭の「神さん船」となる船を出していて、その船に一緒に乗り込んでいたので遅れてしまったらしい。

三人は連れだって、まずは浜に建てられた仮殿に行き、真ん中にツバキ神様を置いて三基の神輿が並ぶ御祭神に参拝する。お金持ちのマサ坊が代表して貴重な十円玉を賽銭箱に投げ入れ、三人で柏手を打って拝礼。そこから浜伝いに秋葉神社の下まで行って街中に入り、露天商の出店を目を輝かせながら廻り歩く。出店に並ぶ様々な玩具や、チャンバラごっこの木刀、野球選手や力士のプロマイドなど、じっくりと品調べをする。しかし、ヒロシはすぐに買いはしない。春祭りでは買うことのできなかった地球ゴマを含め、じっくりと検討して、最終日の押し詰まったときに露天商のオヤジさんと交渉して最善の買い物とするつもりなのだ。

秋葉神社の左横には、例年、芝居小屋が建つ。旅芝居の一座がやって来て、『国定忠治』など股旅物の芝居やお笑い歌謡ショーを繰り広げるが、その幕間には町内の女衆による日本舞踊や喉自慢らの流行歌の歌唱も披露される。正午から上演を開始した小屋の前には、多くの観客が莫蓙を敷いて座っていて、芝居や歌謡ショーに盛んに拍手や声援を送っていた。

左手奥の浜際には、例年、見世物小屋が建つ。「お代は見てからのお楽しみ。さあさあ〜、入ってらっしゃい、見てらっしゃい、入って入って、もうすぐ始まるよ〜」と啖呵を切って威勢良く呼び込むお兄さんに促されて小屋の中に入ると、「へび女」やおどろおどろしい動物の見世物が並び、曲芸なども演じられるというわけだ。ある年には、町の男衆が喜ぶ『ストリップ劇場』が建ったこともある。今年の見世物小屋は『お化け屋敷』だった。全体に黒々と塗られた小屋の外壁に、口から血を吐く女の生首や白い着物の裾を垂らし手招きする女の幽霊などの大きな看板が架かっていて、訪れる子供たちや大人さえをも、その中へ引きずり込むような恐怖への思いをそそらせるのだ。入口前に佇んだヒロシたち三人も、恐怖への興味に抵抗することができなかった。入場料は子供一人二十円と少々高かったが、三人で入ることにした。入口には啖呵を切るお兄さんは居らず、高く笹を茂らせて薄暗く囲った入口の、代金支払いの小さな窓口の奥に不気味に黙って座る中年のおばさんがいて、上目づかいにニヤリと不気味な含み笑みを浮かべながら、ヒロシたちの入場料を受け取った。もうすでにその段階で、三人は、これから体験するであろう恐怖への思いに胸がふさがれて、互いに言葉もでない。入口の木戸を開けて中に入ると、夏の陽射しに慣れた目が暗闇に放り込まれ、一瞬、何も見えなくなった。目が暗闇に慣れると、ひと一人がようやく交差できるほどの狭い通路が迷路のように曲りくねって延びていて、天井から吊るされた電球の赤紫の暗い光に照らされて、通路脇に置かれた様々なお化け人形が浮かび上がってくる。藪に潜んだ一つ目小僧が口を大きく開け、不気味な目つきで下から見上げているし、白い着物で黒髪を顔の前に垂らした女の幽霊は、下から照らされた青いライトに浮かび上がり手招きしていた。浅黒い皺だらけの顔の鬼婆は、手に大きな包丁持って壁の上から来る人に襲いかかり、壁に並んだ生首は口から血を流しながら、目から点滅する光を放って来る者を驚かせる。そんな迷路を二度ほど折れ曲がって進んだころには、三人は恐怖に青ざめて、いつしか互いに手を取り合って早く出口へと心は急ぐのだ。もう出口かと思ったころ、突如、左手の壁の上から、青ざめた恐ろしい顔つきの男が手に持った大鎌を振りかざし、三人に襲いかかってきた。もう片方の手には濡れた手拭いを持っているらしく、その濡れ手拭いで三人の首筋をサッとなぜる。その冷たい感触に耐えられず、ついに、「ギャー!」と叫び声を上げて、三人は小屋の外へ転げ出た。

ほうほうの体で浜に行き、波打ち際で大の字に寝転んで、三人ともしばし言葉もなく天を仰いだ。もう夏の日は日本海の上に傾き始めていて、浜には大勢の海水浴客やお祭りを楽しむ浴衣姿の家族連れなどが歩いていた。太陽が赤く雲を染めて海に沈もうとするころ、三人は浜辺から日和山に引き揚げた。日和山の頂上から祭りの縁日を楽しむ人々で賑わう秋葉神社のほうを見下ろすと、真下のお化け屋敷の裏に置かれた涼み台で、団扇を手に中年の男が休んでいるのが見えた。その男は青白い幽霊の着物の前をはだけ、さかんに団扇で風を送っている。がりがりに痩せ、肋骨が浮き出たなんとも風采の上がらぬおっさんだった。

「なあーんだ」

拍子抜けして互いに目を見交わせた三人は、笑い声を上げながら日和山を駆け下り、それぞれの家に向けて駆け足で帰って行った。

夏祭り三日目は、正午に神輿が浜の仮殿から出御され、まずは菊水川河畔へ向かって進んで御旅所である天磐櫲樟船社へ向われる。天磐櫲樟船社は漁港近くの神守町にあり、この町が始まった原点とも言うべき場所だった。往古、菊水川河口に住み付いた海民が海辺の小高い砂山「蓊鬱《おううつ》たる深林眞砂山」に祖霊を祀る御社を建立したが、その砂山の麓に海から吹く西風を避けるように集落がつくられた。彼らは漁業を生業とする海民だったが、その御社に坐す祖神を祀り奉祭する神人でもあって、そのため、この町内は神《かみ》守《もり》町と呼ばれたのだ。古い昔には、佐那武神の神輿を担ぐのは神守町の人に限られていたし、夏祭りはこの町が持つ神守太鼓が寺中の神社にお迎えに行って初めて神輿が出御となった。そんな由緒の町内の神社で神事が行われ、その後は、年によって経路は異なるが、神輿は街中の路地を巡られながら北東へ向い、町を横断して、これも海浜に面した船乗りの町、新濱町にある御旅所の西宮社に立ち寄って休息なさる。その間、神輿が巡行される街中の路地に建つ家々は、打ち水をして家の前に清めの塩を撒き、洗濯ものなど不浄なものは片付けて、家人総出で神輿を迎えるのだ。子供たちはもちろん、幼い子供を抱えた大人も神輿の下を潜《くぐ》らせて貰い、幸運と健康を祈って神様のご加護を頂くことになる。

午後三時半ころ、各町内の曳山や太鼓台は最後の御旅所となる西宮社の前を通る道路に集結した。夏の炎天下に曳山を曳いて来た子供たちには、かち割り氷と青リンゴが振舞われるのが新町の慣例だ。まだ家庭で簡単に氷を作れる時代ではなく、青リンゴも貴重だったので、子供たちは、手拭いに包んだ大きな割り氷を口に含み、喜んで硬い青リンゴを齧《かじ》るのだ。そこから、御祭神が宮腰湊神社へお帰りになる環幸《かんこう》をお見送りするべく、曳山や太鼓台は一斉に列を組んで宮腰往還へと動き出す。夕刻の午後四時半ころには宮腰往還の大通りは「お祭り広場」となり、往還に居並ぶ曳山や太鼓台が競って太鼓を打ち鳴らす中、獅子舞や子供奴、加賀鳶、悪魔払などすべてが集合して、最後となる演技が披露される。沿道には、神輿のお帰りを見送るため町中の人々が集っていて、やがてその黒山の人だかりのお祭り広場に神輿の行列が現れると、神輿の木遣唄や祭音頭の唄い声が空に轟き、神輿振りやお練りの往きつ戻りつを繰り返して、夏の祭礼は最高潮を迎へる。

午後七時近く、夕日が海に沈んで夕闇が濃くなるころになると、大通りの両脇に並んだ消防団の持つ加賀鳶の火消し纏が打ち振られ、曳山や太鼓台が一斉に太鼓を打ち鳴らす中、神輿は宮腰往還を駆け出して行く。先頭を切るツバキ神様が疾駆し、初老会の神輿が駆け足で続き、町内選抜の神輿が殿《しんがり》を務めて駆け出すと、ヒロシは健ちゃんやマサ坊と共に神輿を担ぐ人に交じって走り出した。最後を走る佐那武大神の神輿が駆け出すと、例年、中学生や高校生を中心に少年たちが一緒にその神輿の担ぎ棒に取り付いて走り出すのが常だった。それは、神輿を担ぐ町内選抜の中年を過ぎた年寄りの担ぎ手たちの多くが、もうすっかり疲れ果ててしまっているのが理由で、代わりに神輿を担いでくれる少年たちに、待ってましたとばかりに担ぎ棒を譲ってくれる大人が多くいたのだ。

「がんばれ、がんばれ! わっしょい、わっしょい!」

掛け声は勇ましいが、殿《しんがり》の神輿は宮腰往還を右折して神社の参道に入るころには、よたよたとした足取りの駆け足になってしまい、最後はゆっくりとした歩みとなってしまう。それでも、神輿のずっしりした重さが肩や差し出す腕に伝わると、一人前の大人になったような気がして、参加した少年たちは大いに満足するのだ。宮腰湊神社の拝殿へ辿り着いて神輿が安置され、夏祭りの終了を告げる花火が打ち上げられるのを聞きながら、夜の闇が漂う中をヒロシたちは家への道を帰って行く。あんなに楽しみにしていた夏祭りは終わったのだ。なにか、胸にぽっかり穴の開いたような、喪失感の哀しみが襲ってくる。この後、もう十日もすればお盆となり、そして、あっという間に楽しい夏休みは終わってしまうのだ。

秋の巻

一

宮腰《みやこし》の北東の外れには広大な砂丘の山がある。その頂上の峠を越えて長い坂道を下ると、隣町、大野の街並みに入る。大野町は、河北潟から流れ出た大野川が日本海に注ぐ河口の砂州の上に発達した古くからの湊町だ。町の規模は宮腰より少し小さいが、同じく北前船による海運で栄えた商人の町であり、殊に醤油の醸造が盛んで、個々の家の豊かさは宮腰に勝るかもしれない。大野醤油の歴史は古く、元和年間（一六一五～一六二四年）に加賀藩三代藩主・前田利常が、醤油醸造法の研究を大野の海運業者であった直江屋伊兵衛に命じたことに始まるという。諸説あるが、伊兵衛は醤油発祥の地である紀州・湯浅で学び、帰藩後、その醸造法に改良を加えて独自の醤油製法を完成させたと伝えられる。大野の地にも白山山系からの地下水が豊富に湧き出し、さらに湿地の多い湿潤な土地柄が醤油麹菌の発酵に適していた。大野醤油は深いコクと仄かな甘みに特徴があり、今も金沢をはじめ近在の人々に愛され利用されている。宮腰と大野の間に横たわる砂丘には、「向いの浜」と同様、古くより先人たちが植林した松林が広がっていて、その鬱蒼として木々が密集する樹林の様子は、「向いの浜」のそれよりも人を寄せ付けない奥深さがあった。砂丘が一番高く盛りあがって町境となる峠へ向けて上って行く道の中腹辺りに、松林を切り開いてヒロシが通う宮腰小学校が建っていた。

江戸時代に、儒学者・新井白石が加賀藩は「天下の書府」と形容したように、加賀の国は文化的基盤が厚かった。このため、身分・性別に区別なく国民皆学を目指し、明治新政府が明治五（一八七二）年に発した「太政官第２１４号」による日本最初の近代的学校制度を定めた教育法令「学制」にいち早く対応して、明治二十年代（一八八七〜一八九六年）の初めには、全国平均を大きく上回るおよそ七十パーセントの児童の就学率を達成している。宮腰においても、商人として生きるためには子弟への教育は必須だったので、幕末には「読み書き算段」を教える寺子屋は知られるだけでも四軒は存在していた。そして、明治三（一八七〇）年には早くも、町の中央の御塩蔵町にあった旧藩の御塩蔵奉行の官舎を利用して宮腰集學所が創られ、明治五（一八七二）年の学制発布により、集學所を母体にして宮腰小學校は創立された。明治八（一八七五）年には女兒小學校も創られ、明治二十五（一八九二）年には、他の学区に創られた小学校を合わせ「町立宮腰尋常小學校」となり、御塩蔵町の校舎も大幅に増築され整備されていった。しかし、明治二十九（一八九六）年八月に町内の家屋四百戸を焼き尽くす大火災があり、小学校校舎も焼失、明治三十三（一九〇〇）年に新たな学舎が再建された。新学舎は、その後も増改築が繰り返され、先の大戦の戦災にも遭わなかったため、ヒロシたちが入学したのもその校舎だった。

しかし、瓦屋根で横板を張った外壁の木造二階建ての校舎は老巧化し、戦後のベビーブームによる学生数の増加も見込まれたため、町外れの砂丘の松林を切り開いて新たに校舎が建設されることになったのだ。新校舎は昭和二十七（一九五二）年に着工され、新たな教室棟が建設されると学年ごとに順次移動し、昭和三十三（一九五八）年四月までに、すべての工事が完了、竣工式が行われた。新校舎もやはり木造二階建てで、明るい茶色の屋根瓦にクリーム色のモルタル吹き付けの外壁で造られた教室棟が、道路に平行して四棟並んでいる。第一棟・第二棟・第三棟・第四棟と呼ばれる教室棟は、両端に造られた平屋の渡り廊下棟で繋がれていた。道路に面した第一棟の中央に表玄関があり、町に近い左端と反対側の右端には子供たちが出入りする玄関が広く造られている。表玄関を入った右手に広い教務員室が、その奥に並んで校長室がある。左手には受付事務所や会議室・給食室、用務員室などが並んでいた。ヒロシたち六年生の教室はその二階にあり、一組から四組まで並び、音楽室や理科室なども置かれていた。校舎の右手には隣接して、鉄骨コンクリート造の講堂を兼ねた大きな体育館があり、その奥に二十五メートルプールも設置されている。そして、学校敷地の右手半分は、砂地に赤土を入れて造成された運動場のグラウンドが、松林の緑に囲われて広々とした空間をつくっていた。

九月一日の月曜日から二学期が始まった。ヒロシたち六年一組の五十三人全員が、みんな、真っ黒に日焼けした元気な顔で登校してきた。風呂敷に包んで持ってきた夏休みの宿題帳や絵日記、課題の図画工作などは、課題ごとに集められ先生へ提出される。まだすべてを完成してない者も多くいて、明日には提出できるんだと言い張っている。ヒロシはようやく間に合わせたが、宿題帳は昨夜、必死に完了させたもので、絵日記も毎日記入したのではなく、友達に日々の天気を問い合わせて書き込んだりした、いい加減にでっち上げた内容だ。それでも担任の大竹先生は、クラス全員の元気な顔を見て安心し、久方ぶりのガヤガヤうるさいクラスの賑わいに満足の笑みを浮かべている。

その日の放課後、クラスの男子全員が教室の後ろ端に集った。例年十月に行われるクラス対抗の相撲大会へ向けての練習方法や、その他に予想される男子の活動の大まかな予定の確認のためだ。殊に、四年生以上の高学年で行われるクラス対抗相撲大会は、各クラスの名誉を掛けた戦いなのだ。それは男子全員が出場する勝ち抜き戦形式の団体戦で行われる。それに向けての六年一組男子全員の相撲の実力向上のための練習はもちろん、誰を先鋒に立て、中堅《ちゅうけん》辺りをどう固めるか、殿《しんがり》の大将は誰がつとめるかなど、出場順位の設定は重要な案件であった。また、一学期末に約束していた、男子二十六名全員が参加する遊び「タマリ」の相談も行われた。

この時代、片田舎の小さな町には、後年、受験戦争などと呼ばれる激しい教育熱はまだ及んでおらず、殊に小学生などは朝から晩まで真っ黒になって遊んでいた。遊び事が子供たちの関心のすべてと言ってよかった。この年の十月に東京のデパートで発売されたフラフープは爆発的な人気で日本全国に広がり、それは金沢から宮腰の町にも伝わって来て、子供たちの間で熱烈なブームを生んだ。フラフープはポリエチレン製の丸い輪っかで、子供用でも二百円はして、お金持ちの家しか買うことができなかったため、持っている友達に貸して貰って交替で楽しんだ。しかし、フラフープはどちらかといえば女の子の遊びで、男の子の遊び事一番人気は、やはりパッチ（メンコ）やビー玉だ。木箱やブリキ製のお菓子の空箱などに収納されたパッチやビー玉は男の子たちの宝物だった。

新町組少年団では、そんな子供の遊びを卒業した中学生らが長い間に収集したパッチやビー玉を集めて町内の秘密の場所に隠し、「宝探し」を催して後輩に残していくのが慣例で、夏休み行事の一つでもあった。毎年必ず行われるわけではなかったが、今年も夏の終わりの八月の末に、小学生たちが新町クラブ小屋に集められ、昼の一時から夕刻近くにわたって「宝探し」が行われたのだ。集った子供たち全員に小さく折り畳まれた紙の札が渡され、その内の一枚にだけ正しく次の札の隠し場所が書いてある。次の隠し場所を探し当てた者は次の隠し場所へと向う。これを繰り返し、大体、五回くらいの正しい札の隠し場所を辿って行くと、大きな箱に詰められたパッチやビー玉の入った宝箱を探し当てることができるというわけだ。ただし、隠し場所の地図には重要なヒントが随分大まかに描かれていて、その付近へ行ってもすぐには見つけられない。だから、間違い札を貰っても諦めることはない。正しい札を持った者の後を付ければ、たとえその者がポーカーフェイスをしていても、探し回る様子や行動を探れば大概はわかるのだ。隠し場所は、日和山の灯台施設入口の扉の下だったり、秋葉神社の横に立つ「忠魂碑」の大きな石塔の石に深く刻まれた文字の中だったり、妙専寺境内の中庭に植えられている黒松の根元だったとして、子供たちは半日にわたって町内を探し回ることになる。隠し札の案内図はその付近に辿り着いても正確な場所に到達するには余程に頭をひねる必要があり、大体は親しい仲間数人が組んで探すことになるので、運良く宝物が手に入れれば、仲間みんなで山分けとなった。

その他にも、縄跳びや缶蹴りなど、みんなでやる遊び事は多くあったが、第二に盛んだったのは「独楽《こま》回し」だ。使用する独楽は、五センチメートル径ほどの鋳鉄の鋳物でずっしりと重く、白い木綿紐を使って回転させて遊ぶ。妙専寺境内など、広いコンクリート土間のある場所で独楽を回し、回る時間の長さを競ったり、互いの独楽をぶつけ合って相手の独楽を弾き飛ばしたりして遊んだ。そして、子供たちが目を輝かせて遊んだ一番人気の独楽遊びは、独楽を使った鬼ごっこだった。独楽本体から上に伸びた軸に、先端に輪を結んだ木綿紐を嵌め、その紐を独楽の胴体の底面へ降ろし、底面の逆円錐の部分に下から上に向け紐を巻き付ける。紐の片方を持って独楽の胴体を投げ出し、力強く紐を引くことで回転をつけるのだ。独楽を使う鬼ごっこは、この「投げ独楽」の技術に長い年月に亘る修練が必要だった。参加する子供は、独楽を右手に持って空中に投げだして回転させ、左手に持つブリキ缶の蓋《ふた》でその独楽を受けて、その上で回転させる。独楽が回転して倒れない間だけ、捕まえたり、逃げたりの行動ができるのが、「独楽鬼ごっこ」の遊びの基本なのだ。この、独楽を空中へ投げ出し、引き戻す技術が重要であった。空中へ投げ出された独楽を、左手に持つわずか五〜六センチメートル径ほどのブリキ缶の蓋に正確に受け止め、その蓋の上で回転させ続けなければならない。それも、いかに力強く長時間に亘って回転させ続けるかを競うのだ。それには、空中へ投げ出された独楽を正確に蓋を持つ左手の手のひらの位置に引き戻し、さらにこの時、回転する独楽の中心軸を出来るだけ垂直に立てて独楽を正確に蓋の上に落下させることが必要だった。この技量を極めた者は、わずか二センチメートル径ほどのボトルの蓋の上でさえ、独楽を回すことができた。独楽を空中高く投げ出すため危険も多く、小さい子供たちは先輩から教えを受け、恐る恐るチャレンジしていくが、熟達すれば、空中高くビューンと唸り音を立てて回転して舞う独楽は、惚れ惚れする躍動の姿を見せ、子供たちに歓喜の思いをもたらすのだ。

さて、話を戻そう。クラスの男子全員が参加する遊び「タマリ」のことだ。これは実に単純な遊びだ。初めに、ジャンケンで鬼を一人決める。「ヨーイ、ドン」でゲームは開始され、鬼一人を教室に残し、残りのみんなは校内各所へ散って逃げ隠れる。十まで数えてから鬼は教室を出発し、逃げた連中を探し出し捕まえる。鬼からタッチされ捕まった者は、そのまま鬼になり、彼もまた他の連中を探し出して捕まえるので、鬼は増えていく。やがてみんなが捕まって全員が鬼になった時、ゲームは終了となる。単純な鬼ごっこなのだが、捕まった者がそのまま鬼となり、次第に鬼が溜まって増えていくので、この遊びを「タマリ」と呼んだ。問題は、逃げ隠れる場所の範囲が広大なことにあった。学校校舎内はもちろん、体育館やグラウンド、そして、学校敷地を取り巻く広大な松林も逃げ隠れることのできる場所の範囲になっていた。条件はただ一つ。昼休みに許される三十〜四十分以内に行われ、午後の授業開始五分前に鳴る校内チャイムを機に教室に戻って席に付くこと。雨の日や授業や給食の都合によってはゲームのできない日もあり、また、二人以上の男子が学校を休めば中止としたので、次第に鬼が増えてはいくものの、タマリが終了するのには、少なくても一ヵ月ほどを要したのだ。

ヒロシが六年生になって始めてのタマリは、五月連休明けの七日に開始された。タマリの日は昼の給食をそそくさと切り上げ、すぐにゲームが開始となって、みんなは校内の思い思いの場所に逃げて行く。その範囲は無制限だったが、時間は限られている。三十分もすれば午後の授業のため教室に帰る必要があるので、そう遠くへ行ける訳でもない。大概は校内の、例えば理科室の大きな実験机の下だとか、体育用具室や物置小屋の中に隠れるなどだった。ゲームが進行し、鬼の数が増えてくると、逃げ隠れる場所が次第に枯渇してきて、遠く松林にまで行って隠れることとなるのだ。そんな五月末の水曜日に、事故は起こってしまった。

この時点で、捕まらず逃げ回っているのは、ヒロシを含めて五人で、鬼となっている連中は、早くこのゲームを終了させようと、朝から各自の探し場所の割り当てを話し合うなど虎視眈眈とした張り切りようを見せていた。昼休みに教室を飛び出したヒロシは、松下と二人で、かねて打ち合わせていた場所へと走って行った。そこは、二十五メートルプールのポンプ室の小さな建屋の裏、プールを囲むフェンスとの間に植えられた灌木の茂みの中だった。死角のようなこの場所は簡単には見つかるまいと踏んでいたのだが甘かった。鬼の連中も経験豊富なのだ。校舎内探査隊と、屋外探査隊に分かれ、当たりを付けた隠れ場所を効率よく探し回っている。屋外探査隊の一派は、体育館の周囲を巻くように進んで来て、思ったよりも早く、プールフェンスの辺りに捜査の手を入れて来た。

「こっちにはいないよ！」

「こっちにもいない！」

そんな掛け声が迫って来て、もう一刻の猶予もないように思えたヒロシは、松下に目配せしてから、灌木を抜けだし、背を屈めて忍び足でグランドの端から松林へ逃げ込んだ。松林の中の湿った落ち葉の上を、木陰に隠れるように走って逃げたが、少し遅れた松下が見つかったようだ。誰かが、大声を上げて仲間に知らせるのが聞こえてきた。

「あ！　松下だ。松下がいるよー！」

学校の造成された敷地の奥は、百五十メートルほどの幅で松林が続き、小高い砂丘を一つ越えると、その先は広々とした砂浜となり、砂丘の上からは群青の日本海が眺められた。砂丘の連なる右手の先には大野町の灯台が、松林の緑の上に孤高の姿でポツリと立っている。それは、明治十一（一八七八）年に、大野の町民が丸い柱の上で魚油を焚いて灯台としたことに始まり、昭和二十八（一九五三）年には鉄筋コンクリート造の近代的な灯台として建て替えられた。白く塗られた矩形のすっきり高く天を指す灯台は、塔高二十六・四メートル、海面からの灯火標高三十四・三四メートルと雄大なもので、その細身の白亜の塔身を海岸から見上げれば優美な貴婦人を思わせるものがあった。子供たちは、この砂浜でもよく遊び、遠く松林を抜け大野灯台の下まで冒険の旅をして歩いたのだ。そして、宮腰小学校の学校敷地自体は造成されたものよりもっと広く、その松林の中に広がっていた。小学校の敷地境界には有刺鉄線を張った杭の柵が廻らせられていて、その外には学校敷地を取り巻くように幅二メートルほどの砂地の道が走っていた。追い詰められたヒロシたちは、右手方向へ海岸線に平行して走り、その学校敷地境界を仕切る鉄条網に近付いた。鉄条網は、高さ一・二メートルほどの丸太の杭が五メートルほどの間隔で立てられ、上中下の三段に有刺鉄線が巻き付けて張られていた。ヒロシたちは鉄条網に平行して走り、やがてその内の一ヵ所で、上部の有刺鉄線が切れて垂れ下がっている場所を見付けた。

「よし、あそこだ！　あそこを飛び越えよう！」

まずヒロシが、勢いを付けて走り、中間に張られた有刺鉄線を飛び越えようとジャンプした。その時、悲劇が起こったのだ。ジャンプする際に踏み出した右足が、松の根元の窪みに取られ、上履きの白いズックが抜け落ちた。そのため、飛んだ高さが不足して、右足の甲の端が有刺鉄線の刺（針）に引っ掛かり、向う側へ飛び越えはしたものの、手ひどい切り傷を負ってしまったのだ。地面に座りこんで、その傷の具合を確かめた。右足の甲の薬指（第四趾）の根元の部分が、長さ三センチメートルほどにわたって切れ開いている。痛みはすぐには襲って来ず、不思議なことに出血も少なく、切れてめくれた皮膚の下に第四中足骨が白く浮かんで見えていた。

松下が、抜けたズックを持って心配しながら駆け寄って来る。追いかけて来た鈴木と山下にも助けられ、みんなの肩を借りて担がれるようにしてヒロシは医務室へと運ばれた。連絡を受けた大竹先生が心配顔で飛び込んで来る。取り敢えず傷の周りを消毒し、ぐるぐると包帯を巻かれて、校医である梅宮医院へと急ぐことになった。梅宮医院は、街中の下本町の先に伸びる通町筋にあって、代々、この町の町医者を勤めてきた。大竹先生の背中に担がれ学校を出ると、自転車の後ろの荷台に乗せられ、先生が漕ぐ自転車で梅宮医院に運ばれた。傷は五針を縫う大怪我で、もう六十歳に近い梅宮医師が、処置を終えるとにやりと笑い、こう言った。

「新町の分銅屋のあんか（長男坊）か。ばらなことしたなぁー。まあ、砂なんぞの汚れがないのがよかったの。よく消毒しておいたから大丈夫と思うが、痛みが取れんようなら、明日も来てくれ。なあに、若いから十日もすれば、さっさと歩けるようになるさ」

帰りも自転車の荷台に腰掛け、大竹先生の腰に手を回して掴まりながら学校へ帰った。天気の良い日で、快晴の青い空が広がっていて、先生の漕ぐ自転車のペダルの音がギシギシと静かな街の中に響いた。切り傷はすぐにふさがって治ったが、薄赤く盛り上った傷跡となり、それから五十年以上を経過しヒロシが還暦を過ぎたころになっても白く引きつって光る痕跡を残した。この事件のため、春のタマリは中止となった。そして夏休みの終わった二学期に再開することが、六年一組の男子たちの間で約束されていたのだ。

教室の後ろ端に集った男子全員で話し合い、秋のタマリは学期初めの慌ただしさが納まる九月第二週に開始することが決まった。しかし、この年の夏は晴れる日の少ない異常な気候で、それは九月に入っても続いていた。タマリの開始日は晴天の日なのだと、誰が言い出した訳でもなく昔からそう決められていた。ようやく待ちかねていた晴天となったのは、九月十九日の金曜日。その日は朝から抜けるような青空で、一限目の授業が終わると早々にクラスの男子全員が集って、タマリの鬼を決めるジャンケンが行われた。春のタマリで鬼を務めた加藤と、最初に捕まって鬼となった二人は規定により除外され、残りの二十三人で鬼を決めるジャンケンの戦いが始まった。タマリの鬼は大層しんどい役割で、殊に最初の数人を捕まえるには大変な労力と時間を必要とした。なかなか次を捕まえられない鬼は焦りと苛立ちを深めていく。そんな鬼の状況は「ヤケル」などと呼ばれ、「ヤーイ、ヤケル！　ヤケテルよ！」などと囃《はや》され、煽《あお》られる立場となるので、みんな必死にジャンケンで勝って鬼役を免れようと競うのだ。結果、秋のタマリの鬼は、林となった。林は無念そうに唇をかんだが、小柄だが筋肉質で俊敏な動きを見せる彼なら、秋のタマリの決着は早そうに思われた。

一学期の事故を受けて、タマリの逃げ回る活動範囲は、鉄条網で囲われた学校敷地内に限定され、これは、鬼に有利に働いた。さらに、林の賢く無駄のない動きもあって、いつもより早く捕まって鬼となる者の数は多くなっていった。しかし、十月に入るとクラス対抗相撲大会への練習が始まり、タマリが中断することが多くなった。それでも雨がぱらつく曇りの日でも、全員が揃えばやることにし、十月の半ばを過ぎるころには逃げ回る者は七人になっていた。

その日、十月二十三日は久方の快晴で、朝から鬼たちは林を中心に集まり、作戦を練っている。今日中に残る七人を捕まえ、秋のタマリの決着を付けるのだと、まだ逃げ回っているヒロシたち七人を睨み、その人物の名前や面体《めんてい》の確認をしている。林は学業成績も上位の頭の良い男だ。定石の校舎内探査隊と屋外探査隊に分かれるのみならず、松林探査班や校舎第一棟・第二棟・第三棟・第四棟のそれぞれに探査班を編成するなど、捜査が重複しないよう効率的な探査に努めるようにしているようだ。

昼食も早々に切り上げ、すぐにタマリは開始された。ヒロシたちも話し合い、捜査の手を分散させ、誰かが逃げおおせるには、各自がばらばらに違う方向に散ることが効果的だとの結論に達していた。ヒロシは一人、校舎第一棟と第二棟の間の、渡り廊下で囲われた中庭に向って走った。そして、中庭の左端に立つ五葉松の周りに植えられたツツジの灌木の、良く剪定された丸い葉っぱの密集した茂みの中に入り込み身を潜めた。鬼の連中の目は、遠い松林の中やグランド端のフェンスの陰など、校舎の屋外に向けられていると踏んだのだ。校舎内の中庭は灯台下暗《もとくら》しで、まずは最適の場所と思われた。

しばらくして、渡り廊下の中庭に面した硝子戸が開けられ、まだ逃げている山下が中庭へ降りてきた。山下は身を屈めるように外壁伝いに小走りに進み、やがてヒロシのいるツツジの灌木の茂みに飛び込んで来る。その様子から、彼はまだ鬼にはなっていないように見えた。鬼になって、逃げ回る相手を捕まえようとする時には、自身がすでに鬼となっていることを大声で宣言しなければならない。

「あっ！　ヒロシ、お前、ここに居たんか。……びっくりしたよ！」

「うん。……みんなどうなってる？」

「わからんが、大分捕まってるようだ」

山下は、はじめ体育館の奥にある体育用具室に隠れていたが、捜査の手が入ったので、大きな飛び箱台の陰に隠れ、隙を見つけ飛び出して体育館の外壁伝いに逃げて来たという。しかしどうやら、逃げる姿を見られたらしく、そうならば中庭が発見されるのも時間の問題だった。そこで、ヒロシは山下と相談し、中庭から抜け出して第一棟左端の渡り廊下に設けられている掃除用具室に行くことにした。掃除用具室には木製棚が幾つも並行して立っていて、そこに多くのバケツやモップ、雑巾などの掃除用具が収納され、その他にも臨時に様々な物品も仮置きされている。格好の隠れ場所ではあるが、最初に捜査の手も入ることになる場所でもあった。ただし、それだけに早い段階で捜査が終わっているはずで、今からそこに潜めば敵の裏をかくことができる。忍び足で渡り廊下に上り、すぐ先にある掃除用具室に入って、そっと入口の硝子戸を閉めた。部屋に置かれている木製棚のモップやバケツなどを避けながら奥に進むと、壁際の木製棚の端に、うずくまって先客がいる。平野だった。平野も屋外の松林から校舎の外壁際を伝い、右端の玄関からこの掃除用具室に逃げて来たという。そんな話をしているうちに、入口の両開き硝子戸の前で大きな声がした。

「おーい！　ここは探してみた？」

林の声だ。

「一番初めに、村上たちが探して誰もいなかったと言ってたよ」

中村が答えている。

「それ、大分前だろ？　くさいなあー……」

「そうだな、もう一度、調べてみるか！」

廊下を走って近寄る音が聞こえ、もう数人が合流したようだ。硝子戸が開けられ、人が入って来る気配がする。万事休す！と思われた。と、その時、平野が小さな声で、こう囁いた。

「ワシの足元の床に、点検孔の蓋があるよ！　ここから床の下へ逃げられる！」

確かに、平野が指差す足元の床に四角い点検孔があり、その取っ手金具で上蓋を開ければ床下に隠れることができそうだ。互いに目配せして頷き合い、平野が取っ手金具を引き上げて蓋を開いた。まずは山下が点検孔から飛び降り、次にヒロシが、そして蓋を開けていた平野が床下の地面に飛び降りた。点検孔の蓋を閉じ、薄暗闇の床下でじっと身を潜めたが、その蓋の上に人が乗る音が聞こえ、追手たちの声がする。

「みんな！　あのね、今、平野がここから床下へ飛び下りたのを見たよ！」

残念！　平野が飛び降りるところを見られてしまったようだ。もう、この場所にも一刻の猶予もない。

床下の地面は、さらさらした砂地で、周囲は校舎建屋を支える高さ五十センチメートルほどの鉄筋コンクリートの布基礎で囲われている。布基礎の上に土台の頑丈な太い角材が走り、その土台に乗せて根太が並び床板が張られている。布基礎の外側の所々に鉄格子を嵌めた換気口があって、そこから外の光が射し込んでいて、床下を仄かに明るくしていた。その薄明りの床下を、ヒロシたち三人は両手を地面に付けて腹這いに進んで行く。後ろを振り向くと、点検孔の蓋が開けられ、背後に光が射し、林たち数人が床下に降りて来るのが見える。

「あ！　平野たちがいる！　えーっと、……三人もいるよ！」

「みんな降りろ！　もう、あいつたち三人だけだ！　みんなで捕まえるよ！」

「よーし、やろう！　これで最後だ！」

ヒロシたちの背後で、鬼たちの声が聞こえ、彼らも腹這って進んで来て、すごい勢いで追いかけて来る。布基礎の一角には、大人一人が通り抜けられる点検通路用の四角い穴が開けられていて、ヒロシたちはそこをすり抜けて隣の床下空間に入り、さらにその先の空間に入った。その空間は同じような形で続いていて、どうやら第一棟の廊下の下と思われた。鬼たちはすぐ近くに迫っていて、このまま、まっすぐに進めば捕まりそうだ。そろそろ年貢の納め時かと諦めかけた時、山下が左手の空間を指差した。

「あ！　あそこに四角い穴があるよ！」

そこは廊下の床下空間の左手の端で、換気口から射す明りの反対側のために黒々と暗く、その点検用通路口の先に入り込んで隠れれば、昼休みのゲームが終了となる規定の校内チャイムの鳴る時間となって、逃げおおせられるかもしれないと思われた。ヒロシたち三人は、点検用通路口から隣の床下空間に入り込み、布基礎の角でじっと身を潜めた。点検用通路口の外から林たち捜査隊の声が聞こえてくる。

「あれ！　平野たちが急に消えたよ！」

「ほんとだ。……もうすぐだったのに。どこへ行ったんだ？」

　捜査隊が探し回っている気配がした。

「あっ！　こんな所に穴が開いてるよ！」

「ああ、ここだな！　……みんな！　ここだよ！」

　まず、林が、次に中村と山根が、点検用通路口の四角い穴を通り抜けて来る。ヒロシが万事休すだと覚悟したその時、ふいに上を見上げると、真上の床板の一角から薄く筋状の光が漏れている。どうやら上の部屋へ上がれる床の点検孔らしい。地獄に仏だ！　ヒロシが点検孔の蓋を持ち上げ、屈んでいた身を伸ばし、点検孔の縁に手を掛けて、明るい部屋の床の上に身を乗り出した。上半身を床の上に出すと、なんと！　そこでヒロシは思いも掛けない光景を目にし、呆然と凍り付いた。その視線の先には、どっしりとした大きな木机が置かれていて、正木校長先生が座っている。校長室だったのだ！　正木校長は、黒縁の丸い眼鏡の奥の目を見開き、突然の侵入者の出現に読んでいた書類を手から落とし、驚愕の表情を浮かべてヒロシを凝視する。互いに驚きの目を見開いて見交わすその凍り付くような衝撃の時間は、ほんの一瞬のことであったろうが、ヒロシには無限の長さに感じられた。

「おい！　ヒロシ！　何しているんだ。鬼が来るぞ！」

　そう叫びながら、次に山下がヒロシの脇から顔を出し、やはりそこで驚愕の表情で目を見開いて凍り付き、ぴくっとも動けない。床下で焦る平野が、

「おい！　どうした？　早く行けよ！　どうしたんだ！」

と、悲痛な声を上げている。やがて、

「おーい！　ここだ。ここだよ！　……捕まえた！」

「や！　みんな！　捕まえたよ！　捕まーえた！」

と、鬼の連中が、床下で平野と山下を捕まえて喜びの雄叫びを上げ、その騒ぐ声が校長室の中にも大きく響いてゆく。

逃げていたヒロシ・山下・平野の三人はもちろん、林・中村・山根・鳥居・島田の五人の鬼の捜査隊は、みんな一網打尽であった。そして全員、校長先生の木机の前に並ばされた。床下の砂地の上を這い回ったため、八人とも頭から顔、手はもちろん、着ている黒い学生服も砂埃にまみれ、白く汚れている。起こった事態を正確には飲み込めず、ことの重大さに当惑したように、白く薄汚れた顔の目を見開いて立っている少年たちを見て、正木校長が大きな笑い声を上げた。そして興味深そうに、黒縁眼鏡の目を細め、こう質問した。

「みんな、どうしたん？　なんで床下なんかに入ったの？　ん？……」

やがて、知らせを受けた担任の大竹先生が、校長室に飛び込んで来た。大竹先生は、クラス男子で行われているタマリの内容を正木校長へ簡潔に伝える。

「……それで、どうして床下なんかに入ったのか、子供たちに話を聞いてお伝えします」

などと話し、ヒロシたち八人を引き取って校長室を出た。そこから教務員室の横にある会議室で、この真昼に起こった事態の聞き取りが行われた。一頻《ひとしき》りの事情聴取の後、大竹先生は笑いを押し殺すように渋い顔をつくり、こう言った。

「まあ、やってしまったことは、しょうがない。先生から校長先生へ報告しておくから。もう、教室に戻りなさい。放課後、みんなで校長先生に謝りに行くんだよ。僕も一緒に付いて行くから」

放課後、ヒロシたち八人は校長室にそろって謝りに行き、その後、ヒロシが一人、罰として、校長室の前の廊下で十分間立たされることになった。それは、ヒロシが二学期の六年一組ルーム長を務めていて、みんなを代表する立場であることもあったが、何より、春のタマリでの事故の当事者であったことが重い要因だった。ヒロシは、校長室の入口ドアの右手に立ち、両手をまっすぐに伸ばして顎を引き、直立不動の姿勢を取る。十分間ではあったが、何とも長く感じられた。この事件はすでに校内に知れ渡っていて、廊下を歩く女の子たちが、下を向き、互いに目を目配せながらくすくす笑って通り過ぎて行く。廊下を挟んだ先の大きな硝子窓から中庭の先に第二棟の屋根が見え、その上に大きな空が広がっている。空は秋の夕暮れで、赤みを帯びた茜の空に幾筋かの細い雲が走っていて、その雲にも、日本海に落ちゆく夕日の光が射し、筋雲は透き通るような黄金の輝きを見せていた。

二

毎年十月初めには、新町組少年団恒例の冒険旅行が行われる。中学生が主体となって行う年中行事で、希望すれば小学五年生以上も参加できた。ただし、中学三年生は高校受験も近く、高校へ進学しない者も三年生ともなれば何かと学校行事が重なって参加できないことが多く、中学二年生が主体となって実施された。昨年・昭和三十二（一九五七）年は、自転車による河北潟一周冒険旅行で、中学二年であったセイさんとヨシさんが計画し実施された。ヒロシにとっても、五年生となって初めて参加できる憧れの冒険旅行であり、これまで行ったこともない遠くへ出掛けるサイクリングの旅だった。

この時代、自転車は高価なもので、ましてや子供用自転車を持っているのは、町で一握りの金持ちの家だけで、少年団ではマサ坊と吉田武志だけだった。他のみんなは、大人用の実用自転車に無理して乗っていて、その曲芸のような自転車乗りはスリルに満ちた遊び事の一つだった。実用自転車は、鉄パイプのダイヤモンド型フレームの車体に二十六インチほどの太いタイヤを履き、大きな鉄製の後部荷台と補助機構の付いた大型枠付両足スタンドを取り付けている。それは重々しくがっしりとした荷運び用の自転車で、高価ではあったが仕事や生活には欠かせないものなので、大概の家には一台はあったのだ。町の子供たちが自転車に初めて乗るためには、大人用の実用自転車にチャレンジするしかなかった。ただ、この実用自転車に小学生が乗るのは大変だった。サドルにまたがると足が宙に浮き、手助けがなければ下りることもできない。そこで子供たちがチャレンジする乗り方は、自転車のダイヤモンドフレームの前三角へ右足を入れ、サドルには跨がらずにそのまま両足でペダルを回転させて乗る方法で、子供たちはこれを「三角乗り」と呼んでいた。

三角乗りの練習は、こんなふうに行われた。まず、誰かに後ろの荷台を両手で持ってもらい、乗り手はハンドルを握って左側のペダルに左足を乗せ、それから右足を前三角に差し入れ右側ペダルに乗せると、車体にしがみ付くように自転車に取り付く。それから荷台を持つ介助者に自転車を後ろから押してもらい、まだバランスが取れずふらつく自転車を、もっぱら後ろの介助者にコントロールしてもらい前へ進んで行く。この練習を何回か繰り返し慣れてくると、後ろの介助者は頃合を見計らって支えている荷台から手を離し、やがて、介助者がいなくても自転車のバランスをコントロールできるようになり、三角乗りをマスターできるのだ。このバランス感覚を体が自然に覚え習熟すれば、自分だけでハンドルを持ち、左足をペダルに乗せて、右足で地面を蹴って自転車に助走をつけると、右足を車体のダイヤモンドフレームの前三角から素早く差し入れて右側のペダルに置き、すぐに両足でペダルを漕ぐことによって、大人用実用自転車を器用に乗りこなせるようになるのだ。この時代には自家用車を持っている家もほとんどなく、街中の道に車が通ることもほとんどなかったため、子供たちは人のあまり通らない裏道などで自由に練習ができたのだ。ただ、三角乗りの練習はバランスを崩して転倒することも多く、子供たちは足の脛などに擦り傷が絶えず、赤チンキと絆創膏のお世話になるのも常だった。

ただ、この三角乗りでは、河北潟を一周するような長距離を移動するサイクリングは困難だった。だから、まだ大人用の実用自転車を正式に乗りこなすことのできなかった健ちゃんは、涙を飲んで不参加となった。ヒロシは、少し早熟で身体が大きく、五年生の夏には父親の実用自転車のサドルの高さを目一杯下げることで、何とか乗ることに成功していた。それで昨年、昭和三十二（一九五七）年の冒険旅行に参加したのは、セイさん以下中学生五人と、小学六年の晋ちゃん、子供用自転車を乗り回すマサ坊とヒロシの合計八人だった。ただ、小柄な晋ちゃんとヒロシにとって、大人用の実用自転車はまだ大きすぎて、サドルに腰を乗せてペダルを漕ぎ続けるには、身体を左右に振って足を最大限に伸ばす必要があった。

河北潟は、宮腰から北東約六キロメートルの内灘砂丘の内側にあり、東西約四キロメートル・南北約八キロメートル・周囲約二十五キロメートルの大きな湖で、浅野川・金腐川・森下川・津幡川などが流れ込み、それらの河川水を集めて大野川から日本海へ流れ出る。冬には、寒鮒やコイ、ワカサギなどが良く釣れた。河北潟は、この六年後の昭和三十八（一九六三）年より干拓事業が開始され、総面積約二千二百四十八平方キロメートルのうち六十四パーセントが埋め立てられて、金沢港の港湾としてその痕跡を残すのみとなった。

セイさんとヨシさんの指導のもと、少年団の子供たちは朝八時に新町を出発した。ヒロシは、父が持つ二台の自転車の内、古いほうの一台を借りてきた。母が作ってくれた大きなおにぎりの弁当や水筒、タオルなどを詰めた袋を、魚のトロ箱を積むための大きな後部荷台に括り付けている。町境の砂丘の峠を越え、大野の街中を横切って大野川に架かる橋を通過した。その先の五郎島村の広い芋畑の中を道は進んで行く。この砂地に広がる畑の特産品のさつま芋は、後年、加賀野菜の「五郎島金時芋」として有名になるが、この時代の子供にはいつも出されるおやつで、辟易するほど食べさせられていた。五郎島を越えた先の向粟崎《むかいあわがさき》の町の入口まで来て、少年たちは休憩を取った。この時すでに、ヒロシはサドルに跨る太股のつけねに変調をきたしていた。みんなに隠れてズボンのベルトを緩めて開き、そっと太股のつけねを覗き見ると、内側が赤く腫れあがっている。街中の幹線道路だけは舗装されていたが、外れれば、殊に郊外に出れば、道は轍《わだち》の穴の開く砂利道という悪路。サドルを目一杯に下げたとはいえ、余程に長く足を伸ばさなければペダルに届かない身体を左右に振り、長時間に亘ってこいで来たのだ。でこぼこの路面からの激しい振動を受け、太股のつけねが擦れて悲鳴を上げるのは時間の問題だった。どうやら、ヒロシだけでなく、晋ちゃんも同様な症状のように見えた。それでも、晋ちゃんもヒロシも黙って中学生たちの後に従い、ここまでサイクリングを続けてきたのだ。しかしどうやら、河北潟一周の全行程四十キロメートルを越えるサイクリング冒険旅行は、砂利道の悪路もあって、ヒロシたち小学生が付いて行くには無理があったようだ。

内灘砂丘は、総延長約十キロメートル・幅約一キロメートル、標高の最高点は六十一・三メートルで、その面積は青森県の猿ヶ森砂丘、鳥取砂丘に続き日本で三番目に大きい。海岸に沿って幾筋かの砂丘の丘陵が平行して並び、飛砂防止の防砂林であるクロマツやニセアカシヤなどの木々が、その広大な地域一帯を覆って深い森を形成している。そしてこの地は、日本で最初の米軍基地反対闘争「内灘闘争」の舞台となった場所なのだ。昭和二十五（一九五〇）年六月に朝鮮戦争が勃発したが、その戦争に使用するアメリカ軍の砲弾の需要が大きくなり、小松製作所など日本メーカーから納入される砲弾の性能を検査するための試射場が必要となった。昭和二十七（一九五二）年、日本政府は内灘・御前崎・伊良湖浜の三ヵ所の最終候補地から、大部分が国有地で損害補償額が最も少ないと推算された内灘砂丘を試射場と決定し、石川県選出の自由党参議院議員で国務大臣の林屋亀次郎をして地元の説得に当たらせた。内灘村長は、更生資金一億円と補償金の即時支払いなど当時の寒村としては破格な条件で了承するが、地元漁民が反対して村議会も反対決議を行った。これに北陸鉄道労働組合を中心とする石川県評が加わって内灘接収反対実行委員会が結成され、やがて全国的な反基地闘争として広がりを見せるようになる。さらに昭和二十八（一九五三）年には、改進党の井村徳二が接収反対を掲げて参議院選挙を戦い、林屋を破って当選した。この選挙は吉田茂首相の「バカヤロー解散」を受けた衆参両院の相次ぐ選挙で、井村は金沢の中心街である片町で大和百貨店を経営し、林屋は武蔵ヶ辻で丸越百貨店を経営していたことから「内灘沖海戦『武蔵vs.大和』」などと呼ばれる白熱した戦いとなったのだ。全国的に注視された一年間にわたる試射場反対運動は、政府による分断工作と河北潟干拓工事の着工や灌漑施設整備、国有地の払い下げ、漁業補償などの条件によって抑え込まれて収束し、米軍の試射場は造営され砲弾の試射は実施された。この砲弾試射による爆音は、風向きによっては、遠く離れた宮腰の町にも響いてきて、家の窓ガラスをガタガタ揺らすこともあったのだ。朝鮮戦争が終わった三年後の昭和三十二（一九五七）年一月二十三日、試射場の土地は内灘村に全面返還されることになり、「内灘闘争」は完全に終結した。

新町組少年団の冒険旅行は、その内灘闘争が終結して、まだ一年も経っていない内灘砂丘へと向っていた。向粟崎からは右手の先に河北潟の湖面が見え始め、その辺りから道幅も大きくなり、米軍の軍事用道路であった影響であろう、路面もしっかり固められていた。北陸鉄道浅野川線の踏切を渡り、粟崎遊園前駅（三年後に百メートルほど海側に移動し、内灘駅と改称）の前を通過する。名前のみを後世に残す「粟崎遊園」は、内灘砂丘の持つ歴史の華やかな一齣《ひとこま》だった。「北陸の材木王」と呼ばれた平澤嘉太郎が、浅野川電気鉄道の開通に伴って、大正十四（一九二五）年にこの砂丘地を切り開き、私財をなげうって開設したのが粟崎遊園だ。大浴場や旅館施設、遊技場、動物園、そして五百人収容の大劇場があり、そこでは少女歌劇による華麗なレビューが行われ、フィナーレを飾ったラインダンスは多くの観客の目を奪った。さらにこの劇場では、新国劇の川上一郎を座長とする「粟ヶ崎大衆座」が大衆演劇を興行し、その後を受けた「藤井とほる一座」からは、興行役者であった枡田洋から改名した益田喜頓《ますだきいとん》（益田キートン）が登場し、彼はやがて、坊屋三郎らと組んで東京・浅草で一世を風靡した「あきれたぼういず」を結成する。平澤嘉太郎は、箕面有馬電気軌道（後の阪急電鉄）の創設に伴う客寄せのために、大正二（一九一三）年、宝塚に開設した少女歌劇「宝塚歌劇団」を開設した小林一三に倣い、この北陸の地に一大リゾート・レジャーランドを創ることを夢見たのだ。しかし、太平洋戦争の戦時色が強まる中で経営に行き詰まり、粟崎遊園は閉鎖した。跡地は軍の演習場として接収され、遊園施設は、軍の仮兵舎や軍需工場として利用され、やがて跡形もなく消え去っていった。同時期に、粟崎遊園に刺激された宮腰電鉄も「涛々園《とうとうえん》」という一大遊戯施設を宮腰の町外れの砂丘の松林を切り開き開設することになる。しかし、ここも戦時色が強まる昭和十八（一九四三）年には閉園に追い込まれ、何の痕跡も残していない。

粟崎遊園前駅の先で、海へ向かって右折する大きな道路があり、そこから広大な内灘砂丘へ入って行く。この道が米軍内灘試射場への入口であり、地元漁民が筵旗を立て、労組などの活動家が赤旗を翻した激しい「内灘闘争」のデモが行われた場所だった。その中には、当時、早稲田の学生であった五木寛之がいて、彼は後にその体験から小説『内灘夫人』を書くことになる。道はやがて緩い上りとなり、そこにはまだ米軍が敷設した厚い波板の鉄板が道路に敷き詰められたまま残っていて、この道は「鉄板道路」と名付けられていた。道路の突き当たり、旧米軍試射場の入口辺りの砂丘の高台で、少年たちは自転車を降りた。道の脇に自転車を並べて止め置いていると、セイさんが、みんなにこう提案した。

「みんな、ここから射爆場《しゃばくじょう》（内灘試射場のこと）のあった場所へ行って見ような！　ワシ、前から行って見たいと思っていたんだ」

それを聞いていたヨシさんが、ヒロシに声を掛ける。

「ヒロシ、大丈夫か？　後ろからずっと見ていたんだが、随分しんどそうだぞ。……ちょっと見せてみろ」

恥ずかしがるヒロシに有無を言わせず、ヨシさんはヒロシのズボンを下ろし、太股の内側を覗き込んだ。

「こりゃあ、いかんな。真っ赤にはれてるよ。……え！　血も出てるぞ！」

セイさんもやって来て、ヒロシの内股を覗き込む。

「やぁー、……こりゃあ、いかんな！」

そして、セイさんとヨシさんは二人で話し合い、やがてみんなにこう告げた。

「みんな聞いてくれ。ヒロシ君が、足の太股の付け根を怪我しました。怪我といっても、擦り傷なんですが、血が出ていて、とっても痛そうです。それに、晋ちゃんも内股が擦れて痛いと言っています。河北潟の先はまだまだ遠いので、このまま自転車に乗って一周するのは難しそうです。それで、今日の河北潟一周の冒険は、ここで止めにします。えーっと、その代わりに、この内灘射爆場の探検をこれからやろうと思います」

続けて、ヨシさんが補足して、その計画を説明した。

「この射爆場があった内灘の浜は、すっごく広いんで、ここで昼飯を食ってから、砂浜をずーっと先まで歩いて行って見たいと思います。アメリカの兵隊さんが造った、すっごく大きな弾薬庫なんかの建物がまだたくさん残ってるって聞いてます。……えーっと、まずは浜を下りて行って、少し早いが昼飯をたべましょう」

少年たちは、そこから砂丘の台地の上に出て、内灘の砂浜を見降ろした。左手の広い砂浜の真ん中に、海岸に向けて直角にかまぼこ型の大きなコンクリート構造物が二棟並んでいて、その右手に細長い矩形のコンクリート建屋がぽつんと建ち、その他にも解体中と思われる施設が砂丘の松林の中に幾つも見えていた。米軍の弾薬庫や射撃指揮所などの跡で、その付近に在った砲座から、海に向かって右手の能登方向や海上の方に向けて砲弾の試射が行われた。米軍内灘試射場は南北八・二キロメートル、東西一・三七キロメートルいう広大な接収面積で、その中に兵舎・弾薬庫・射撃指揮所・着弾地観測所などが配置されていた。少年たちは砂浜に降りて行き、かまぼこ型の巨大な弾薬庫と思われる鉄筋コンクリート造のドームの中に入って見た。海に向けて入口の扉を開けた弾薬庫ドームの内部は、がらんとした巨大な空間で、その底の地面には湿ったような砂地が広がるばかりで何もなかった。ドームの前の波打ち際で、少年たちは一緒に昼食を取った。浩々と広がる真っ白な砂浜に人影はなく、右手に遠く霞む緑の砂丘の上に数人の男たちが歩くのが見えるのみだった。

この広大な砂丘とその前に広がる北の海は、昔より多くの若者や文学者を惹き付けてきた。金沢の四高で柔道の練習に明け暮れる青春を送った作家・井上靖は、自伝三部作の第三作となる小説『北の海』でこの内灘砂丘を描いている。若き日の彼自身である主人公・洪作は、ある日、四高柔道部の仲間、杉戸と鳶、そして受験生の大天井を誘い、内灘砂丘に日本海を見に行く。彼らは、荷運びのトラックに便乗して金沢からヒロシたちの町に入り、そこから内灘の砂丘まで一里半の距離を歩いてやって来た。ちょうど、新町組少年団の自転車冒険旅行と同じコースを進み、彼らもこの内灘砂丘の波打ち際に辿り着いたのだ。波打ち際の砂浜で、上半身裸で柔道まがいの取っ組み合いで遊び回り、彼らは疲れ果てて浜辺に座りこんだ。

「四人は砂丘の上で、初めて休憩をとった。大天井と鳶はエネルギーを使い果してしまった感じで、仰向けに倒れ、杉戸と洪作は日本海の荒い波の騒ぎに眼を当てていた。

杉戸は低い声で寮歌を歌い出した。鳶の怒鳴るような歌い方と違って、少し変調で、時々うまく歌えないと歌い直したりしている。

――ああ北海に風荒れて
狂瀾《きょうらん》岩にとどろけば
さかまく波の果遠く
見よ北辰《ほくしん》の影冴《さ》えて
北の都は永遠の
しじまの中に眠るかな

洪作は今まで聞いた四高の寮歌の中で、この歌が一番いいと思った。その歌のように、いま自分の前で北海の波は荒れていた。いつか陽はかげり、見渡す限りの広い海面に三角波が砕け、波がしらが白く光っている。」（井上靖『北の海〈下〉』新潮文庫）

さらに井上靖は、内灘砂丘の前に広がる北の海・日本海をこう表現している。

「豪快な波の崩れ方だった。沼津の千本浜も、いつ行っても波が大きく崩れていたが、それとは較《くら》べようもないほど、この海岸の方がスケールが大きかった。海岸線も長く、その長い海岸線をめがけて、潮はあとからあとから押し寄せていた。そして押し寄せて来る潮は、地軸をゆるがすような大音響をたてて、崩れ、散っている。」(同書)

この日は風もなく、海は荒れてはいなかったが、それでも遠く沖から押し寄せるうねりに、波打ち際の潮騒の響きは大きく絶え間ない。その蒼々と光る海から打ち寄せる波の動きを目で追いながら、新町組の少年たちは昼食を食べ終えた。

「これから砂浜を歩いて、権現森のほうへ歩いて行ってみようと思うんだ。この砂丘で一番高い山になっていて、ものすごく見晴らしが良い所だと聞いています」

セイさんがみんなにこう声を掛けた。少年たちは北へ、能登半島の方角に向かって砂浜を歩いて行くことにした。この先には、宮坂の着弾地観測所、そして砂丘の最高点である権現森には内灘試射場最大の着弾地観測所がある。権現森は、民有地であったため内灘接収反対実行委員会が拠点として築いた三棟の座り込み小屋のあった場所で、反対闘争が終焉を迎えることとなる闘争最後の場所であった。そして小説『内灘夫人』の主人公・霧子が、やがて夫となる学生の活動家・沢木良平と抗議の座り込みに参加した場所でもある。その後十五年の時を経て、七〇年安保闘争の学生運動が吹き荒れる中、まだ「内灘闘争」を戦った若き日の理想を心の中に引きずって生きる霧子が、広告代理店社長として世俗にまみれて世を渡る良平と分かれることを決意し、思い立ってこの内灘の地を訪れて再出発を誓う場所なのだ。

「〈さようなら、私の内灘。私の青春──〉おそすぎた出発だが、出来る限り遠くまで行ってみよう、と、心の中で呟きながら、霧子は風に逆らう一本の樹のように、いつまでも夜の中に立ちつくしていた」（五木寛之『内灘夫人』新潮社）と。

新町組の少年たちは、権現森へ向かって波打ち際を歩いて行った。打ち寄せる波を追い掛けたり避けたりして遊びながら砂浜を歩いたが、左手に蒼い海、そして行く手に広がる長大な砂浜、右手遠くに青々と茂る松林の砂丘という同じ風景が、いつまでも延々と続いている。やがて、右手の松林の中に試射監視所の白い建物が見え、さらに先、広い砂浜を歩くのに飽きてきたころ、権現森の着弾地観測所に辿り着いた。そこは、砂丘を右手に登って行った小高い丘陵の上にあり、背後を松林に囲われて、生い茂る雑草の中に白く大きなコンクリートの躯体をどっしりと構えて権現森着弾地観測所は建っていた。着弾地観測所は、台形の厚いコンクリート壁を海に向け、その背後に、厚いコンクリート壁を持つ四角いトーチカのような観測室建屋が造られている。入口の細い通路を中に入ると、湿った薄暗い空間の先の、海に面した壁に横に細長い窓が切られていて、そこから遠く日本海が見渡せた。

権現森の着弾地観測所からの帰りは、浜に沿った砂丘の上を歩き、やがて、その砂丘の頂きを越えて下った先に広がるニセアカシヤの鬱蒼とした灌木の林の中や、湿った松葉が地面を覆うクロマツの林の中を抜けて、自転車を置いた場所へと戻った。そして、帰りのサイクリングはヒロシにとって行きよりもさらに最悪なものとなる。擦り剥けて痛む内股は、自転車に乗ると硬いサドルにこすれて、やがて激痛となり、途中からは自転車を降りて歩くことにした。そして、夕刻の迫る宮腰の町に、ほうほうの体で帰り着いたのだ。

この昭和三十三年秋の冒険旅行は、昨年にも増して壮大な計画だった。遠く白山の麓の渓谷に分け入り、一泊してキャンプを張るというものだ。この年の十月初めの土曜日が、宮腰小学校・中学校の合同創立記念日となり、思いもかけない連休となったからだ。秋の冒険旅行は、夏休みの終わりころから中学二年の竹田誠一・中田勇・今田義明の三人によって計画されていて、中心となったのは中田さんだ。彼は三年ほど前に金沢から宮腰に移って来たのだが、小学生の時からボーイスカウトのカブスカウトとして活動していた。彼の兄で金沢の高校へ通う秀雄は熱心なボーイスカウト団員で、ベンチャースカウトとして活動しているのだ。

ボーイスカウト運動は、イギリスを中心にヨーロッパで二十世紀初頭に始まったが、日本にもすぐに、青少年の健全な育成に寄与する活動として伝わった。大正二（一九一三）年に東京で「少年軍」（後に「東京少年団」と改称）が設立され、翌年には「静岡少年団」「大阪少年義勇団」と、その運動は瞬く間に全国へ広がっていった。そして、大正五（一九一六）年にボーイスカウトによる日本初の野営（キャンプ）が琵琶湖畔の雄松崎で行われ、さらに大正九（一九二〇）年には「東京少年団」を中心として英国ロンドンで行われた第一回世界ジャンボリーへ参加した。大正十一（一九二二）年に「少年団日本連盟」が発足、初代総裁は後藤新平、副理事長に三島通陽が就任し、この後、日本におけるボーイスカウト運動は活発な広がりを見せることになった。戦時には、活動は「大政翼賛会」の傘下に組み込まれ、暗い時代を迎えたが、終戦の翌年の昭和二十一（一九四六）年にGHQから再開の承認を受け、翌昭和二十二（一九四七）年に活動を再開。昭和二十四（一九四九）年に「財団法人ボーイスカウト日本連盟」が再発足し、その九月には全日本ボーイスカウト大会（後の日本ジャンボリー）が皇居前広場で開催された。同年、金沢に於いても「ボーイスカウト石川県連盟」が発足、この地にもボーイスカウトの活動が根付いてゆく。

中田さんの両親は教育熱心で、海が好きなことを理由に宮腰に移住して来たという当時には珍しい屋外派の家族で、海浜に沿って走る道路に面して、高くとんがった三角屋根にステンドグラスを嵌めた天窓を開ける、田舎町には珍しいモダンな家に住んでいた。父親は、自らも若い時からボーイスカウト活動に興味を持っていて、二人の子供を幼い時からボースカウト活動に参加させたという。兄の秀雄は、昭和三十一（一九五六）年八月に長野県軽井沢で行われた第一回日本ジャンボリーに参加するなど、筋金入りのボーイスカウト団員だった。

その中田さんが、遠い白山山麓の中宮という村の奥にある深い谷筋の中にあるキャンプ場で野営し、ボーイスカウト仕込みの本格的なキャンプ生活を体験させるというのだ。二年前の夏休みに、兄の秀雄と共に数人のボーイスカウト仲間とキャンプを張った言い、そこは切り立つ緑の岸壁に清らかな渓流が流れる美しい場所で、その渓谷を遡った蛇谷《じゃだに》では岩間から温泉が噴き出す露天風呂があると語るのだ。中田さんの提案を基に、軍師的才覚を持つ誠一さんが緻密な計画を練り上げた。

●キャンプ場の利用は中田さんが中宮村役場へその申し込みを行う。この時、炊事用の薪の手配も同時に行う。
●キャンプ用テントは、四～五人用のもの二張り用意する。これも中田さんが兄の秀雄に頼んで、どこかから借り出してもらう。

●夜具は、中田さんはシュラフという専用の寝袋を持っているが、他の子供は自宅から使い古した毛布を一枚用意する。

●服装は、長袖長ズボンに防寒用のジャンパーやセーターなどを用意する。

●足まわりは、渓谷を歩くため、しっかりした運動靴を履くこと。

●第一日目の昼食は、各自がおにぎりか弁当を持って行く。

●第一日目の夕食は、大鍋で作る豚汁をメイン料理とし、これにクジラ缶などの缶詰と沢庵などの漬物を副食とする。

●ご飯は飯盒《はんごう》で焚くため、各自が飯盒を用意し、2～3合の米を持って行く。食器は、学校給食で使われるようなアルミ製のお椀や皿を用意する。

●第二日目の朝食は、残ったご飯でおじやを作り、その他にも、コッペパンや乾パンなどの食品を、非常食を兼ねて持っていき、それらを昼食としても食すものとする。

ざぁっとこういった内容の計画で、全体の指揮は誠一さんが取ることになった。村役場への連絡や、テントの設営など野営キャンプの指導は中田さんが行い、夕食の食材の用意や炊事など食事全般は義明さんが責任者となった。参加者は、中学生四人と小学六年生三人の計七人で、今回は荷物の多い大遠征であり、小学五年生は不参加となった。ヒロシは、父が軍隊の出征時に使った大きなリュックサックを借りて、着替えの下着や毛布、飯盒や米・缶詰などの食料を詰め込んで準備した。これに、義明さんが用意した食材の分担分や、初日の昼食用おにぎりなどがさらに加わることになる。遠く電車やバスを乗り継いで行く大旅行で費用も多くかかったが、夏の初めころには内々に聞かされていたので、ヒロシは夏祭りでの玩具などの買い物は控えて小遣いを貯め込んでいたのだ。出発前日の夜は眠れない。いつもこんな日の夜は、興奮のあまり眠れなくなるのだ。

当日、十月四日土曜日の朝は薄曇りの空で、天気予報では四日は曇りの一日だが、翌五日は晴れの予報だった。ヒロシたち新町組の少年らは、朝六時発の宮腰電車に乗り込んだ。ここから金沢の中橋まで行き、そこから歩いて国鉄の金沢駅に行って北陸本線の列車に乗り、一駅目の西金沢駅に至る。少年たちが担ぐリュックサックは、横幅の広いキスリングで、カーキ色の麻地で作られた大型のものだった。戦後の食糧難の時代には食料の買い出しに使ったりして、大概の家には一つぐらいは置いてあった。その大きなキスリング一杯にものを詰め込んでいたので、小柄な少年が担ぐとキスリングだけが動いているように見え、よたよた揺れて危うげな歩行姿だった。殊に義明さんは、豚汁用の大鍋をキスリングの後に括り付けていて、何とも重そうに見える。西金沢駅からは北陸鉄道石川総線の電車に乗り、鶴来駅を経て、終点の加賀一の宮駅まで行く。この路線に乗ったことのあるのは中田さんと誠一さんだけで、みんなは物珍しげに車窓から外の景色を眺めている。早場米の生産地である加賀平野は、もうほとんどの田圃《たんぼ》が稲の刈入れを終えていて、遠くに見える河原の蘆やススキに秋の気配も漂い始めた平野を、電車は次第に高度を上げて進んで行った。

白山は、御前峰（標高二千七百二メートル）・大汝峰（標高二千六百八十四メートル）・剣ヶ峰（標高二千六百八十メートル）の「白山三峰」を主峰とする火山山脈で、往古には一年中残雪があり、年中白く輝く山であったので「しらやま」と呼ばれた。山岳一帯は、養老元（七一七）年に越前の泰澄《たいちょう》が開山した修験道の霊域で、山頂には本地を十一面観音とする「白山妙理大権現」（菊理媛命）が祀られる。白山山塊を深く削って流れる手取川は、加賀平野に出て広大な扇状地をつくるが、その扇の起点に鶴来の町がある。元の名は「剣」で、白山修験道・加賀馬場の起点であり、白山本宮四社の一つ「金剣宮《かなつるぎのみや》」の門前町であったことからその名が付いた。江戸時代初め、この町で幾度も火災が起こり多数の家屋が被災したことから、「剣」を嘉字「鶴来」に改めたのは寛永年間（一六二四〜一六四四年）のころとされ、元禄十五（一七〇二）年には正式にこの表記となった。この町から二キロメートルほども山に入った三宮《さんのみや》の地に、全国二千七百六十余社にのぼる白山神社の総本社・白山比咩神社本宮が鎮座する。加賀一の宮駅は、その参拝客のために造られた駅で、駅前からは白山比咩神社へ向かう表参道が伸びている。

　新町組少年団の一行は電車を乗り継ぎ、午前十一時前には加賀一の宮駅に辿り着いた。駅舎は、昭和二（一九二七）年に竣工した入母屋造で、瓦葺き屋根に白壁、その下に格子枠の板壁を配した重厚な建物だ。白山神社総本社の門前駅であることから、表玄関に唐破風の車寄せを迫り出し、玄関ガラス格子戸の上に「加賀一宮駅」と彫った木製の駅名看板を掲げている。一行は、ここで北陸鉄道金名線に乗り換えて白山下駅へ向うが、駅の案内所で電車の時刻を確かめたあと、まずは白山比咩神社に行って参拝し、少し早いがそこで昼食を取ることにした。土産物屋が並ぶ門前町の中を通り、大きな石の「一の鳥居」をくぐると、その先は高く聳える大杉や欅《けやき》・楓《かえで》などが生茂る参道で、細かい砕石を敷き詰めまっすぐに伸びる参道は木々の緑に囲われて昼なお暗い。二の鳥居、三の鳥居を通り、神門の重々しい木の扉を抜けると、石畳みの正面に神社本殿が深い緑の木々に囲われて鎮座していた。本殿の前には入母屋造、柿葺で正面に大きく唐破風の向拝を突き出す拝殿が建っている。本殿はその背後に、切妻造の大きな屋根を見せて建っていて、明和七（一七七〇）年に加賀藩十代藩主・前田重教《しげみち》の造営になるもの。少年たちは、その拝殿前で参拝し、広い境内の片隅の木立の下で昼食を取った。

正午過ぎに、一行は加賀一の宮駅から北陸鉄道金名線の電車に乗り、白山下駅へ向った。金名線は深く台地を削って流れる手取川渓谷に沿って走る鉄道で、出発すると、まず手取川の深い谷を跨ぐ手取川橋梁を渡り、広瀬・瀬木野・河合などの村落の駅を通る。さらに大日川橋梁を渡り、下野・釜清水・下吉谷・西佐良・三ツ屋野などの駅を過ぎて白山下駅に至る。この鉄道は鶴来から河内村・吉野谷村・尾口村・白峰村を通り、谷峠を越えて越前（福井）の勝山に至る古道「白山街道」に沿って敷設された路線で、大正十五（一九二六）年に開業し、昭和六十二（一九八七）年に全線廃止となった。終点の白山下駅は、切妻造、瓦屋根で、白壁の下に横板を張った外壁を持つ小さく簡素な駅舎で、少年たちは白山に登る登山者たちに混じって駅舎を出た。この地は鳥越村河原山で、ここから手取川本流を離れ、右手の尾添川の渓谷沿いに中宮村へとバスに乗り継ぐことになる。

鳥越村の一帯は、戦国の世に加賀を支配した一向一揆の最後の拠点で、血塗られた悲劇の場所でもある。ここから手取川を下った大日川との合流地点の三坂に、白山山系の岳峰（標高五百五メートル）から北西に延びる舌状丘陵の先端に盛り上がる小高い鳥越山（標高三百十二メートル）があり、その頂上に山城「鳥越城」が築かれていた。鳥越城は、手取川と大日川の深い渓谷に囲われ、麓からの比高百三十メートルの要害の地に築かれた連郭式の山城で、本願寺一向宗の鈴木出羽守によって天正元（一五七三）年に築城された。鈴木出羽守は、西山組・河内組・吉野谷組・牛首組で構成された一向一揆の組織「白山麓山内惣庄（山内衆）」を統括した旗本で、紀州・雑賀党鈴木氏の一族ともされるが定かではない。天正六（一五七八）年に上杉謙信が没して加賀一向一揆は後ろ盾を失い、天正八（一五八〇）年閏三月五日には石山本願寺が織田信長に降伏して開城、真宗第十一代門首・顕如は石山本願寺を退去して紀伊国・鷺森《さぎがもり》別院に入る。これを受け、同年四月に加賀一向一揆の拠点であった尾山御坊（金沢御堂）が織田方の柴田勝家軍によって陥落、六月には白山麓山内への織田軍の侵攻が激しくなり、同年十月、柴田勝家軍によって鳥越城は落城した。山内衆の主領・鈴木出羽守や支城・二曲城《ふとうげじょう》を守る子息・右京進など鈴木一族は、加賀平野の松任城に偽って誘い出されて謀殺され、これを持って山内衆の頑強な抵抗は潰えたのだ。その後、鳥越城は織田方の吉原次郎兵衛の管理下に置かれたが、白山麓門徒の抵抗は続き、上杉景勝の越中侵攻と呼応し反撃に出て、一時期、鳥越城は一揆側に奪還されたが、天正十（一五八二）年閏三月一日、織田軍を率いる佐久間盛政によって鳥越城は再び陥落する。その後も一揆側は、河内村の「吉岡の構え」や「佐良城」などを拠点に抵抗したが、牛首組の投降などで次第に孤立無援となってゆき、やがて一揆は完全に鎮圧された。この時の織田軍による報復は、織田信長が伊勢長島一向一揆で行った時と同様に凄まじく、門徒衆三百余人が磔に処せられた。その時、街道沿いの河原に並べられた磔柱から流れ出た血は手取川に流れ込み、川は真っ赤に血の色で染まったと伝えられる。さらに山内の七ヶ村の村民は虐殺され、根絶やしにされて、それから三年間、山麓一帯は無人の荒地と化したのだ。この山内衆の壊滅の様相は、吉野村平三郎由緒書が簡潔にこう伝えている。

「七ケ村之者共まけ，則吉野村より尾添村迄之者共三百人余御とらえ，はりつけに御かけ被成，其後七ケ村御たやし被成，三ケ年之間荒地罷成申候」と。その後、天正一三年（一五八五）に、吉野村源次郎が七ヶ村の村立てを前田利家に願い出て裁許され、そこからこの白山山麓の村々の再建が始まることになる。

何とも凄まじい攻防の歴史を刻む土地ではあるが、今は、緑の山々に囲まれた広々とした台地に田畑が広がり、駅前辺りには人影も少なく静かな佇まいを見せている。そこからバスに乗り、一行は中宮村へと向かった。尾添川を左に見ながら、道はその深い渓谷に沿って進んでいて、敷き詰められた砂利道の轍《わだち》に揺れながらバスは進んで行く。やがて、中宮のバス停で下車すると、左手の尾添川の深い渓谷を跨いで「中宮大橋」という長大な吊り橋が架かっていた。少年たちはリュックサックを担ぎ、その中宮大橋を渡って中宮村に入って行く。中宮とは、白山修験道・加賀馬場に於いて、白山山頂の奥宮と、山麓の白山比咩神社本宮との中間に位置することから付いた名だ。古代には「笥笠《けがさ》」と呼ばれ、村内に笥笠中宮神社が鎮座する。白山七社の一つで、別宮・佐羅宮と共に中宮三社と呼ばれる修験霊場の拠点であり、往時には多くの社家・社僧が居を構え、戸数百余戸を数えて繁栄したという。

そこからは、中田さんの案内で中宮の村中を横切って山の方向へ向かい、村外れの坂道を少し下った台地にあるキャンプ地に出た。そこは、尾添川の河原を見降ろす比較的小さな窪地状の土地で、周囲をブナの大木や欅・楓などの木々が取り囲む草原が広がっている。その中央に手押しポンプの付いた小さな小屋掛けの炊事場があり、その先の森陰に便所が建っていた。中田さんが村役場へ向い、総指揮の誠一さんがテントの設営や炊事の担当分けを指示する。殊に炊事の責任者である義明さんは、みんなが分担して持ってきた食材を集めて確認するなど忙しく動き回っている。

ヒロシは中田さんの指揮下でテントの設営担当となり、晋ちゃんはマサ坊を連れて薪を取りに行くなど、キャンプ活動が本格的に動き出した。しかし、その頃から、ポツリポツリと空から雨粒が降り始めた。白山比咩神社で昼食を取っているころは薄雲リの空模様で、時折、陽射しもあるまずまずの天気だったが、白山下駅からバスに乗り込むころから雲が少しずつ厚くなってきていた。気にはなっていたが、天気予報の今日一日の曇りを信じて、少年たちはキャンプの準備をするのに余念がない。ただ、ここは白山山中の深い渓谷の中だ。麓の平野とは違う山の天気なのだ。みんなの願いを裏切り、山の天気は、雨脚の強弱を繰り返しながらも次第にその勢いを強めていったのだ。雨の中で、なんとかテント二つを張り終えたが、すでに辺りの地面は水浸しで、テントの中にも雨水が入り込んでいる。晋ちゃんたちが運んできた薪も雨に濡れていて、降り止まぬ雨に、少年たちはテントの中や炊事場小屋の屋根下にもぐり込んでいた。炊事場の屋根の下で、誠一さんと中田さん、義明さんの三人が空を見上げながら話し合っている。

「この雨、いつ止むかな？　どうだろうなぁー」

「天気予報では、今日は曇り、明日は晴れで、これからだんだん良くなっていくはずなんだが。まあ、もうちょっと様子を見ようよ」

ヒロシも、もぐりこんだテントから顔を出し、空を眺めた。雨は先程よりは弱まっていて霧雨のようになってはいたが、谷筋の山手からは白い霧が吹き下りてきている。雨は弱まりながらも止む気配がなく、深い谷筋のキャンプ地に夕刻の闇が早くも迫ってくるようだ。それに、一時は激しく降った雨の中で働いた少年たちの衣服はしっとりと濡れていて、そこに谷間を流れる山からの風が冷たく吹き抜けていく。誠一さんと中田さん、義明さんの三人が話し合い、みんなを炊事場に集めると、誠一さんがこう切り出した。

「雨は、もうすぐ止むと思うんです。でも残念ながら、予定よりも大分遅れていて、それに薪も雨で濡れていて、炊事が上手《うま》くできないように思われます。それで、本当に残念なんですが、今日のキャンプは、これで中止にしたいと思います。……それでこれからのことなんですが、さっき歩いて来た中宮の村に、中田君の親戚の家があって、そこで泊めてもらおうと考えています」

不安そうなみんなの顔を見まわしながら、中田さんが付け加えた。

「大丈夫です。親戚の家は、秦野《はたの》というんですけど、広い部屋があって、みんな泊めてくれます。……僕も、一度泊まったことがあるんです」

「えーっと、それじゃあ、暗くならない内にテントをたたんで。それから、自分が持ってきた荷物を忘れずにリュックに詰めて用意して。薪は、悪いけど晋ちゃん、誰かに手伝ってもらって元の場所に返してね。……大丈夫！　なんとかなるから」

誠一さんがみんなを励ます。少年たちは、まだ霧のような小雨が降る中、テントをたたみ、各自の荷物を片付けて身支度をした。雨に濡れた二張りの麻のテントはずっしりと重くなり、これは四人がかりで持って行くことにした。

中田さんの親戚である秦野の家は中宮村の中央にあって、切妻の瓦屋根に、冬の豪雪に備える縦横に太い梁を配し、白い漆喰壁を持つ大きな二階建ての屋敷だった。当主・勝一郎の妹さんが、金沢の中田さんの実家に嫁いできていて、勇の義理の叔母さんになるという。それが縁で、二年前の中田さんたちのキャンプもこの地で行われたのだ。もう夕闇が漂い始めたころ、少年たちは揃って秦野の家の前にたどり着いた。中田さんが玄関の大きな両開きのガラス戸を開け、中に入って行く。事情を聞いた秦野のお婆さんが玄関に飛び出しきて、雨に濡れそぼり、寒そうに震える少年たちを見て、「まあ！　大変、……さあ、みんな、家に入って！　早く、早く！」と、驚きの声を上げる。そして、すぐにみんなを表間の囲炉裏場に上げ、その板の間で着替えをさせた。少年たちはリュックサックに担いできた下着に着替えたが、替えの上着を持っていない者には、家にある仕事着などを与えて着させ、「とにかく、囲炉裏の火にあたって！」と、その囲炉裏に薪を足して盛んに火を燃やす。そうこうしている内に、知らせを受けた当主・勝一郎が妻の八重と一緒に、トラックに乗って仕事場から急いで帰ってきた。そして、寒さに震え、唇を青ざめさせている少年たちを見て、家人にこう告げた。

「こりゃー、いかんな。人数が多いから、家の風呂を焚いても間に合わんぞ。中宮の温泉に連れて行こう。ちょうど、トラックもあるし、みんな乗せられる」

八重も、深くうなずいて同意した。

「そうね、それがいいわ。……帰るまでに、夕飯を用意して置くから」

少年たちが家の外へ出ると、雨はもう止んでいて、薄く霧は漂っているものの、風もほとんど吹いていない。ヒロシたち小学生三人はトラックの狭い助手席に詰め込むように乗せられ、中学生たちは後の大きな荷台に乗った。

「少し寒いかもしれんが、運転台の後ろにみんなで固まって座ればいい。そうだ、おーい！　家にあるゴムカッパをみんな持ってこい！　カッパを羽織りゃあ、少しはあったかい。……なあに、二十分ほども行けば着くから、少しの辛抱だ」

勝一郎が、荷台に乗る少年たちに声を掛ける。トラックは、薄暗い谷筋の砂利道を、中宮温泉に向けて登って行った。

中宮村から十キロメートルほども山を遡った尾添川の渓谷の上にある中宮温泉は、白山修験開山の祖・泰澄が傷ついた白鳩を見て発見したと伝えられ、開湯千二百年を誇る古湯で、天正二（一五七四）年に初めて浴室が設けられたという。当時は、白山山中で厳しい修行に励む山伏たちがこの湯に浸かり、その疲れを癒やした。深い渓谷を見降ろす崖の上に四軒の古い温泉宿が建っていて、その入口付近にある「西川旅館」にヒロシたちは案内された。石積みの台地に建てられた西川旅館は古い木造二階建てで、一階は冬の深い根雪に備えて周囲に頑丈な板壁を廻し、二階には木の手摺を廻した客室があって、その白い障子戸から泊り客の灯りが漏れている。

「やあ、久し振りだ。しばらく顔を出さなんで申し訳ない。相変わらずバタバタしてるよ。……今日は、この子たちを風呂に入れさせて貰いにやって来たんだ。あの雨ん中で、キャンプを張ったらしいんだ。みんなずぶ濡れになって、寒がってて大変だ」

親しそうに勝一郎は旅館の亭主に挨拶すると、少年たちを浴室へ連れて行く。

「さあ、早く着てるものを脱いで。熱くて良い温泉のお湯だからね。ゆっくり浸かって温《あった》まるんだよ。手拭いは、ここにみんなの分があるからね」

そう言うと、勝一郎は玄関のフロントへ引き揚げていった。この深い山中に古くから盤踞してきた村の家々は、大体すべてが縁続きの親戚筋で、この宿も秦野の家の親戚なのだ。殊にこの旅館のご亭主は、勝一郎と幼馴染の間柄なのであろう。

浴室は、天井も壁も床もすべてが古寂びた板張りで、大きな長方形の浴槽の周囲に廻された太い角材は、長い年月に亘ってお湯に浸かり磨かれて角が取れ、黒ずんだ風格を見せている。温泉は少し緑色を帯びた白いお湯で、泉質はナトリウム塩化物炭酸水素塩泉とある。含重曹弱食塩泉は、古くから「胃腸の湯」と呼ばれ、胃腸病に大変な効果があるとされる。江戸の昔より湯治客が絶えず、人々は麓から鍋・釜を持って一日がかりで歩いて湯治にやって来たのだ。流木で作られ、白い湯垢がこびり付いた樋より、源泉が流れ落ちている。その源泉の温度は六十一～六十五度で、入浴時にその温度を四十三度ほどに下げるが、冷え切ったヒロシたちの身体には飛び上るほどに熱かった。それでも、ゆっくりと湯船に身体を沈め、じっと浸かっていると、温熱が身体の中に沁み入ってきて、ヒロシたちは互いに至福の目を見交わす。やがて、三人ほどいた大人の泊り客が出ていくと、置かれている石鹸で身体を洗い、また、湯船につかってお湯を掛け会い、広い湯船を泳いだりして遊び廻った。

身体が冷えぬようにと、藁で編んだ大きな筵《むしろ》を渡され、少年たちはトラックの荷台に乗り込んで中宮の村へ帰って行った。大きな筵をみんなで頭からかむり、身を寄せ合って嬉しそうだ。漆黒の闇の中の道を進むトラックの荷台からみんなが空を見上げると、もうすっかり雨はあがっていて、谷間の上の夜空いっぱいに、何とも大きく美しい星々が煌々と輝いている。帰り着いた秦野の家では、お婆さんや八重が忙しく夕食の準備をしていて、襖が取り外され十数畳はある大広間に置かれた長い食卓には様々な料理が並べられていた。鶴来の高校に通う息子の恭一も帰宅していて、賑やかな夕食が始まった。囲炉裏で焼かれた串刺しのイワナや、硬く締まったコクのあるこの地の名物「中宮豆腐」の刺身、山菜の御浸しやナスや大根などの煮物、それに何より少年たちが楽しみにしていた豚汁が大鍋で作られ、それらの料理が食卓に所狭しと並んでいる。歓声を上げ、目を輝かせてその御馳走を食べる少年たちを見ながら、秦野のお婆さんや八重も嬉しそうで、「いっぱい食べてね。ご飯のお代わりは？」などと、声を掛ける。最後には一緒に温泉に入って汗を流した勝一郎も、熱燗の晩酌の徳利を傾けながら、山仕事で日焼けした顔を赤く染めて満足そうだ。

翌日は快晴で、高校生の恭一の案内で、尾添川の渓谷を遡り、蛇谷にある露天風呂に探検に行くことになった。蛇谷は、白山登山道の中宮道にある「間名古の頭」（標高二千百二十三・八メートル）を水源とする「オモ谷」を主谷とし、多くの枝谷を集めて北北西に流れ、さらに親谷や湯谷などの谷の水を集めて西流し、やがて尾添川となる。途中には多くの名瀑の滝があり、殊に秋の紅葉が見事な秘境であったが、後年、昭和五十三（一九七八）年に開通した白山スーパー林道で、その秘境の面影は消えた。少年たちは途中の蛇谷の入口までトラックで運んでもらい、そこからは丸い石が積み重なる広い河原を登った。河原の両側は切り立つ断崖で、河原には日も射さず、ひんやりと冷たい谷風が吹いている。この先からが蛇谷と呼ばれる谷筋となる。やがて、道は河原を離れ、右手の切り立つ岸壁を削り取った細い登山道となり、さらには横木を狭い岩棚に並べた桟道となった。二時間ほども崖に沿った危険な山道を進むと、右手の切り立つ岸壁の下に少し開けた場所があり、そこに大きな岩と岩が重なり口を開いて湯船を作る天然の岩風呂があった。谷底からは、直接触れれば火傷をするような源泉が湧き出していて、岩棚の上から流れ落ちる冷たい谷水が湯船に流れ込んで適温の露天風呂となっている。少年たちは、喜び勇んで服を脱ぎ、露天風呂に入ろうとした。と、その時、ブーンと鈍い音を立てて数匹の虻が飛んできた。

「あ！　虻だ！　もう寒くなったので、いないと思っていたのに……」

恭一が声を上る。そのうちに、虻は数を増し、こちらに勢いよく襲いかかってきからたまったものではない。ヒロシたちは、ほうほうの体でそこから引き返すことになった。

正午の少し前に中宮の秦野の家に帰り着いた少年たちには、山盛りのおにぎりに漬物や味噌汁の昼食が振舞われ、みんな、もう遠慮など忘れて腹いっぱいに頬張った。そして、午後一番のバスに乗り、白山下駅に向った。結局、使ったキャンプの食材は豚汁のものだけで、缶詰だけは集めて、お礼に置いて行くことにした。そんなこと、気にしなくて良いと受け取ろうとしない八重に、帰り際に玄関の土間の上に缶詰を並べて、何とか受け取ってもらった。

鶴来駅から北陸鉄道に乗り、西金沢駅からさらに金沢駅へと国鉄を乗り継ぎ、そこから宮腰鉄道で宮腰の町に帰り着いたのは、もう夕刻の闇が漂うころだった。屋外でのキャンプは、様々なアクシデントに遭遇するものなのだ。それは、楽しい遊び事というよりも、キャンプで起こる予期せぬことにみんなが力を合わせ協力することが、生きるために必要な作業であり技なのだと、ヒロシはもちろん、少年たちみんなが思い知る体験となったのだ。

三

宮腰と金沢の市街を一直線に結ぶ宮腰往還は、藩政初期に加賀藩によって造られた。古書『龜尾記』に、「……（城下）廣岡の街尾に篝火を焼き、宮腰の町の口に又篝火を焼き、其間々にも是を焼きて目當てとなし、縄張りを極め、道を直ぐに造らせたり。元和年中（一六一五～一六二四）の事にして、今枝内記指圖にて、郡奉行瀧輿右衛門・郡人夫にて作らすといふ。其頃より並松を植うるといふ」と記される。この往還の江戸時代から続く風景はあまり変わっておらず、所々にクロマツの松並木が残り、一部はコンクリートやアスファルトで舗装はされているものの幅員三間ほどの砂利を敷いて固めた道路が、金沢の街まで一里十四町（約五・五キロメートル）の長さでまっすぐに続いている。

この往還に沿って植えられた松並木は、明治時代以降の道路拡張によって多くは伐採されていったが、それでも大正末期には北側に二百十六本、南側に四百二十三本の松が残っていたと記録される。その象徴が宮腰湊神社の入口に聳える巨大な老松で、切り倒すと祟りがあるとされた。現に、伐採を請負ったどこその大工さんが、作業中に大怪我をして病院に担ぎ込まれたなどと実《まこと》しやかに噂され、今でも拡張された道路の片側を塞《ふさ》ぐように太い幹を天に伸ばし、枝葉を大きく広げて立っている。

宮腰街道に沿った道路の北側の脇を拡幅して電車の鉄路が敷かれていた。この電車は、明治三十一（一八九八）年に馬車鉄道として始まり、大正三（一九一四）年に電化されて電気鉄道となり、昭和十八年

（一九四三）、戦中の陸運統制令に基づき北陸鉄道に合併された。金沢市街への入り口となる中橋までは五・四キロメートル、軌間は一千六十七ミリメートルで、屋根は焦げ茶色で薄緑に茶色の線を入れた半鋼製の車両が、単線のレールの上をゴトゴトと音を立てて走っている。途中駅の畝田で上下列車が交換し、電車は三十分毎の運行で営業されていた。しかし、やがてこの町にもモータリゼーションの波は押し寄せてきて、後年、昭和四十六（一九七一）年には全線廃止となり跡形もない。

町の少年たちにとって、この電車に乗って金沢の街に遊びに行くことは、年に五、六回ほどあるか無きかの遠出で、大きな楽しみのひとつだった。金沢の繁華街である片町から香林坊・南町・武蔵ヶ辻にかけての大通りは、いつでもお祭りの縁日のような賑わいで、綺麗に着飾った人々が行き交い、群衆の熱気が街中に溢れている。そこにはきらびやかな商店が並び、大和や丸越といった鉄筋コンクリート造の大きなデパートが建っている。それらのデパートは、見上げるような巨大な建物に見えたし、店内に入れば、光り輝くショーウインドウに見たこともないような高価な品物が並べられ、屋上には遊園地が造られていた。何より、二つのデパートとも最上階には金沢の街を見下ろすことの出来る広々とした大きなレストランがあり、宮腰の町ではお目にかかることのない様々な料理が硝子ケースに展示されていて、時には、それらの御馳走を特別に食することもできるのだ。片町にあった大和デパートは地上七階・地下一階の店舗で、ヒロシも、母・キヨに連れられて七階にあったスカイレストランに行き、生れて初めて「オムライス」なるものを食べて、この世にこんな美味しいものがあるのだと衝撃を受けた。大きい平らな皿に乗せられたオムライスは、ケチャップ味のチキンライスが鶏卵を焼いて半熟にしたオムレツに包まれて紡錘型に成形され、その黄金色に光り輝くオムライスの上に赤いケチャップがかけられていた。ピカピカに磨かれた銀色に輝く大きなスプーンでそれを割り、口に運んだ感触と、その断面の赤いケチャップ色に染められたチキンライスの色合いは、ヒロシが歳を重ね、長い年月を経ても鮮明に蘇ってくるのだ。

それでも中学生ともなれば、金沢の町に出る機会も増えてくる。春には、金沢市中学校総合体育大会が市営運動場で開催されるし、秋ともなれば中学校対抗野球大会や相撲大会など各種のスポーツ大会が開かれ、出場選手のみならず応援にも生徒たちが駆り出される。そして、各種の文化祭や県立能楽堂での能楽鑑賞などの文化的授業にも、多くの学生が参加する。そんな中で、宮腰中学校の生徒たちが最も楽しみにするのは、映画の団体観賞会だった。小学校までは、年に一度、校内の体育館を兼ねた広い講堂に映写機が持ち込まれ、正面壇上に張られた大きなスクリーンで映画が上演された。それが中学生ともなれば、十一月三日の文化の日を前後にして、金沢市内の大きな映画館に出かけての団体観賞が行われたのだ。

金沢で映画が初めて上映されたのは、明治三十（一八九七）年のこととされるが、本格的に常設の映画館が建てられ始めたのは大正二（一九一三）年からで、その中心は繁華街の香林坊だった。戦災に遭わなかった金沢では、日本で映画興行が最盛期を迎えた昭和三十三年には、香林坊に九館、片町に二館もの映画館が存在していた。大手映画会社系列の金沢東映や日活・大映、そして松竹座、さらに洋画を上演するスカラ座など、一帯は「香林坊映画街」と称され、多くの観客で賑わっていた。また、金沢の東側を流れる浅野川の川岸の並木町にも、北国第一劇場と北国シネラマ会館の二館の映画館が並んで建っていた。優しい瀬音を立てて流れ、「女川」とも呼ばれる浅野川河畔の界隈は、藩政期に「稲荷座」という芝居小屋があり、それは明治になって「尾山座」となり、その他にも多くの芝居小屋や見世物小屋が並ぶ繁華街だった。片町や香林坊と競うほどに賑わいをみせ、泉鏡花の出世作となった『義血侠血』の主人公、女水芸人「瀧の白糸」が活躍した見世物小屋のあったのもその界隈だった。

この年の宮腰中学校の団体映画観賞は、浅野川に面した北国シネラマ会館で行われた。上演映画は、一九五六年製作のアメリカ合衆国のハリウッド映画『十戒』(The Ten Commandments)で、セシル・B・デミルが製作・監督した『旧約聖書』の「出エジプト記」を題材としたスペクタクル映画だ。日本では、この年の三月に封切られた。主演はモーセを演ずるチャールトン・ヘストンで、これに対するはエジプトのファラオ・ラメセスを演じるユル・ブリンナー、そして、ラメセスの美しき王妃・ネフレテリを演じるアン・バクスターなど、ハリウッドを代表する多彩な俳優陣が脇を固めている。まるで青銅で作られた彫像のような彫りの深い顔立ちのチャールトン・ヘストンが、筋骨隆々の肉体を輝かせて巨大なスクリーン一杯に動き回り、冷徹なファラオを演じるユル・ブリンナーが、端正な顔立ちと褐色の均整のとれた肉体を輝かせて一歩も引かない。モーセに率いられたヘブライ人がエジプト軍に追われ、紅海に追い詰められた時、海が割れ、その中をモーセやヘブライ人が進む「出エジプト記」のクライマックスシーンは圧巻で、世界の映画史に残る名作となった。

宮腰中学校の団体映画鑑賞は学年ごとに実施され、中学二年生は十一月一日の土曜日に行われた。その日は、午前の授業が早めに切り上げられ、すぐに昼食を取って、正午前に生徒たちは宮腰停車場に集合した。宮腰中学校は、宮腰往還を金沢へ向かって行った先の左手の田圃の中に建っていて、町の入口にある宮腰電車の停車場に近かった。この日、宮腰電車の車両は臨時に二両連結され、正午に中学二年生全員をすし詰めに乗せて金沢へと向った。終点となる中橋で降り、そこから生徒たちは国鉄の踏切を渡って、六枚町・安江町・武蔵ケ辻・尾張町を経て、浅野川河畔の並木町にある北国シネラマ会館へと歩いて行った。金沢市内には六系統の路面電車が走っていたが、生徒全員が一度に乗れるものではなく、金沢の街を浅野川筋まで一直線に横断して歩いたほうが早かった。北国シネラマ会館は、浅野川の堤防の内側を走る道路に面して建っていた。間口の広い平屋の鉄筋コンクリート造の建物で、四角いがっしりした建物正面の両開きの硝子戸は重々しく大きくて、その脇には回転ドアも付いている。内部は、途中まで中二階の観客席を持つ広々とした劇場空間で、宮腰の町の映画館などとは比べ物にならない規模と重厚さを持っていた。

映画『十戒』の上映時間は二百三十二分、午後一時に始まり、途中十分ほどの休憩を挟んで午後五時ころに終了した。生徒たちはクラス毎に分かれ、担任の先生に引率されて長い行列をつくって帰途に付いた。その中に、新町組少年団の中学二年生、誠一さんや義明さん、中田さんがいた。宮腰の町の中学生男子は、通学に高下駄を履くのが一般的だった。高下駄は、足を載せる杉（桐は高級品だった）の台に、別に作った歯を台に取り付ける「差し歯下駄」で、朴《ほお》の木の差し歯は摩耗すると町の下駄屋で取り換えた。中学生ともなれば、「アシダ」と呼んだ高下駄が履けるようになり、その分だけ身長が急に高くなって見え、一気に大人の仲間入りができたように思えて誇らしかった。特に雨の日は足元が濡れず重宝され、カランコロンと下駄音を立てて街中を闊歩し、登下校した。それが、悲劇を生むこととなった。

大正八（一九一九）年に開業した金沢市内の路面電車は、最盛時、六系統で十二・九キロメートルの営業キロで運行されていた。しかし、積雪による運行障害や自動車の増加によって常態化した交通渋滞の解消を理由として、昭和四十二（一九六七）年二月に全線廃線となる。昭和三十三年には六系統で運行されていて、主要な路線は金沢駅を出発して安江町から武蔵ケ辻に至ると二手に分かれ、一方は直線に尾張町から橋場町・兼六公園下方面へ、もう一方は右折して南町から香林坊・片町方面へと向かう。路面は車の通行を考慮して全面にコンクリート舗装され、そのレールの軌間は一千六十七ミリメートル、上半分がベージュで下半分紫がかった朱色で塗られたツートンカラーの半鋼製車両が、単車でゴトゴト音を立て走る。中学二年の生徒たちは、北国シネラマ会館を出て浅野川沿いの並木町から尾張町の台地に上り、路面電車の脇を歩いて武蔵ヶ辻にやって来た。金沢の町を横断する旧北国街道と、海の手の金沢駅方面から金沢市街を縦断して大手筋である尾張町へ向う道路が交差する十字路・武蔵が辻は、道幅は広かったが、路面電車の軌道も二手に分かれる交差点で、複雑で交通量も多い。その日は、朝から時折雨もぱらつくどんよりした曇り空で、生徒たちが映画館を出たころにも、霧のような時雨《しぐれ》模様の雨が降っていた。

武蔵ヶ辻の交差点信号が青になり、生徒たちは順番に横断歩道を渡って行ったのだが、その時、最後を歩いていた誠一さんの高下駄の歯が、道路中央を走る路面電車のレールに挟まってしまったのだ。そして、高下駄をレールから抜き取ろうと、しゃがみ込んで必死に踏ん張る誠一さんを、金沢駅方向からやって来た路面電車が轢いてしまったのだ。暮れ始めた夕刻の薄闇に、時雨模様の雨が重なり、見通しは非常に悪かった。さらに、路面電車が香林坊方面へ向かうために九十度に右折する急なカーブを曲がって進む地点だった。運転手は周囲を走る車にも気を取られ、軌道の上にしゃがみ込む誠一さんを見落とし、急ブレーキを踏むのが遅れたのだ。誠一さんは救急車で近くの国立病院へ運ばれたが、そこで息を引き取った。ほとんど即死の状態だったという。

誠一さんの遺体は、その日の夜遅く竹田家に運ばれ、奥の仏間に安置された。竹田の家の正面玄関は大きな硝子引き戸で、中に入った広いコンクリート土間が婦人服や子供服の店になっている。屋号を糸屋とする古くから続く呉服商で、店の右手の一角は畳敷きの上り框《かまち》になっていて、そこでは和服の着物や反物が売られていた。知らせを聞いたヒロシが竹田の家へ駆け付けると、ヨシさんや同級生の義明さん、中田さんなど中学生たちが悲痛な面持ちで家の前の道路で佇んでいた。大人が慌ただしく出入りしていて、玄関の前だけが騒然としている。やがて、町内会長の新野のおじさんが家から出て来て、少年たちにこう告げた。

「みんな、今日は誠一君には会えない。いろいろ準備があって、……明後日の夜、妙専寺でお通夜があるから、その時、会えるから。……今日は帰って！　みんな、もう、今夜は、……今からすぐに家に帰って…」

新野のおじさんの目は真っ赤で、目尻が涙で濡れていた。その姿を見るだけで、誠一さんのお父さん、お母さんたち家族の悲嘆の大きさが伝わってきて、みんなは無言で家へ帰って行った。時雨の雨が強まっていて、街角の電柱に取り付けられた裸電球の街灯がその雨脚を白々と照らしていたが、新町の家並みは暗い静寂に包まれていた。

翌十一月二日に竹田家の仏間で誠一さんの枕勤めの儀が行われ、お通夜は十一月三日の文化の日に行われた。前日まで降り続いた雨は上がっていたものの、この日も空は朝からどんより曇っていた。十一月二日・三日は連休で、少年団はクラブ小屋で卓球大会などを計画していたが、すべて中止となった。お通夜は妙専寺で午後六時から行われ、ヒロシは母に連れられ、姉の幸代と一緒に参列した。

妙専寺正面は、小振りな建物ではあるが、切妻造、三間一戸の鐘楼門で、門をくぐるとまっすぐに石畳の参道が本堂まで続いている。本堂は入母屋造で瓦葺の屋根を高く天に伸ばし、外壁は全面に横桟の板戸を嵌め、正面と左右に広い廻縁の床板を出している。その床板へ上る広い五段ほどの階段の下のコンクリート土間の片隅に靴を脱ぎ、ヒロシたちは本堂に入った。本堂の外壁の板戸の内側には、堂内を取り囲むように幅一間ほどの廊下が走っている。廊下の内側にある障子戸の入口正面側は全て開けられていて、ヒロシたちは広い外陣の左手の隅に座った。全面畳敷きの広々とした外陣の先に、一段高い畳敷きの内陣があり、その奥の中央に仏壇が据えられ、両脇に少し奥まって脇仏壇が設けられている。御本尊・阿弥陀仏は、中央仏壇の須弥壇上の宮殿形厨子の中に納められていて、燈明の淡い光に揺らめいて立って居られた。

誠一さんの棺《ひつぎ》はその仏壇の前に白い布に覆われて据えられている。内陣の両側にある余間には、大きな花壇が設けられ、白や黄色の菊の花や様々な季節の花々が活けられ、また、夥しい数のお菓子やお供えの品々も置かれている。外陣の中央に竹田家の家族や親族の方々が並び、それを取り巻くように中学校の先生方やご近所の町内の人々が座っている。下手には、誠一さんの同級生たちが大勢座っていて、遅れて来た学生たちは廊下に並んで立っていた。やがて、本堂右手奥の余間の障子戸が開けられ、住職の寺西玄海和尚が入って来られた。焦げ茶がかった薄栗皮色の裳附《もつけ》に白い模様の入った萌黄色紋白《もえぎいろもんじろ》の五条袈裟《ごじょうけさ》を肩に掛けた法衣姿で、手には桧扇《ひおうぎ》と念珠《ねんじゅ》を持っている。その後ろに、黒の間衣《かんえ》に輪袈裟を下げた住職の息子でもある少年団長のセイさんが従って入って来た。真宗大谷派の妙専寺は、江戸時代中期の享保年間（一七一六〜一七三六年）にこの地に創建されたが、その前の河北郡に寺が在った時代から数えれば、当代で十六代続いており、その後をセイさんが継ぐことになる。中央仏壇前に置かれた経卓の前に玄海和尚が座り、その斜め後ろにセイさんが座ったが、まだ正式に僧侶の修行などしていないセイさんは、これまでに見たこともないような緊張した面持ちだった。司会を務める町内会長の新野のおじさんが、開式の辞を述べる。

「ただ今から、故竹田誠一さんのお通夜を執り行います。一同合掌！」

広い堂内にシンと張り詰めた静寂が広がる。

「合掌を、お解きください」

こうして通夜勤行が始まった。玄海和尚の唱える『正信偈』が朗々と堂内に響いてゆき、参列者からも、低い地響きのような『正信偈』を唱和する声が広い堂内を満たしてゆく。

「帰命無量寿如来《きみょうむりょうじゅにょらい》　南無不可思議光《なむふかしぎこう》　法蔵菩薩因位時《ほうぞうぼさついんにじ》　在世自在王仏所《ざいせじざいおうぶっしょ》……」

浄土真宗の本場であるこの地の大人たちは、少なくともお年寄りたちは、真宗の根本のお経である『正信偈』は暗誦できた。それから、『称名念仏』を全員で唱え、次に『和讃』『回向』と勤行は進む。そして玄海和尚による『仏説阿弥陀経』などの読経が始まり、参列者による焼香となった。まず誠一さんのお父さん、お母さんが焼香し、参列者に向って深々と頭を下げた。遠目にも、その顔は白く能面のように表情がないように見える。玄海和尚の後ろに置かれた誠一さんの白い棺を前にして、四台の焼香台が置かれていて、参列者が順次、焼香をしてゆく。この日の夕刻、ヒロシはお通夜での作法を母親から教えられてきたのだが、初めてのことでもあり、その順番がきた時には随分と緊張した。母と姉と並んで、誠一さんの御両親に目礼し、お香を右手の指で掴んで据えられた香炉に入れる。その焼香を二回行って、改めて親族に向って深々と頭を下げた。誠一さんのお父さんの目は赤く痛々しくやつれて見えたが、それでも何か口元でささやいているように見えた。きっと「ありがとう」と言ったのだ。この優しいお父さんには、少年団の子供たちは何かにつけてお世話になってきた。少年野球のファーストミット購入の時だって、イの一番に資金を提供してくれたのも誠一さんのお父さんだったのだ。

本堂の右手には、切妻造、瓦葺で二階建の住居を兼ねた庫裡が建っていて、その建屋の右端の入口土間に面して、板敷きの六畳ほどの部屋がある。部屋の真中には大きく囲炉裏が切られていて、そこは寺に出入りして作業する人たちが休憩する場所であったが、新町組少年団の子供たちが屯《たむろ》す場所でもあった。特に晩秋の十一月中旬ころに行われる「報恩講」(この町では親しみを込めて「ごほんこうさん」と呼んだ)には、ここに少年たちが集まって来て、お寺からは様々なお菓子が振舞われ、少年たちはカルタ遊びなどをして遊ぶのだ。お通夜が終わり、母と姉と別れたヒロシは、その部屋に行って見た。やはり、ヨシさんや、中田さん、義明さん、そして晋ちゃんと建ちゃんがいて、みんな、炭火が焚かれた囲炉裏を取り囲んで座っていた。ヒロシもその脇の冷たい板の間に座ったが、誰も無言で、声を掛ける者はいない。廊下の奥から、近所のおばさんがやって来て、大きな皿に盛られた油揚げや大根、レンコンなどの煮物を置いて行った。

「さあ、みんな、これでも食べて。……元気を出して!」

この町では、お葬式が出ると、その家の向い三軒両隣の家々のお母さん方が総出でご飯を炊き、野菜の煮付などの精進料理を作って、参列者に通夜振舞いをするのが仕来《しき》たりだった。家計の豊かな竹田家では、その他に町の料理屋さんに仕出しの精進料理を作ってもらっていて、それらは廊下の先の大広間に並べられ、ご住職への御膳や、親族の方や学校の先生方、町の世話役などの重要な会葬者に供される。通常の通夜であれば、故人と親しかった人々は広間にやって来て、様々に故人の思い出などを語り合って酒を酌み交わし、食事をするのだが、何とも悲惨な若い死に言葉もなく、その席に座る人は少なかった。それでも、ご近所のおばさんたちは、その通夜振舞いの席への料理やお酒の給仕などのお世話で忙しく立ち回っている。奥の大広間から、そんな大人たちの話声が低い波音のように伝わって来て、重い沈黙の中にいた少年たちも、ようよう口を開いた。ヨシさんが言う。

「誠一が死んだなんて。……もう、居ないなんて、信じられん」

互いに心を許した一番の親友だった中田さんが言う。

「なんか、まだ生きてる気がするんです。……すぐそこに居るような、……」

でも、会話はすぐに途絶えてしまった。みんなは、赤く燃える囲炉裏の炭火を見つめ、だまってしまう。それぞれに昨日まで一緒に遊んでいた誠一さんとの様々な思い出を、反芻するように思い浮かべているのだ。

お葬式は、翌十一月四日の正午から行われた。前日までは時雨模様のどんよりした曇り空だったが、この日は朝から雲一つない快晴だった。誠一さんの宮腰中学二年三組のクラスメート全員が参列し、新町組少年団も、ヨシさん以下中学生全員と、小学六年生の健ちゃんやマサ坊、そしてヒロシが午後からの授業の休みを取って参列した。葬儀は一時間ほどで終了し、誠一さんの棺は、ご近所の男衆や青年団の方々によって担がれて本堂から運び出され、寺の門前に待っている霊柩車に乗せられた。霊柩車は、大きな鉄製の大八車に輿《こし》を乗せたもので、二方破風の屋根を持ち、側面に蓮の花や鳥などの彫刻を施したもので、全体に黒漆で、木彫に金箔を張って装飾されている。大正時代末期に町によって造られたもので、暗い戦争の続いた昭和の時代を過ごし来て、もうかなり傷んではいるが、今もこの町の人々の死を看取っている。

霊柩車は、これから向かう火葬場に隣接して建つ平屋の車庫に置かれていて、この朝に新町の青年団の方々が引っ張って来て準備したものだ。町内会長の新野のおじさんが、青年団の高木さんに声を掛けた。

「お酒を二本、なんにも書かなくて良いから、二本を一緒にくるっと紐で結んでもらって用意してくれ」

「分かりました。途中の安田酒店で買って、ぶら下げて行きますよ」

「火葬場の甚助爺さん、酒に目のない大酒飲みだからな。……酒代もはずんで、しっかり焼いてもらわんと。……そうだ、薪代もちょっと多めに包んでおいた方が良いな」

葬列は、白い裃《かみしも》の喪服を着た喪主の誠一さんのお父さんを先頭に、黒い喪服のお母さん、高校二年のお姉さんが学生服で、小学四年の妹が黒いワンピース姿で並び、誠一さんの顔写真や位牌を胸に歩いて行った。玄海和尚とセイさんが黒の法衣姿でその後に続き、霊柩車の大八車は青年団の方が三人掛りで前方の長い柄に取り付いて曳いて行く。霊柩車の後ろには親族の方や町内会の人々、学校の関係者が続き、その後に誠一さんのクラスメートたちと新町組の少年たちが長い行列をつくって進んで行った。その長い葬列は、新町から本町筋に出て、本町・下本町と進み、通町の交差点を右折して寺町筋へ入る。寺町筋は、本町筋と山の手側に平行して走る細い道路で、上寺町と下寺町に分かれ、その名の通り多くの寺院が道の両側に並んでいる。そこには真言宗の古い寺や、曹洞宗・浄土宗・日蓮宗などの寺があり、往時、この町辺りは本町筋と同時期に、この地に人々が住み付いて初めに成立した集落の場所なのだ。寺町筋を通るとさらに道は狭くなり、その狭さが鉄砲の筒のようだと名付けられた鉄砲町を通り過ぎると、町外れの畑地に出る。そこは海から立ち上がった砂丘の裏手に広がる平坦な低地となっていて、道の先にはこの地に降る雨水や湧水を集めて流れる小川があった。小川には、通称「おじぎ橋」と呼ばれる小さな橋が架かっていて、この橋の袂《たもと》で、会葬者は喪主側と挨拶を交わして告別とし、帰って行くのが、この町の仕来りだ。橋の袂で誠一さんのお父さんが立ち止まって振り返り、会葬者の方へ向かって振り絞るような声で挨拶をした。

「本日は、お忙しい中を誠一のために参列して頂き、ありがとうございます」

深々と頭を下げ、そのまま長い沈黙の時が過ぎていく。親族の方から促されるまで誠一さんのお父さんは頭を下げたままで、お辞儀を止めようとしないのだ。そこから、近所の方々や先生方、クラスメートたちは引き返して行った。しかし、ヨシさんが誠一さんのご家族に頼み込んで、新町組の少年たちは火葬場まで一緒に行くことになった。おじぎ橋を渡り、三百メートルほども行った先の広々とした畑地の中に、ぽつんと火葬場が建っている。大正十四（一九二五）年に町によって建てられた火葬場は、切妻造の木造平屋で、黒々とした能登瓦で屋根を葺いたがっしりした建物だった。その建屋の背後に三十メートルほどの高さの丸い赤レンガ造の煙突が立っている。火葬場正面の大きな両開きの扉は開かれていて、甚助爺さんとその助手と思われる中年の男性が忙しげに祭壇の飾り付けや木薪などの準備をしている。そして、誠一さんの棺は親族たちの手で霊柩車から運ばれ、火葬炉の前に置かれた。それから、寺西玄海和尚による火屋勤行が始まった。横に立って唱和するセイさんは、青白く緊張した顔で経本を見つめたまま目を上げようとしない。火屋勤行は、『重誓偈』『短念仏』『回向』と続き、その間、最後の焼香が行われた。勤行が終わると、火葬炉の重い鉄の扉が開かれ、棺が入れられる。黒く煤けた耐火レンガの炉内が黒々と口を開け、始めて見るヒロシは、腹の底から湧きあがる死というものへの畏れに足が震えるのを覚えた。火葬炉の扉が閉じられ、家族や親戚たちが控室に向う。新町組の少年たちはそこで別れを告げ、帰ることになった。その間、誰一人言葉もなく、唇を噛みしめ、ただ頭を下げるのみだった。それから、甚助爺さんたちの手によって火葬炉に火が焚かれた。誠一さんの遺体はこれから昼夜にわたって荼毘に付され、明朝、ご家族によって骨上げが行われる。この町では、頭蓋骨などの遺骨は骨壷に納められて檀那寺の墓地にある墓に埋葬され、残りの骨灰は火葬場に隣接して立つ共同灰塚に葬られる。共同灰塚は、大きな石を積み上げた台上に巨大な四角い石塔が立っていて、いつも誰かが訪れて献花と線香の煙が絶えることはないのだ。

ヒロシたち新町組の少年たちは、火葬場を出ると来た道を帰らず、そのまま広い畑地を横切って砂丘の方へ向かって歩いた。その畑の中を通る細い畦道は曲りくねって遠く、道を振り返れば、遮るものもなくいつまでも火葬場が見渡せた。みんなは、とぼとぼと歩いてゆく。時々、後ろを振り返って見るものの、ここでもみんな無言で、何かぼんやりした空虚な思いに包まれて、ただ、足元の砂地だけを見つめて歩いて行った。やがて畑地を抜け、砂丘を斜めに上る緩やかな上り道にぶつかった。その松林の中の坂道を上って行くと、その途中で、火葬場を振り返った中田さんが大きな声を上げた。

「あっ！　誠一ちゃんが天に登って行く！……」

みんなは立ち止まり、中田さんが指さす方向を見た。晩秋の透き通るような青い空に、幾筋かのうろこ雲が浮かんでいて、そこへ向かって消えゆくように、火葬場の煙突から白い煙が登っている。まったく風がなく、赤レンガの丸い煙突から立ち上がる白い煙は、まっすぐに天に向かって登ってゆくのだ。その白い煙も青い空に溶け込むように透明に見え、みんなは黙って、いつまでもその白い煙を見つめていた。

冬の巻

一

十一月を過ぎると、北陸の地には冬が足早にやって来る。どんより曇る日が多くなり、晴れて陽が射したかと思うと、すぐに冷たい時雨《しぐれ》が降ってくる。晩秋から初冬にかけての晴れの日は貴重で、特に子供たちにとっては屋外で遊べる貴重な一日となる。そして、毎年この時期には「ポン菓子屋」さんがやって来る。がっしりした業務用自転車の後部に大きなリヤカーを取り付け、ポン菓子製造用の機械類と大きな網籠、燃料の薪などをリヤカーに乗せて来るのだ。そして、秋葉神社や妙専寺境内の参道のコンクリート土間の上に、ポン菓子製造用の膨張機と加熱用の炉を据え付け準備を終えると、街中を廻り、子供たちにこう呼びかけるのだ。

「ポン菓子だよ、ポンポン菓子ィー！　ポン菓子が始まるヨー……」

ポン菓子製造用機械は穀類膨張機と呼ばれるもので、一九〇一年、アメリカ・ミネソタ大学のアレクサンダー・ピアース・アンダーソンが、穀物の研究中、高温高圧下で急激に減圧すると米が膨化することを偶然に発見したことに始まる。ポン菓子の作り方はこうだ。穀類膨張機の回転式筒状の圧力釜に、米などの穀類を入れ蓋をして密閉し、釜ごと回転させながら加熱する。圧力釜の中が十気圧程度に加圧されたら、釜のバルブをハンマーで叩いて蓋を解放し、一気に減圧する。この時、原料である米の内部の水分が急激に膨張し、激しい爆裂音を伴いながら釜から十倍にも膨らんだ米が勢い良くはじけ出て、ポン菓子が作られる。膨張機には受け用の網籠が取り付けられて、膨化して激しくはじき出る米を受けとめる。この圧力釜のバルブをハンマーで叩いた時に起こる激しい爆発音と、勢いよく白煙を上げて網籠の中へ飛び出す膨化した米の舞い姿が、子供たちにとっては大変な魅力だった。いよいよ圧力釜のバルブをハンマーで叩く時、ポン菓子屋のおやじさんは、ニヤリと笑って子供たちを見まわし、「さあ、そろそろだ。そろそろだよ！……みんな、耳をふさいで！　下手をすりゃー、鼓膜が破れるぞ！」などと言って驚かせるのだ。子供たちはみんな耳をふさぎ、ある者は目を瞑って、その時を待つ。「バァーン」との激しい炸裂音は、大砲が近くで発射されたような衝撃の思いを子供たちに与え、その驚きと恐怖の思いが、さくさく香ばしいポン菓子の美味しさと相まって、忘れ難い思い出となる。晩秋にポン菓子屋がやって来るのは、この時期には新米が出回り、家に残る古米を子供のお菓子にし、歳末や正月の子供のおやつにする家が多かったことによる。しかし、ポン菓子の製造料金は、一回当たり四、五十円はする高価なもので、ヒロシの家など家計に余裕のない家庭では、そう滅多には作らせてもらえなかった。それでも、この炸裂音が聞こえてくれば、子供たちはみんな浮足立って、神社や寺の境内に集結し、その年に一度のイベントを楽しんだのだ。

そして十一月も半ばともなれば、時雨に小さな氷の粒が混じるみぞれとなり、やがて雪模様の日が多くなってくる。昭和三十年代のこのころは、今より季節の移り変わりはもっとくっきりとしていて、人々の日々の活動もそれに従っていた。やがてやって来る強い北風や吹雪、降り積もる深い雪への備えが必要となる季節の到来だ。海岸では、浜際に沿って延々と防風・防砂壁が造られる。町当局から請負った建設業者が丸太を組んで壁の柱・梁の骨組みを造り、これに各町内のクラブ小屋に備蓄された稲藁を編んだ筵が荒縄で結ばれ取り付けられて防風・防砂壁は建設される。家々では、深く積み上がる根雪に備えるため、建屋の周囲に雪囲いの板を張り巡らせる。それは、家屋の玄関や外壁の形状に合わせて専用に作られた組み立て式のもので、各家庭の納戸などに収納されていた。本町筋など表通りの一部の道路でしか除雪作業は行われなかったため、一月中旬以降の本格的な降雪の時期に、雪が五十センチメートル、八十センチメートルと降り積もり、やがて深い根雪となれば、家々の屋根から下ろされた雪は背戸の庭や道路に積み上がる。積み上がった雪は一階の屋根の高さにもなり、人々は、根雪に階段状のステップを切って玄関を出入りするか、あるいは二階の窓から出入りする家さえあった。そんな根雪の圧力から建屋を守るには雪囲いは必須だったし、その他にも、本格的な冬への準備に、師走に入った町の人々は追われることになるのだ。

殊に家庭の主婦は忙しい。長く厳しい冬の寒さに備え、家族みんなの冬物衣類の、ほころびの繕《つくろ》いなどを含めた準備や、煮炊き用の木薪、暖を取るための炭俵や練炭、マメ炭などの備蓄は欠かせない。根雪で長く家に閉じこもることになる季節に備え、白菜やニンジン、大根などの野菜や様々な食材を納戸に蓄えおく。そして、冬の食卓に欠かせない大根の浅漬けなどを大量に漬け込むのだ。大根の浅漬けは、一本を丸ごと大きな桶に塩漬けにしたが、氷が張るような冷気の中で漬け込まれた真冬の大根の浅漬けは、パリッとした歯ごたえで絶妙に美味しかった。

十二月も半ばを過ぎると、お正月に向けての「かぶら寿司」や「だいこん寿司」の漬け込みが最盛期を迎える。かぶら寿司は、かぶら（かぶ）に切り込みを入れてブリや身欠きニシンなどを挟んで発酵させた「なれずし」で、殊にブリを挟んだ高級品はお正月用として、ヒロシの家では父・謹一郎が魚を卸す得意先へのお歳暮としていた。だいこん寿司は、同じ製法ながら、安価で入手しやすい大根と身欠きニシンで作るもので、家庭で日常的に食べられた。

かぶら寿司は、江戸時代初めのころ、宮腰《みやこし》の漁師がかぶらにブリの切り身を挟んで麹に漬けこみ、正月に初漁を祝う起舟の料理としたことに始まると伝える。これが加賀藩に伝わり、「かぶら寿司」は漁師や魚屋のみならず表具師や髪結いなどの商家が、お得意先の武家屋敷に献上する正月の贈答品となった。やがて、もっと安価な「だいこん寿司」が町家などの一般大衆にも広がっていったという。その作り方はこうだ。まず、十一月に入り冬の訪れとともに出回り始める寒ブリを三枚に下ろし、その切り身を木桶などに入れ三、四日ほど塩漬けにする。かぶらは皮をむいた後に二センチメートルほどの間隔で輪切りにし、その一切れの間に三分の二くらいまで切れ目を入れて、これも三、四日ほどかぶらの葉っぱも入れて塩漬けにする。塩漬けが完了したブリは余分な塩を取り、六時間ほど酢に浸ける。この準備が完了すると、米麹を用意する。米麹は、まず米を炊き、麹と六十度ほどに温めたお湯を入れてかき混ぜ、蓋をして六時間ほど寝かせて発酵させると出来上る。それから、ニンジンやゆずも千切りにして準備する。塩漬けしたかぶらを笊《ざる》にあげて水分を取り、かぶらの切れ目に下拵《したごしらえ》をしたブリの切り身を入れ、米麹とにんじん、ゆずを交互に重ねて樽に入れ漬け込んでいく。米麹に漬け込んだかぶらを漬け樽の中に重ね終えると、一番上に塩漬けしたかぶらの葉をしき、上蓋に重石を乗せたら二、三週間ほど寝かせて完成する。ヒロシの家では母・キヨを中心にして作られるかぶら寿司は、美味しいと評判で、贈答用以外にも取引先の魚屋などから多くの注文が入ったため、納屋の中で大量に作られた。

そんな慌ただしい年末の十二月二十五日、ヒロシの母は、毎年決まって朝からいそいそと金沢の町に出かける。この町でクリスマスの祝いをする家は少なかったが、二十四日の夜にヒロシの家では町のパン屋で売られる小さなケーキが食卓に飾られ、ローソクに火を灯して、ささやかなクリスマス・イブの祝いが行われた。翌朝には、子供たちの枕元に置かれた靴下の中に決まってミカンが三個ほど入れられている。ミカンは冬場の貴重な果物で、食せば風邪をひかないとされた。子供たちはミカンを剥いてその房を一つ一つ並べ、みんなで分け合って食べたものだ。貴重品のミカンを三個もクリスマス・プレゼントされ、今年は、さらに金沢の町にも連れて行ってくれるという。ヒロシにとっては最高のクリスマスの朝となった。

その朝は、ヒロシは随分と早起きして、六時には階下の居間に降りて行った。母はもう忙しく立ち回っていて、ヒロシに洗濯されて良く糊の効いた外出用の学生服を用意してくれている。そして、自身も身支度すると、姉の美佐子や幸代に今日のお昼にやっておいて貰いたい要件などを言い付けると、八時を廻った時刻には家を出た。母は他所《よそ》行きの着物を着て、大きな手提げバックを持ち、ヒロシは昨夜用意したかぶら寿司の入った包みを持たされた。前日まで降り続いていた雪まじりの雨は、もうあがっていて、北陸特有のどんよりした曇り空ではあったが風もなく、まずまずの天気だった。宮腰停車場で八時三十分発の電車に乗り、母と二人で金沢の町に出る。終点の中橋から北陸本線の踏切を渡り、六枚町から裏通りに入って長土塀の細い路地に入った。そこに父の妹が嫁いだ家があり、母は、その叔母さんの家の前でヒロシを待たせ、玄関に入って行った。ヒロシが持たされていたずっしり重いかぶら寿司の包みを差し出し、にこやかに挨拶をしている。叔母さんが玄関から顔を出し、家に入るようにと頻《しき》りに声を掛ける。

「まあ、ヒロシ君も来ているのね。家に入ってお茶でも飲んでいってよ！　何にもないけど、ほんとに上に上がって！」

「いえいえ、これから近江町の市場に行ったり、その他にも二、三件行く所があって。それに、お昼過ぎには家に帰らなくちゃあならないのよ。暮れの忙しい時に朝早くに顔を出して、ほんとに申し訳ありません」

大人同士の長々とした挨拶を交わしたあと、母は見送る叔母さんに幾度もお辞儀をしながら歩き始めた。勢いよく流れる大野庄用水の水路に沿った道を歩き、香林坊に出る。母は随分早足で、気が急《せ》いている様子だ。歳末で賑わう表通りの国道八号線・北国街道を右折、片町へ進み、すぐに左折して柿木畠の細い路地に入った。左手に鞍月《くらつき》用水が流れる路地を進むと、用水路が右手に曲がる地点の先に、水路に沿って切妻造の高くとがる三角屋根の建物があり、屋根正面に十字架が架かっている。まだ新しく見えるその建物は、日本基督教団金沢教会だった。

金沢の町はキリスト教に古くから縁の深い町だ。キリシタン大名であった高槻城主・高山右近は、天正十五（一五八七）年、豊臣秀吉による「バテレン追放令」により大名の地位を捨て浪々するが、彼の武将としての才とその人柄を愛した前田利家に召抱えられ、一万五千石の扶持を得て金沢で暮らすことになる。築城の名手でもあった右近は、金沢城修築や城を取り囲む「内惣構《うちそうがまえ》」と呼ぶ防御用の深堀の造成など、城下町の構築にも腕を振るった。利家の嫡男・前田利長からも引き続き庇護を受け、政治・軍事など諸事にわたって相談役となったが、慶長十九（一六一四）年、徳川家康による「キリシタン国外追放令」を受けて加賀を退去した。高山右近は長崎から家族と共にマニラに送られ、そこで客死する。享年六十三歳。右近の時代、金沢には彼を慕って集まった多くのキリシタンたちが住み、また、前田利家の四女で岡山城主・宇喜多秀家の正室であった豪姫もキリシタンだった。彼女は、関ヶ原の合戦で破れて宇喜多家が没落した後、高台院（秀吉の正室ねね・北政所）に仕え、この時、キリスト教に入信して洗礼を受け、洗礼名「マリア」となる。受洗後の慶長十二（一六〇七）年のころ、金沢に引取られ、化粧料一千五百石を得て城下の西町に住むことになった。このような歴史のもとで、今も金沢には多くのキリシタン関係の遺跡が残るが、古くより多くの船が出入りした湊町である宮腰にも、この時代に重胆寺という浄土宗の寺があり、そこはキリシタンの寺であったと伝えられる。

　江戸時代を通じて隠れキリシタンへの弾圧は続いたが、それは明治新政府にも引き継がれた。明治政府による「五榜《ごぼう》の掲示」第三条でキリスト教の禁止が確認され、これが「浦上四番崩れ」と呼ばれる最後のキリシタン弾圧を生むことになる。元治元（一八六四）年、日仏修好通商条約に基づき、長崎の居留地にフランス人神父のルイ・テオドル・フユーレとベルナール・プティジャンによってカトリック教会の大浦天主堂が建てられた。これを見た長崎の隠れキリシタンたちは、自らがキリスト教の信者であることを教会へ名乗り出た（世に言う「長崎の信徒発見」）が、長崎奉行により捕縛されて激しい拷問を受けた。これを受け、明治新政府は捕縛された隠れキリシタンを日本各地に流刑とする処置を取った。流刑地は岡山や奈良、高知など二十藩二十二ヵ所にのぼったが、その内の一つに金沢があった。明治二（一八六九）年、キリシタン五百十人が加賀藩預かりとなり、明治六（一八七三）年にキリスト教が公認されるまで幽閉されることになったのだ。彼らは金沢郊外・卯辰山の湯座屋谷など二つの谷間に幽閉され、ツクシを摘んで味噌汁の具とし、谷の渓流で獲れるドジョウを食べ、また草履を作って売り歩き命をつなぐという過酷な生活を送った。金沢の郷土史家・和田文次郎の著書『金沢叢語《そうご》』によれば、金沢名物「ドジョウの蒲焼き」は、彼らが作り赤い旗を立てて市中を売り歩いたのが始まりという。この時、日本各地に配流されたキリシタンの数は三千三百九十四名、うち六百六十二名が命を落としたとされ、金沢の卯辰山の谷筋でも、埋葬された四十体を越える人骨が発掘されている。

プロテスタントの宣教師として最初に来日したのは、安政六（一八五九）年到来の米国聖公会の宣教師ジョン・リギンズだ。同じ年に「ヘボン式ローマ字」の考案者として知られるアメリカ合衆国長老教会の医師ジェームズ・カーティス・ヘップバーン（通称・ヘボン）も来日、さらに、アメリカ・オランダ改革派教会から派遣された宣教師サミュエル・ロビンス・ブラウンやジェームズ・バラなども日本の土を踏む。ヘボンが設立した横浜英学所「ヨコハマ・アカデミー」は、ジェームズ・バラの弟ジョンに引き継がれて「バラ学校」と呼ばれ、これにサミュエル・ロビンス・ブラウンが開いた「ブラウン塾」に学んだ青年たちが加わって「横浜バンド」と呼ばれるグループが形成された。この横浜バンドの流れから「日本基督教会」（海岸教会）が創られ、昭和十六（一九四一）年には、日本国内のプロテスタント三十三教派が「合同」して成立した合同教会「日本基督教団」へと発展する。金沢に於いても、早くも明治十二（一八七九）年、石川県中学師範学校の英語教師として招かれたアメリカ合衆国長老教会宣教師トマス・ウィンによってプロテスタントがもたらされた。彼は、明治十四（一八八一）年に金沢の大手町に日本基督一致教会金沢教会を創立する。明治十七（一八八四）年には、石浦町に土地を購入して会堂を建設し、初代牧師に青木仲英を迎えて金沢教会は自給独立教会となった。そして昭和十六（一九四一）年に日本基督教団に属し、戦後の昭和二十九（一九五四）年、石浦町から柿木畠に移転して新会堂を建設、それがこの日本基督教団金沢教会なのだ。

明治から大正にかけ、初期の日本基督教会を指導したのは「横浜バンド」出身の植村正久だった。彼は一千五百石の旗本の家に生まれたが大政奉還で没落し、明治七（一八七四）年に横浜の英学校「ブラウン塾」に入学、キリスト者となった。神学者・思想家、そして伝道者として幅広く活動し、日本プロテスタントの理念や活動に大きな影響を与えることになる。その活動の拠点であった東京・千代田区の「富士見教会」で受洗し、植村の後継者となったのが高倉徳太郎だ。高倉は、京都府綾部の裕福な商家に生まれた。明治三十九（一九〇六）年、金沢の四高を卒業後、植村正久から受洗し、同年、東京帝国大学に入学するも中退、植村が創立した東京神学社神学専門学校に入り、明治四十三（一九一〇）年に卒業すると富士見町教会の伝道師となった。英国留学後の大正十三（一九二四）年、彼は新宿・百人町の自宅で家庭集会を開き、そこから独自の戸山教会を創立する。戸山教会には多くの青年や学生が集い、卓越した説教者である高倉牧師の説教に耳を傾けたが、その中に、ヒロシの母・キヨがいたのだ。キヨは早稲田の鶴巻町にあった大家の御屋敷で女中奉公をしていたが、ある時、親しい友人・タキさんに誘われ、高倉の家庭集会に参加することになった。そして昭和五（一九三〇）年九月、高倉は新宿・信濃町に土地を求めて新会堂を建設、彼の私塾であった戸山教会を信濃町教会（現日本基督教団信濃町教会）と改称、自身の神学理念を基とする教会を創立した。その年の十二月二十五日のクリスマスの日に、キヨは高倉牧師により受洗、キリスト者となった。そして、その後まもなく、奉公先の御屋敷のご隠居の世話によって金沢へ嫁ぐことになる。そのご隠居は加賀藩の大身の武家の出で、口やかましく、人が近づき難い女性だったが、何故かキヨを気に入り、身の回りの世話をキヨがすることになったという。ご隠居の血縁に当たるのがヒロシの父・謹一郎で、会ったこともない謹一郎の写真一枚を胸に、函館出身のキヨにとって何の縁も所縁《ゆかり》もない金沢の地に嫁いで来たのだ。東京を離れるにあたり、挨拶に行った信濃町教会で、高倉牧師は自らが金沢の四高の卒業であることを語り、自身が青春を過ごした金沢の地を懐かしく振り返りながら、キヨを祝福し激励したという。

浄土真宗の本場であり、殊に加賀一向宗の拠点の一つであった宮腰の地で、キヨがキリスト者として生きるのは困難なことであったろう。キヨのクリスチャンとしての信仰は、子供たちはもちろん、誰にも明かされることはなく、謹一郎は薄々知っていたであろうが黙認していたようだ。ずっと後年になって、母は大人になったヒロシこう語った。

「私は尋常高等小学校しか出ていないもので、大した学問は身に付けていない。だから、難しい宗教の教理などは理解できません。でも、親鸞さまの教えとキリスト教の教えは、一緒なのだと信じて生きて来ました」と。

親鸞の教えと思想は、弟子・唯円の著書『歎異抄』に簡潔に記されている。親鸞は言う。「他力真実のむねをあかせるもろ〳〵の聖教は、本願を信じ念仏をまうさば仏になる、そのほか、なにの学問かは往生の要なるべきや」と。

その信仰のあり方は、如来＝弥陀の本願によって与えられた名号「南無阿弥陀仏」（阿弥陀仏に帰命・帰依する）をそのまま信受することにより、ただちに浄土へ往生することが決定されるが、そのことに感謝し報恩の念仏を称える生活を営めというものだ。他の学問や厳しい修行を積んで悟りを得るということではなく、如来の絶対他力「本願力」を信じ従えば良いのだと。さらに、「弥陀の誓願不思議にたすけられまいらせて、往生をばとぐるなりと信じて、念仏まうさんとおもひたつこゝろのをこるとき、すなはち摂取不捨（念仏する衆生を摂取《おさめとり》して捨てず）の利益にあづけしめたまふなり。弥陀の本願には、老少善悪のひとをえらばれず、たゞ信心を要とすとしるべし」と語り、さらに進めて「善人なをもて往生をとぐ、いはんや悪人をや」との有名な言葉となる。「親鸞は弟子一人もたずさふろふ」と語るように、彼は独自の荘厳な寺院など持つことはせず、各地に簡素な念仏道場を設けて人々を教化する布教活動を行った。自身が新しい宗派を開くことなど、思いもしなかったのだ。

キヨにキリスト教を伝え洗礼を施した高倉徳太郎は、プロテスタントとしてより深く聖書の原点を探究し、その中に神の恩寵を見出すことを信仰の基本とした。師である植村正久と同様に聖書の無誤性を否定し、「我らは聖書のゆえにキリストを信ぜず、聖書においてキリストを見出せし故に聖書を信ずる」との立場を取り、さらに教会主義に対してより個人的な立場で聖書の中にある神の恩寵と向き合った。彼は言う。

「顧みて私は自我に醒め、自我にさいなまれてここまでやって来た。私は生来ほんとうに遅鈍で、意気地なしである、重い足を引きずってようやく恩寵の殿まで辿りついた。私のようなものでも、否、私のような醜い弱いものだから、キリストは手をとって恩寵の殿に手引きして下さるのである」（高倉徳太郎『恩寵の王国』聖書研鑽社）

高倉は教会の純粋性を求めようとし、プロテスタント教会の意義は神学の探求にあり、長い歴史の信仰によって立つ教会のあるところに神学はあるのであり、「神学なきところ教会なし」との、イギリスの神学者ピーター・フォーサイスの立場に同意した。さらに独自の神学を求めて、自ら開いた戸山教会とともに高倉の信仰は進展してゆく。

「自分の福音的信仰は、戸山教会とともに進展して行ったといってよい。主の十字架の恩寵が究極の実在なることは、わかっていた。しかし十字架の恩恵に砕かれたるものが、必然に召命の生活に追いやられるとの真理は、戸山教会の教会生活の実践において初めて体験せしめられたものである」(高倉徳太郎『著作集』二巻)

教会の在りようは、「神の求め給う教会は、分量においてでなく、信仰の素質において純なる教会であると思う。……われらは小さき群れたるを懼るる必要はない。ただこの小さき群れのうちに主の福音がはたして徹底的に生かされているかどうかを御前に顧みておそれなければならない」と語った。

大正十四(一九二五)年、植村正久が急死すると後継者問題から富士見町教会に分裂騒動がおき、富士見町教会より戸山教会に約百人が移るなどの事態が起こって、教会関係者から高倉に対する批判が巻き起こる。そんな中においても、高倉は昭和五(一九三〇)年九月には戸山教会を発展させて信濃町教会を創立し、また新たに創られた日本神学校の教頭を務めるなど精力的な活動を展開した。しかし、多忙を極めたその活動が、高倉の精神を蝕んだのだ。昭和九(一九三四)年四月三日、自宅にて自殺、享年四十八歳。早すぎる死であった。

高倉徳太郎のプロテスタント神学者・伝道者としての歩みを見れば、遠い鎌倉時代の親鸞の浄土教信仰の教理や伝道のあり様に、キヨが感じたように多くの共通点があるように思われる。彼らは共に自らを特別な存在などと思いもせず、自らを取り巻く世俗の嵐の中をもがき苦しみ歩んだのであり、そんな中で神や仏の存在の真理を探究していった。そして、煩悩多い普通人たる自らを見つめ、その同じ視線から、煩悩と迷いの中に生きる現世の人々に神や仏による救いの道のあり方を模索し説いたのだ。

鞍月用水の水路に架かる橋を渡った敷地に、急勾配の切妻屋根を架けた金沢教会の礼拝堂が建っている。右隣には大きな割烹旅館が建っていて、その白い教会建物はこぢんまりとして小さく見えた。

「ヒロシ、お前、外で待っててもいいんだよ。片町にでも行って見たら？　一時間ほどで終わるから、ここに帰っておいで」

「ううん、一緒に中に入る。そん中、見てみたいんだ」

母に連れられて入った礼拝堂は、天井が張られていない吹き抜けで、屋根を支える棟木や桁、梁などの小屋組が剥き出しの簡素な建物だった。その装飾の少ない大きな空間の奥に十字架を架けた白い壁があり、その前に一段高く牧師が説教する講壇が作られていて、中央に黒々と大きい説教台の机が置かれている。そこへ向かって通路となる細い空間があり、その板張り床の左右に木製の長椅子が十列ほど並んで置かれていた。ヒロシは、その最後尾の長椅子の端に母と並んで座った。

クリスマス礼拝の式次第が書かれた二つ折りのガリ版刷りの紙が配られ、礼拝は十時三十分から始まった。司祭による開祭のあいさつがあり、讃美歌が歌われる。母は、カバンから黒革の古びた聖書と讃美歌の本を取り出し、長椅子の細長い台の上に置いている。その讃美歌の本は、受洗した日に友人のタキさんから贈られたものだ。歌われる讃美歌のページを開いて、八割ほども埋まった参列者に唱和して母も歌い始めた。小さいが朗かな声で讃美歌を歌う母が、いつも見る姿とは違ってヒロシは戸惑ったが、その歌はなにか遠い昔に聞いたことがあるような気もしていた。それから、講壇の上にいる司祭が福音を朗読し説教があり、共同祈願と主への感謝の祈り、そして讃美歌とクリスマスミサの式は進んだ。その間に、献金の袋を持った中年女性が通路を廻って来て、母は懐紙に包んだ献金をその袋に入れた。やがて司祭による閉祭のあいさつと参列者への祝福が述べられ、クリスマス礼拝は正午少し前に終了した。

久し振りに金沢に出て、教会でクリスマスの礼拝に参加することが出来た母は、嬉しそうだった。いつも見せることのないうきうきした感じだ。

「ヒロシ、そこの宇都宮書店で、本、買ってあげる。なんでも好きな本、買ってあげるから。そしてね、近江町市場に行く途中で、うどん食べようね。美味しいうどん屋さん、知ってるんだ」

そう弾むような声で言うと、ヒロシの手をつかんで歩き始めた。柿木畠の細い路地を通り、片町の大通りに出ると、通りを挟んだ左手に宇都宮書店のビルが建っている。鉄筋コンクリート造五階建てのまだ新しいビルで、正面に大きな硝子窓を嵌めた店舗は、宮腰の町の文房具店を兼ねた小さな書店とは比べようもない巨大さだった。店内は三階までが書籍売り場で、四階と五階には事務所の他に音楽教室などがあり、北陸地方でいち早くピアノなど西洋楽器を取り扱った文化発信の拠点であったこの店の特色を示している。店内に入ると、広大な売り場のきらびやかに飾られた本棚に雑誌や書籍が並び、圧倒されてしまう。ヒロシは、こんな機会などめったにないので、名作物語か歴史物か、あるいは何かの事典などのしっかりした本を考えたが、やはりマンガ雑誌の魅力には抗《あらが》えなかった。一階から三階まで店内をひと廻りして見た後、一階正面の雑誌コーナーに平積みされて並ぶマンガ雑誌の中から、ヒロシは『少年画報』を取り上げた。『少年画報』や『少年』などは小学生男子の人気の少年漫画雑誌で、月刊誌として毎月発行されていたが、毎月購入出来る者は少なかった。それでもクラスメートや町内の誰かは交互に購入して持っていたので、子供たちはそれを貸し合って大切に廻し読んでいた。特に、『少年画報』に連載されていた武内つなよし作『赤胴鈴之助』は一番人気で、そのなかに登場する秘剣「真空斬り」は少年たちのチャンバラごっこでの必殺の技だった。ヒロシも『赤胴鈴之助』の熱烈なるファンだったし、その他にも『イナズマ君』や『さるとび佐助』などの連載を、新品の本で誰気兼ねなく読みたいと思っていたのだ。殊に毎年十二月に発売される正月号は、付録の漫画本が四〜五冊も付いていて、今年も『イナズマ君』や『金星金太』『チンコロくん』などの付録本を中に挟んで、『少年画報』は部厚く膨らんで白い紐で括《くく》られて積み上げられていた。

買ってもらった『少年画報』を大切に風呂敷に包み、ヒロシは宇都宮書店を出て母と一緒に大通りを歩き始めた。片町・香林坊・南町と進む大通りは国道八号線・北国街道で、金沢一の繁華街の大通りは歳末の多くの人出で溢れていた。そこを走る路面電車には乗らず、母と二人、歩道の人混みを縫うように近江町へと歩いて行く。近江町市場への入口を通り過ぎて、きょろきょろと物珍しげに歩くヒロシに、「ここよ、ここを曲がるのよ」と、母が武蔵ヶ辻の交差点の右手に続く大通りを指差した。そこを右折して下近江町を少し進んだ先に、大衆向けのうどん屋「加登長《かどちょう》」が建っていた。

加登長は切妻造の二階建て、黒い能登瓦を葺いた平入り正面に格子戸の窓を嵌める商家のような古い建物で、表玄関左手に高々と「加登長總本店」の看板を掲げている。正面の硝子戸を開け店内に入ると、昼時でもあり、テーブル席は満員の盛況だ。それでも少し待っていると席が空き、二人は窓際の席に座ることができた。めったにない御馳走の機会に迷いに迷ったあげく、ヒロシは具のたくさん入った「かやくうどん」、母は「きつねうどん」を注文した。そのうえ「お腹すいたでしょう」と、いなり寿司一皿を追加注文してくれた。加登長は、小松市に古くから伝わる「小松うどん」にその起源を持つ。小松の「干しうどん」は、加賀藩御用達の名物として将軍家や大名家に贈られた由緒あるうどんだ。元禄二（一六八九）年旧暦八月二日、『奥の細道』の旅の途次、山中温泉で旅の疲れを癒やすため湯治をしていた松尾芭蕉に、小松の俳人・塵生《じんせい》が乾《ほし》うどん二箱を届け、芭蕉は「殊ニ珍敷（めずらしき）乾うどん弐箱被贈下（おくりくだされ）、不浅（あさからざる）御志之義と忝存（かたじけなくぞんじ）候事ニ候」と感謝する返書を認めている。その伝統の「干うどん」を基に、明治二十四（一八九一）年、小松の人・和田長平が、明治三十（一八九七）年に北陸線の鉄道が開通する直前の小松駅近くに屋号「加登長」という大衆向けのうどん屋を開いた。そして、その和田長平が明治四十二（一九〇九）年二月に金沢の街に進出して来たのが、この店のルーツとなる。

　出てきたかやくうどんは、かまぼこに甘辛く煮付けた椎茸やすだれ麩、ワカメにホウレン草の青菜などが盛り付けられた豪華版で、その熱々に息を吹きかけながら口いっぱいに頬張って、ヒロシは汁一滴も残さず完食した。熱い蒸気と店内の熱気に頬を赤く染め、満足の吐息をもらすヒロシを見て、母も嬉しげだ。昼食を終え、加登長を出ると、通りのすぐ先に、近江町市場の入口があった。師走も押し詰まった近江町市場は、正月用の買い物をする人々でごった返している。溢れる人混みをかき分けながら、母はおせちの食材を買い求めていく。母の後にぴったりとくっ付いてはぐれないように、ヒロシも買い物客の中をぬうように歩いて行った。父の好物の筋子や鮒の甘露煮、ごりの佃煮（初夏には自宅で作られた）など、そして宮腰の町では手に入れにくい生麩や飾り麩などの乾物を買いそろえる。正月には欠かせないお菓子「福梅」や「辻占」などは宮腰のお菓子屋さんでも購入できる。買い物を終えると、武蔵ケ辻の四つ角に出て、そこから六枚町を通り中橋の停車場までまっすぐに続く大通りを歩いて行った。武蔵ケ辻の交差点は、この秋に誠一さんが電車に轢《ひ》かれて亡くなった場所だ。交差点を渡る時、その路面電車の軌道レールを見ながら、ヒロシは心の中で手を合わせた。

暮れも押し詰まると、この町の家々は正月準備に追われて大忙しの日々となる。この時代、正月三が日は町にあるどの店舗も閉じられて、買い物など出来なくなるからだ。ヒロシの家では、父は正月に向けての魚の仕入れや客先への配送に追われ、母はおせち料理などに手を取られ、家の大掃除は子供たちの仕事となっていた。

さらにもう一つ、この時期の子供たちには重要な仕事があった。「昆布巻き」作りの手伝いだ。昆布巻きは、お正月用として得意先に売るもので、大鍋で大量に作られた。昆布巻きは、本干の「身欠きにしん」を芯にして八センチメートルほどに切り揃えられた昆布を巻き、稲藁の紐で結んで作られる。それを、母が南部鉄の大鍋で半日も掛けてじっくり煮込んで完成させた。五ミリメートル角ほどの大きさで短冊状に切られた身欠きにしんに昆布を巻く作業が、子供たちの夜なべ仕事だった。夕食が終わって居間の掘り炬燵に入り、壁際に置かれた戸棚の上のラジオから流れる番組に耳を傾けながら、あるいはその日の出来事など、様々な会話を交わしながら、家族みんなで昆布を巻くのだ。昆布巻きは大野醤油をベースにみりん、酒を混ぜ、生姜のせん切りを入れて煮込むのだが、甘味出しに使われる笹の葉に包まれた黒砂糖が、この仕事を手伝う子供たちへのご褒美となった。

暮れの二十九日には、流し（台所）の土間で餅つきが行われる。前日に洗い準備された餅米は大きな桶の中で水に浸け込んである。竈《かまど》に架けた大釜から蒸気が煮え立ち、その上に四角い木の蒸篭《せいろ》が四段重ねに置かれる。一つの蒸籠に二升の餅米を入れ、一番下の蒸籠の餅米が蒸し上がると、筵《むしろ》の上に置かれた餅つき臼の中に投げ込まれる。この家に伝わる木製の古い臼は、納戸の奥で埃をかぶって置かれている時はなんとも邪魔な冴えない姿だが、お湯で丁寧に洗われて黒々とした木肌を見せると、生き返ったように晴々しい姿となる。その餅つき臼に白い蒸気を上げる餅米を投げ入れると、褐色に年季の入った杵で父がこね始める。少し粘りが出て餅米が弾けなくなった頃合いで、父が杵を高々と持ち上げ振り下ろして、餅つきが始まる。横に控えた母が小桶に入れた湯で手を湿らせて素早く合いの手を入れ、そこに父が杵を振り下ろす。ペッタンペッタンとリズムよく餅つきが進むのを見る時、ヒロシは改めて、父と母は仲が良いのだと感じるのだ。

一年最後の十二月三十一日は、ようよう商用仕事をすべて終えた父が、子供たちの手の届かない場所の大掃除に取り掛かる。午前中は漬物小屋の掃除や漬け樽の見回り点検をし、小屋の天井梁に据えられた神棚に小さな鏡餅を供える。午後からは自宅の居間の上の高い吹き抜け天井に梯子を掛けて登り、剥き出しで組まれた太い桁・梁の煤《すす》払いを行うなど、夕刻まで忙しく立ち回る。最後に、綺麗に拭き清めた神棚に注連縄《しめなわ》を飾り、大きな鏡餅をお供えして、正月準備は完了する。「一夜飾り」は縁起が悪いなどと謂われるが、ヒロシの家では三十日までは父も母も仕事に追われ、正月飾りがすべて完了するのは例年三十一日の夕刻となるのだ。それでも母の仕事は終わらない。まだ完成していないおせち料理や年越しの夕餉の支度などに、流しと居間の間を忙しく動き廻る。街の銭湯「大汐の湯」でひと風呂浴び、今年最後の汗を流した父が、魚の煮付や寒ブリの粗《あら》と大根を煮込んだ「ブリ大根」などを肴に、燗徳利でちびりちびりとお酒を飲み始めた。その横で、もう夕食を終えた子供たちは居間の掘り炬燵に足を入れ、壁際に置かれた戸棚の上のラジオから流れる番組に耳を傾ける。

戦前から家に置かれている古い黒褐色をした木製のラジオは、大人たちには世間の動きをいち早く伝える情報源だったし、子供たちにとってはラジオドラマや音楽などを楽しめる大切な娯楽源だった。学校から帰った午後四時半ころには、決まってNHKのラジオ第一放送から「『尋ね人』の時間です」とのアナウンスが流れ、太平洋戦争の混乱の中で連絡不能になった人を探す依頼者の手紙が淡々と朗読された。「尋ね人」の特徴や一緒に過ごした場所などが語られ、その消息を知る人や本人からの連絡を待つもので、戦争で生き別れた人を探す人々の真剣さがヒロシにも伝わってきて厳粛な気持ちにさせられた。それが終わった夕食前のひと時に流れる子供向け連続ラジオドラマは、小学生の誰もが心を踊らせる楽しみの一つだ。昭和二十八（一九五三）年のNHKラジオ番組『笛吹童子』、その翌年の『紅孔雀』はその嚆矢となるものであったし、昭和三十一（一九五六）年四月に始まったニッポン放送の『少年探偵団』は、小林少年（小林芳雄）が少年探偵団の団長として名探偵・明智小五郎を補佐し、怪人二十面相と知恵を尽くして戦う痛快な子供向け推理劇で、少年たちの心をつかんで離さなかった。「ぼ・ぼ・ぼくらは少年探偵団　勇気りんりん　るりの色、……」と、主題歌が流れ始めると、子供たちの胸は高鳴った。

昨年の年末に『少年探偵団』は惜しまれつつ終了したが、その年、昭和三十二（一九五七）年一月からラジオ東京（現TBSラジオ）で『赤胴鈴之助』の放送が開始された。語り手は当時十五歳だった山東昭子、公募で選ばれた小学生の吉永小百合や藤田弓子が出演するこのラジオドラマもたちまち子供たちの心を鷲づかみにしたのだ。さらにヒロシが楽しみにしていたのは、NHKラジオ第一放送や、北陸放送から流れる落語番組だった。五代目古今亭志ん生や三代目三遊亭金馬、六代目三遊亭圓生といった名人たちが、軽妙でちゃきちゃきの江戸弁で語る落語は、田舎の少年に染み入るように笑いという話芸の世界を伝えた。ヒロシは後年、東京で学生生活を始めたとき、イの一番に行ったのは上野鈴本演芸場や新宿末廣亭であり、そのお陰で江戸前の東京弁を難なくこなすことができて、都会出の友人たちとの会話にも苦労なく臨めたのである。

　こうして戸棚の上に置かれた古いラジオは、家族みんなの娯楽となり、世の関心事への情報を伝える源として、いつも居間の中心にデンと君臨していた。殊に、大晦日《おおみそか》の夜ともなれば、国民的行事となった歌謡番組『紅白歌合戦』の時間となって、家族みんなはラジオの周りに集まるのだ。居間の中央に置かれた掘り炬燵に入り、ミカンや駄菓子などのおやつも準備した姉たちは、心浮き立たせてその時を待っている。そして、午後九時十分、「第九回ＮＨＫ紅白歌合戦」は、総合司会・石井鐘三郎アナウンサーの軽快な開会宣言で始まった。白組の司会は高橋圭三、紅組の司会は、当時ＮＨＫの専属女優であった黒柳徹子が初めて起用された。トップバッターは白組の岡本敦郎『若人スキーヤー』で、紅組のトップを飾ったのは荒井恵子の『橇《そり》は飛ぶよ』。それから曽根史郎『初めての出航』、松山恵子『だから言ったじゃないの』と続き、霧島昇や松島詩子、小坂一也、雪村いづみと続く人気歌手の歌声に、姉の美佐子や幸代の耳は釘付けとなる。大人の歌謡曲にあまり興味のないヒロシが、余計な物音を立てると、「しっ！　うるさいの！　静かにして！」と、厳しい叱責の声が飛ぶのだ。ヒロシに同じく、流行歌などにまったく興味のない父が黙々と徳利を傾ける横で、母は正月に娘たちに着せる着物の準備に余念がない。

　長い年月に亘って使われ古ぼけたラジオから流れる音声は、決して明瞭で聞き良いものとは言えなかった。さらに、会場となった新宿コマ劇場の円形ステージを取り囲む観客の声援が凄まじく、しばしば雑音となって響き渡っている。それでも、グループ歌手として初めてダークダックスが出演し、江利チエミやフランク永井、大津美子、春日八郎といった新進歌手の歌声が、姉たちを熱狂させている。哀調を帯びた島倉千代子の『からたち日記』、伊藤久雄の弾むような力強さの『イヨマンテの夜』は、ヒロシにとっても長く心に残るものだったし、越路吹雪や淡谷のり子の甘い歌声は、シャンソンやブルースという大人の妖艶な恋の世界を知らせるものだった。白組最後は三橋美智也『おさらば東京』、紅組のトリを勤めたのは美空ひばりで、歌は『白いランチで十四ノット』。全出演五十組の歌謡番組が終了したのは、昭和三十三（一九五八）年も、もう残すところ後二十五分となる午後十一時三十五分だった。

母が、大きな鍋で作った年越しそばを持って来て、どんぶりに取り分ける。昆布と煮干しで出汁を取った醤油のおすましに、刻みネギを盛り上げて乗せたシンプルなおそばだ。ラジオからは新たな年を迎える『ゆく年くる年』の放送が流れ、父も姉たちも、その湯気を立てる熱々の年越しそばをずるずる音を立てて頬張っている。その横でヒロシは気が急《せ》いていた。早く妙専寺へ除夜の鐘を撞きに行かねばならない。

ヒロシは、年越しそばをお汁ごと飲み込むように食べ終えると、学生帽を被り、マフラーを首に巻いて長靴姿で家を飛び出した。前日の三十日は晴天で久方ぶりに太陽が顔をのぞかせたが、大晦日は朝から雪混じりの冷たいみぞれが降ったり止んだりしていた。妙専寺入口の表門は四脚の鐘楼門となっていて、花頭窓を付けた二階に釣鐘が吊り下げられている。表門の前に、小学四年生以上の少年団の仲間が集まっていた。いつもは中学生が中心になって除夜の鐘を打つのが恒例だったが、今年は電車事故で誠一さんが亡くなったので、その慰霊に小学校高学年の団員にも声が掛ったのだ。表門を入った左手に急勾配の階段があり、その大人一人がようやく登れるほどの細い階段を上がった鐘楼門の二階は、四角い板の間の部屋になっていた。天井から吊り下がる梵鐘は小振りなものであったが、それでも少年たちにとっては巨大な鐘に見え、それを順番に百八つ撞《つ》いてゆく。除夜の鐘は、すでに寺の跡取り息子である団長のセイさんが三十分ほども前に始めていて、今は副団長のヨシさんや中田さんなど中学生が交互に撞いている。鐘を撞く楼門の二階の空間は随分狭く、少年たちは門の下で並んで待つことになった。鐘を撞き終わった一人が階段を降りて来ると、ヨシさんの合図で次の者が登って行く。二階ではセイさんが待っていて鐘の撞き方を指導した。さあ、ヒロシの番がやって来た。

「この紐を持って、ゆっくり後ろに引いて！　そう、二、三度引いて弾みを付けて、いっぱい後に引いたら、ありったけの力で鐘を敲くんだ！」

ヒロシは去年も参加していて経験があったが、今年は誠一さんのために精一杯に力強く、大きく鐘を鳴らさなければならない。天井の太い梁から吊り下がる太い丸太の撞木は随分重く感じられ、ヒロシはその撞木を精一杯後ろに引き下げて、力を込めて鐘を敲いた。鐘の音は、ちらちら舞い落ち始めた雪模様の暗い夜空に響いていく。ゴ〜ンと長く余韻を響かせている鐘に向かって、ヒロシはセイさんと一緒に手を合わせた。ヒロシは誠一さんのことを思い出していた。去年はここで一緒に除夜の鐘を撞いたのだ。海から吹く雪まじりの冷たい風が、花頭窓を抜けて入り込んでくる。その寒風に頬を赤く染めながら、去年の同じ時刻に笑顔で鐘を撞いていた誠一さんの、その明るい笑顔を思い出していた。

昭和三十三年は、小雪がちらつく中、静かに過ぎていった。この年の四月には売春防止法が施行され、日本社会の古い残滓である「遊郭」や「赤線」という歓楽街がこの世から消えた。五月には富士重工業が「スバル３６０」を、八月には本田技研工業が「スーパーカブ」を発売、世界の「ＨＯＮＤＡ」への足掛かりをつかんだ。小さな町工場から始まった東京通信工業はこの年「ソニー」となり、日清食品が世界初のインスタントラーメン「チキンラーメン」を世に送り出す。十月には東京タワーが完成し、十二月には聖徳太子が表面を飾る一万円紙幣が初めて発行され、皇太子・明仁親王と正田美智子さんが婚約を発表、ミッチー・ブームが巻き起こった。戦後の焼け野原から経済復興へ突き進んだ日本は、「朝鮮特需」の起爆剤も得て、昭和二十九（一九五四）年ころから「神武景気」と呼ばれる飛躍的な経済成長を遂げていた。昭和三十年（一九五五）年には一人当りの実質国民総生産（ＧＮＰ）が戦前の水準を超え、それを受けて昭和三十一（一九五六）年度の『経済白書――日本経済の成長と近代化』は、その結びで「もはや『戦後』ではない。われわれはいまや異なった事態に当面しようとしている。回復を通じての成長は終った。今後の成長は近代化によって支えられる。そして近代化の進歩も速やかにしてかつ安定的な経済の成長によって初めて可能となるのである」と記述した。困窮を極めた戦後を名実ともに終えて乗りきり、高度成長という新たな飛躍の出発点となったのは、この昭和三十三年であったと思う。民間の旺盛な設備投資を過剰投資と心配する政府をよそに、このころ形成され始めた部厚い中間層が、自動車や「三種の神器」と呼ばれた冷蔵庫・洗濯機・白黒テレビなど家電を中心とする耐久消費財を求めて動き出し、「岩戸景気」と呼ばれる第二弾の高度成長を達成していった。日本社会は、農業や繊維産業などの軽工業から重化学工業の世界へと変貌していき、先進国への道を、この昭和三十三年を前後にして歩み始めたのだ。しかし、六月には本州製紙江戸川工場の黒い工場排水の放流で「江戸川漁業被害」と呼ばれる公害が発生、漁民と機動隊が衝突し漁民側に重傷者三十五名が出るなど、高度成長に伴う深刻な公害問題が顕在化していくのもこの時代からだ。さらに、地方と中央との地域間格差は大きく、例えば、たった五キロメートルほども離れていない金沢市内と宮腰の町の経済や生活面での格差でさえ大きかったのだ。それでも、路地には子供たちが溢れ、その遊び回る歓声がいつも響いていて、その後に続く日本社会の活力と発展への底力を予感させていた。

二

例年十一月に入ると、日本海での冬のカニ漁が解禁となり、宮腰漁港は一年で一番活気づく季節となる。獲れるのはズワイガニと香箱ガニで、漁の期間は三月末までだったが、雌ガニの香箱ガニは資源保護のため一月で漁は打ち切られる。ズワイガニの主な生息域は水深二〜六百メートルほどの深い海底の泥砂地であるが、雌の香箱ガニはもう少し浅い海底で獲れる。ズワイガニは、水温が零度から三度ほどの水域を好み、食性は雑食性で貝類や多毛類などなんでも捕食する。産まれてから親ガニになるまでに約十年を要するが、脱皮や季節移動、最終的な寿命などの生態はまだ十分に解明されていない。雄のズワイガニは十一齢期ほどで漁獲可能な甲羅幅九センチメートルを超えるが、十三センチメートルを超える大物が越前ガニ・松葉ガニ・加能ガニなどとブランド化されて高級品となる。宮腰漁港の先に広がる日本海は、水深が百メートルほどの浅い海が二十キロメートル以上も続き、カニ漁の行われる水深二百メートルを超える漁場は沖合三十キロメートルから先となる。冬の日本海は大陸からの強い季節風が吹いて時化《しけ》の日が多く、カニ漁は漁師たちにとって命がけの仕事だった。

カニ漁は底曳網で行われる。沖合の水深がすぐ深くなる越前や山陰地方などではカニの漁場が近く、十五トン未満の小型船による「小型底曳網」も行われるが、漁場の遠いこの地では十五トン以上、多くは二十トンを超える中型漁船による「沖合底曳網」で行われた。底曳網漁とは、長さ約一千メートルの二本の長いロープの先に大きな漁網を取付け、ロープと漁網とで海底を曳き、深い海底に住むカニや魚を獲る漁法で、一船曳きによる「かけ回し」と呼ばれる。操業方法は、最初に船の艫《とも》（船尾）から樽《たる》と称する大きな浮きを投下、それに繋がる長さ一千メートルのロープを海に投げ入れていく。ロープの先に繋がれた漁網が海底でひし形になるよう船を走らせ、もう一本の長さ一千メートルのロープを海へ繰り出しながら、元の位置に戻って先に浮かせて置いた樽を回収して曳網に取り掛かる。網を曳く時間は対象とする魚種によって異なり、ズワイガニやカレイ類などは一時間から一時間三十分程度、ニギスなどの魚は四十分から一時間程度と比較的短い。海底で漁網を充分曳いた後、船の艫の両舷に取り付けられたリールを回転させながら、長いロープを巻き取っていき、魚で膨らんだ漁網を船に引き上げて一回の漁は完了する。沖合底曳網船は、船長と機関長、それに三～五人ほどの作業員が乗り込んで操業する。夜明け前の深夜、準備を終えた船は宮腰漁港を一斉に出港。船は平均して十二ノットほどのスピードで走り、天候や潮流にもよるが、二時間ほどで漁場にたどり着く。そこからが漁労長でもある船長の腕の見せ所で、どの場所にロープを投げ入れ網を仕掛けるのかが、カニ漁の勝負所だ。昭和二十三（一九四八）年に古野清孝・清賢兄弟によって世界で初めて魚群探知機が開発され、彼らが昭和三十（一九五五）年に創立した古野電気株式会社により発売されていたが、この町ではまだそう普及はしていなかった。そのため、多くの船は船長の勘だけが頼りの漁となる。夜明けとともにロープが海に投げ入れられ、一時間半ほど海底の網を曳いてからロープを巻き上げ漁網を引き揚げる。その漁獲が悪ければ、さらに適地の漁場を探して船を移動し、第二回目の網を海へ入れる。この作業を休みなく繰り返し、天候が許せば三～四回の操業を行って、午後三時ころから順次港へと帰って行く。

カニ漁は、一日中休みなく続く過酷なものだ。漁場への行き帰りの移動中や底曳網を曳く間の短い時間に、漁師たちは交代で食事を取ったり仮眠を取ったりするが、その間にも、次に投げ入れるロープや網の準備、獲れたカニや魚の選別などの様々な作業に追われる。そのうえ冬の日本海は、たとえ穏やかな日であってもうねりは大きく、船を木の葉のように揺《ゆ》すったし、少しでも風が吹けば、三メートルを超える波浪が船の甲板に波飛沫《なみしぶき》を立てて襲いかかった。それでも、海が荒れて漁に出られない日が四、五日やそこら続くことはしょっちゅうだったから、晴れの日が幾日も続き身体に疲れがどんなに溜まってきても、漁師たちは寝る間を惜しんで漁に出たのだ。底曳網には、ズワイガニや香箱ガニの他に、甘エビやボタンエビ、アカガレイ、ニギス、タイ、ハタハタ、カマス、スルメイカなどが獲れ、さらにマダラやアンコウ、ミズダコ、そして毛ガニやイバラガニ（タラバガニのこと。この町ではこう呼ばれた）が獲れた。港に帰ると漁師の妻や母たち家族が待っていて、一緒になってそれらの魚を種分けしトロ箱に詰める。それを待ちかねたように午後六時ころから漁港に面した市場で魚のセリが始まる。

その日の漁獲量によって異なるが、セリは大体午後六時から午後九時ころまで行われた。セリ市場の広いコンクリート床の中央には、大きなセリ台が据えられている。高さが大人の腰くらいで、幅二メートル、長さが八メートルほどの長方形の木製で、分厚い板を張って頑丈に作られていた。セリ台の長手方向に面して、高さ七十センチメートルほどの細長い椅子状の立ち台が置かれていて、前列にコンクリート床に直接立って並ぶ人と、その後の立ち台に乗って並ぶ人の二段の列で、セリに参加する仲買人たちが立ち並ぶ。セリ台に魚の入ったトロ箱が次々に乗せられ、ひな壇状に立ち並ぶ仲買人の対面中央に立つセリ人が、威勢のいい声でセリを呼びかける。セリ台に上げられたトロ箱の魚を凝視し値踏みしながら、セリ人の掛け声に合わせて仲買人は「手やり」で買値を示し、その中から一番高い値段で魚は落札される。手やりとは、仲買人が購入したいトロ箱の値段や数量を指で示すことで、セリ人は大勢の仲買人の手やりを見定めて一番高い値段の人に落札させるが、その間十数秒という早業なのだ。セリ人の甲高い声が市場に響き渡り、小気味よいリズムで魚は売りさばかれていく。この市場でセリに参加するのは、この町の魚屋さんの他、金沢市内の魚屋や近江町市場などへ出荷する仲卸業者たちで、ヒロシの父・謹一郎もその中の一人だった。

漁がありセリが開かれる夜は、ヒロシもセリ市場に出掛け、父の手伝いをしなければならない。夕食を終え、宿題のある日はそれも済ませて、夜の八時ころにはセリ市場へ向かって家を出発する。新しい年、昭和三十四（一九五九）年の正月三が日は、時折雨も降ったが、曇り空の比較的暖かい日が続いた。正月の明ける四日の夜明け前の暗闇の中を、待ちかねたようにカニ漁の船は一斉に宮腰漁港を出港して行った。いよいよ新しい年の仕事始めだ。四日夜の八時少し前に家を出たヒロシは、途中、菊水川近くの浜辺にある納屋に立ち寄り、そこに置かれているリヤカーを引いて長浦町から菊水川の岸壁に沿った道を進み、上本町から神守町の先にある宮腰漁港にたどり着いた。漁港のセリ市場は、真っ暗な夜の道を歩いてきた目に煌々と明るく、多くの人が動き回っていて活気にあふれている。荷揚げ岸壁には、遅く帰港した船がまだ魚を揚げていて、おばさんたちが賑やかに声を掛け合いながら、その魚をトロ箱に詰めている。ヒロシは、リヤカーを市場に面した道路脇に置き、セリ人の小気味良いセリ声が響き渡る市場の中を、セリ台の前にある立ち台のほうへ歩いて行った。父は、二列に並ぶ仲買人たちの後ろ側、立ち台上の左手で立っている。そこは、いつもの父の定位置だった。立ち台の裏手に回り、父の履いている長靴を指で突っついて到着したことを伝えると、後ろを振り返った父が立ち台から降りてきて、ヒロシを市場の端に連れて行った。そこには、父がセリ落としたトロ箱が十箱ほど積み上げられていた。

「今日は、これまでこんだけだが、あとちょっと、そうだなー、あと三十分ほど待ってくれ。今日は初漁で、海の具合もよかったんだろうな、魚が多いようだわ！　まあ、幸先が良《よ》うて、有り難いこっちゃ！」

そう言うと、父はセリの立ち台へ戻って行った。ヒロシは荷揚げ岸壁へ向かい、獲れた魚をトロ箱に種分けしている場所を見に行った。漁師やおばさんたちが賑やかに冗談を言い合いながら作業をしている。海も穏やかで、初漁が大漁だったことが、みんなをウキウキさせていた。その中にいた、頭に白いタオルを巻きつけた中年の漁師さんが、興味深げに作業を覗き込むヒロシを見てこう言った。

「あんちゃん、その甘エビ、食っていいよ！　なんぼでも食いな。いいから、いいから」

トロ箱に詰められたばかりの甘エビはまだ生きていて、ピョンピョン跳ね回る勢いだ。腹に抱いている小さな卵の粒は、緑がかった目の覚めるような青色で、ルビーのように透き通って輝いている。ヒロシが甘えびの頭をもぎ、皮を剥いで齧り付くと、粘りつくようなプリプリした食感のピンクの身は甘く、なんとも表現し難いほどの美味しさなのだ。

そのあとヒロシは、市場の右手に建つ漁業組合事務所の大きな木造平屋の建物に向かった。右端にある玄関の引き違い硝子戸を開けると通路があり、その通路の左手にコンクリート床の広い休憩室があって、中央には大きな石油ストーブが置かれている。壁際に沿って長椅子が並んでいて、漁師や仲買人たちが休んで暖を取ることができるようになっている。玄関の通路を突き当たると両開きドアがあり、その先は机の並ぶ事務室で、そこでは長姉の美佐子が働いている。今日は初漁で、それも大漁なのだ。忙しく、残業をしているはずだった。顔を出して声を掛けるのは気恥ずかしく、ヒロシはそのまま休憩室に入っていった。中には、もう仕事を終えた四、五人の漁師たちが、煙草を吸いながらストーブの周りで談笑している。休憩室の中は暖かく、ストーブの上には大きなヤカンが乗せられていて、部屋の隅に置かれた湯飲み茶碗で熱い番茶を飲むことができる。ヒロシはセリ場が見渡せる窓際の長椅子に座って、その番茶を頂いた。

休憩室の壁に掛けられた時計を見ながら、三十分を過ぎた頃合いでヒロシは部屋を出てセリ台の方へ歩いて行った。セリ台隅の角に立ち、父のほうを見ると、真剣な表情でセリ人に向け手やりを繰り出している。そんな時の父は、勇壮な勝負師か仕事人に見え、ヒロシは好きだった。やがて、ヒロシを見とめた父が立ち台から降りて来て、一緒にトロ箱の置き場に向かった。父がセリ落とした魚のトロ箱は全部で十二箱だった。

「ヒロシ、これで全部だ。確か、この内の六箱がカニで、それからミズダコが一箱あるから、それを家に持って行って、茹でるように母ちゃんに言うてくれ。残りの魚は納屋の入り口のいつもの場所に積んどくんだよ。もうすぐセリが終わるが、父ちゃん、もうちょっと見ていくから、先に帰って、カニを頼むわ！」

そう言うと、父はセリ場へ戻って行った。ヒロシは、リヤカーを持ってきて、トロ箱を荷台に乗せ始める。まずはミズダコだ。ミズダコは、その名の通り多量の水を含んでいてトロ箱いっぱいに広がり、ずっしりと重い。トロ箱は木製で、臭いの移り難《にく》いナラやブナの板が使われるが、値の安い杉板もよく使われていた。寸法は規格化されていて、外寸で幅三十七×長手六十×縦十三センチメートルほど。新品は少なく、幾度も使われた古いトロ箱は底板が抜けることに注意が必要だった。ミズダコの入ったトロ箱の幅方向の立て板に、力を込めて手鉤《てかぎ》の先の鉄の鉤を突き立てる。手鉤は、三十センチメートルくらいの樫の木の柄に鋭い鋼鉄の鉤を付けたもので、トロ箱などの荷運びに使われる。小学四年の冬に父から授かったもので、使い込んで黒光りする手鉤を貰った時は、一人前になったようでうれしかったのを覚えている。ミズダコのトロ箱を引きずるようにしてリヤカーに乗せ、次にズワイガニや香箱ガニ、最後にハタハタやニギスなどの入ったトロ箱を乗せる。そこから暗い夜道をリヤカーを引いて納屋まで行き、その土間に魚のトロ箱を積んで置いた。積み残したカニとミズダコのトロ箱を乗せたリヤカーを引いて、ヒロシは家へ帰って行った。

ヒロシの家の流しは、左手が中庭に面していて縦長に広かった。手前の左隅に丸い石積みの深井戸があり、ロープに取り付けた金属製の釣瓶《つるべ》で井戸水を汲み上げる。井戸の隣に作業台を付けた大きな流し台があり、その先にご飯を炊く竈があった。そして、少し空間を開けた先に、さらに大きな竈があり、そこにカニを茹でる鉄製の大釜が据えられている。流しの床はコンクリート土間で、そこにはカニを洗うための大きな木のタライが置かれていた。ヒロシが家に帰り着くと、母と姉の幸代が流しで忙しく働いていて、すでに奥の大きな竈には火が焚かれ、黒々とした鉄の大釜の湯が煮えていた。大釜を炊く薪は、大きく割られた松の木が中心で、納戸の壁際に沿って積み上げられている。家の前に停めたリヤカーから、三人がかりでカニとミズダコのトロ箱を流しの土間に運び込んだ。

「幸代、もういいよ。もう手伝いはいいから、部屋に行って勉強しなさい。……もうすぐ、入学試験なんだから。がんばってね！」

「ううん、もうちょっと手伝う。大丈夫だから」

「いいの、いいの、もういいから。あとはヒロシとやるから大丈夫！」

姉の幸代は、父の許諾を得て、この春、金沢の普通高校を受験する。もう後ひと月もすれば入学試験を迎え、今が踏ん張りどころなのだ。母の説得で、姉は申し訳なさそうに二階の自室に引き上げていった。

さあ、これから、カニ茹でが始まる。まずはカニを土間に置かれたタライに入れ、井戸の釣瓶で汲み上げた水に浸けておく。盛んに足を動かすカニが少し静かになったころ、大きなタワシでカニを洗う。カニは高価な売り物なので、一杯一杯、甲羅や十本の足を丁寧に洗い、横に置いた大きな竹籠の中に甲羅を下に向けて並べていく。まだ生きているカニもいて、殊にズワイガニは親指の大きなハサミを動かして反撃してくるので、ゴム手袋をしているとはいえ油断してはならない。カニを茹でる竹籠は、幅広の竹ひごを粗く編んで、カニを茹でる大釜にちょうど嵌まる大きさに作られている。もう長く使っている竹籠は、赤錆びた色に染まって風格があった。

ズワイガニの茹で方はこうだ。まずぐらぐら煮え立つ大釜のお湯に、三パーセントほどの塩分濃度になるよう粗塩を入れる。粗塩は、藁《わら》の叺《かます》に入れられた能登産か瀬戸内産のものだった。ズワイガニの入った竹籠を大釜の湯の中に入れ、熱湯が再沸騰したら、二十分ほど茹でて竹籠を引き上げる。茹で時間はズワイガニの大きさと量で決まり、十五分から長くて三十分くらいだが、最適時間はカニを見極める経験がものを言った。一つの竹籠が茹で上がると、大釜に井戸水と塩を追加し、すぐに準備した次の竹籠を投入する。茹で上がったカニは竹籠の中で少し冷《さ》まし、再びトロ箱の中に並べて作業は完了する。この作業を繰り返し、ズワイガニがすべて茹で終わると、今度は香箱ガニだ。香箱ガニを茹でるときの塩分濃度は五〜

六パーセントほどでズワイガニより少し高いが、茹で時間は十五分程度と魚体が小さい分短かった。カニを茹でた最後の残り湯で、ミズダコが茹でられる。ミズダコを茹でると湯は茹蛸《ゆでだこ》色に赤く染まってしまい、使いものにならなくなるので、タコは最後に茹でられるのだ。

父は、二回目のズワイガニが茹で上がった午後十時半を過ぎたころに、魚を入れたトロ箱二箱を自転車に積んで帰ってきた。客先の注文を受けて捌くための魚で、内臓を取って塩をしたり、身を三枚におろし、あるいは刺身にしたりと処理するのだ。父の包丁捌きは見事なものだった。冬場に旬を迎えるトラフグでさえ、無駄のない流れるような手捌きであっと言う間に処理し箱詰めにする。このころは、フグの調理免許などといった制度はなかった。また、天井の梁に荒縄で逆さ吊りにした「あんこうの吊るし切り」の早業も、子供心にも見応えがあった。父がトロ箱を流しに運び込み、魚の処理を始めたのを見て、母がヒロシに声を掛ける。

「ヒロシ、冬休みの宿題なんか、終わってるの？　何かやることがあるんなら、もういいから、部屋に行っていいのよ。もうすぐ、三学期なんだから」

それでも、ヒロシは午後十一時を過ぎるころまで作業を手伝った。父母の作業が、深夜を過ぎても続くことを知っていた。そして、父は朝六時には家を出て注文を受けた魚を出荷し、さらに遠く町を出て魚を売りさばき、午後を大分過ぎるころまで家には帰って来ない。好天が続き、漁が続けば、父も漁師たちと同様に、幾日も寝る間を惜しんでの仕事となるのだ。

冬の日本海は、一年の内で最も魚の美味しい季節となる。その王様がズワイガニで、雄のズワイガニは、生きている間の体色は暗赤色だが、茹でて熱を加えると赤くなる。新鮮なものは刺身でも食べられるが、塩茹でした身は上品な甘みとプリッとした歯ごたえのある高級食品だ。甲羅の内側に詰まっている「カニみそ」は、甲殻類の肝臓と膵臓に当たる中腸腺で、緑がかった灰色でこってりした濃厚な味とねっとりとした食感が絶品だ。香箱ガニは体が小さく食べられる身も少ないが、「内子」と「外子」と呼ばれる子を持つのが特徴だ。「内子」は体内にある卵巣で、綺麗なオレンジ色のコリコリとした食感が最高の食材として珍重される。「外子」は香箱ガニの腹部についている受精卵で、「内子」にはないプチプチした食感が楽しめる。その他、甲羅の内側には雄のズワイガニと同様「カニみそ」がびっしり詰まっていて、それはズワイガニよりももっと濃厚な味がするのだ。まだ冷凍技術や輸送の技術が今ほど発達していなかったので、内子や外子、カニみそがびっしり詰まった香箱ガニは傷みが早くて遠方への輸送が出来なかった。ズワイガニも、東京などの遠方へ出荷する際には体内のカニみそを除去してから茹でられ、甲羅は別途に熱湯に通して赤くしてから魚体の上に戻された。取り出したカニみそを甘辛く煮たおかずは、酒のさかなにぴったりであり、母の大好物の一つでもあった。東京や関西方面など遠方に輸送するズワイガニは、幅広の竹ヒゴで編まれた専用の竹籠に二、三杯ずつ丁寧に詰められて、宮腰駅前にある日通などから出荷された。

ズワイガニと並んで冬の北陸の魚の王者とされるのは、「寒ブリ」であろう。北陸では、冬が訪れ、雪が降る直前の雷鳴を「ぶり起こし」と呼び、ズワイガニと同じくして寒ブリ漁の始まりとなる。ブリは出世魚で、金沢では、その成長に合わせてコゾクラ・フクラギ・ガンド・ブリと名前が変わる。ちなみに、関東ではワカシ・イナダ・ワラサ・ブリ、関西ではツバス・ハマチ・メジロ・ブリなどと呼ばれる。ブリとなるサイズの定義はないが、大体八十センチメートルを超える魚体のものが成魚としてブリと呼ばれる。出世魚のため正月料理や祝宴など目出度い宴席に登場し、殊に真冬のものは「寒ブリ」として珍重される。金沢や能登方面の豊かな旧家では、娘を嫁に出した最初の歳暮に十キログラムほどもの立派なブリを嫁ぎ先へ贈る習慣があった。嫁ぎ先は、そのブリの半身を嫁の実家に返すのが習いで、暮れともなると、近江町市場ではそうした歳暮用のブリを買い求める客で賑わうのだ。

　この他、冬の金沢の食卓を賑わす魚は、甘エビ・ボタンエビ・ガスエビなどのエビ類、ヒラメやアマガレイ・マガレイ（口細ガレイ）・ヤナギムシガレイ（ササガレイ）などのカレイ類、真蛸・ミズダコ・イイダコなどのタコ類、スルメイカ・アカイカ・ヤリイカ・モンゴイカなどのイカ類、そして真鯛やアマダイなども獲れて魚種は豊富だった。殊に雪の降りしきる真冬に獲れるマダラやアンコウは、鍋物などにして骨まで残さず頂く大型魚で、その卵巣やキモは絶品で珍重された。さらに、冬場にカニの底曳網にかかる「ゲンゲンボ」と呼ばれる深海魚があった。正式名称を「ノロゲンゲ」といい、地方によってはゲンゲ・ドギ・ミズウオ・スガヨなどとも呼ばれ、主に日本海沿岸の水深二百〜一千五百メートルほどの深海に棲息する。体長二十〜四十センチメートルほどで細長く透明感のある白い身で、全身がヌルヌルとした分厚いゼラチン質で覆われている。その一見グロテスクな姿形から下魚として扱われ、「ゲンゲ」の名も元々は「下《げ》の下」、雑魚《ざこ》という意味から付けられたとされる。薄い醤油味で煮れば、淡白な中にほのかに甘みのある白い身は柔らかく口の中でほぐれ、分厚いゼラチン質の外皮も慣れればつるりと喉を通る食感が癖になる美味しさだ。ただ、下魚でもあり、当時の輸送・冷凍技術ではすぐにゼラチン質が傷む可能性があって、金沢市内にも出荷されず、この町でだけで食べられる安い魚だった。今では、真鯛やヒラメをしのぐ金沢の高級魚となった「ノドグロ」は、水深百〜二百メートルの比較的浅い海でほぼ一年を通して漁獲されるが、真冬の寒いころに脂がのってきて最も美味しくなる。ただ、このころはそれほどに珍重される魚ではなかった。正式名称は「アカムツ」で、口を開けてみると喉の奥が黒く見えてノドグロと呼ばれたが、骨からの身離れの良い白い身は確かにプリッとした歯ごたえがあって、高級品となる素地は十分にある魚だった。

冬にこの町の一般庶民が食べる大衆魚は、ニギスやハタハタだ。殊にハタハタは、春の終わりから初夏にかけ産卵にやって来て大漁となるイワシに似て、大漁ともなれば各家庭が箱買いした。すぐには煮魚として食べ、残りは塩をして鉄棒に目刺しし、その鉄棒を三段にも荒縄に吊るして干物を作って保存食とする。口細ガレイやササガレイなども大量に獲れれば同じように干物として食べたが、雪の舞う極寒で根雪に埋もれ、その冷たく高い湿気の中で軒先に吊るされ作られる魚の干物は、しっとりとした身に深い風味と歯ごたえがあって、すこぶる美味しい。

さてこの昭和三十四（一九五九）年は、正月明けの四日は穏やかな海で大漁だったが、五日以降は横殴りの雪が降る荒れた日が続き、漁師たちは一週間以上もカニ漁に出ることができなかった。月半ばの十四日・十五日には雪も収まり、どんよりし厚い雲が垂れ込めたが、船は待ちかねたように出漁していった。ただ、この日も日本海を吹き抜ける大陸からの季節風は強く残り海は荒れていて、充分なカニ漁とはならなかった。どの船も大きな波のうねりに翻弄されて、精々二回ほどの曳き網で早々に港に引き上げざるを得なかった。その後、十六日以降は、さらに厳しい寒気がやって来て、強い北風が雪を巻き上げ地吹雪がすべてを白く呑み込むような日が三日も続いた。四日目の朝方になって寒波は抜け、ようやく天気回復の兆しが見え始めた。その日の夜のことだ。真向いの新川のおばさんがヒロシの家に飛び込んできた。

「分銅屋さん、大変だ！　隣の千田さんの父ちゃんが乗った船が帰ってこん言《ゆ》うて、みんな心配してるんよ。……なんでもなければいいがねェー！」

夕食の後片付けをしていたキヨが、驚いた表情で問いかける。

「ええっ！　今日はまだ海が荒れていて、船は出なかったと聞いていたけど？」

「それがね、お昼ころに、海が凪《な》いで来た言うて、一人で漁に出て行ったらしいんよ。漁協の人も、みんなも止めたらしいんやけど。……近場で一網打って、すぐ帰るから言うて、出て行ったって」

二階の寝室に引き揚げていた父も居間に降りて来て、心配げに話に加わった。そして、すぐに外出の身支度をする。

「ちょっと、漁協まで行ってみるよ。なあに、源さんのことだ。今ごろは港に帰ってて、休んでいるかもしれんよ！」

父は、家の玄関に置いてある自転車に乗り、漁港へと出かけて行った。母は、新川のおばさんと一緒に千田の家に様子を見に行ったが、家には誰もおらず、すぐに一人で戻ってきた。どうやら、家族みんなで漁協へ行っているらしい。それから二時間近くも過ぎたころ、父はヨシさんと妹の加代子を連れて帰ってきた。時折、雪交じりの冷たい雨が降る中、自転車を曳いて一緒に歩いて帰って来たらしい。二階の自室にいたヒロシの耳に、家の前の路地から父の話す声が聞こえる。

「良男、加代ちゃん、大丈夫、大丈夫だから！　きっと、どっかの港にたどり着いて、無事に居《お》るに決まっとるから。源さん、……おとっちゃんのことだから、きっと無事にどこかに居られるに決まっとるから！」

物音を聞いた母が、表に飛び出した。

「さあ、ヨシちゃん、加代ちゃん、家に入って、入って！　あったかいお茶にお菓子でも持ってくるね。ああ、そうだ！　夕ご飯、食べたの？　なんか作って持ってこようか？」

「ううん、いいです。夕方にご飯、食べました」

ヨシさんが答えている。ヒロシが二階から下の居間に降りて行くと、母が慌ただしく火鉢に掛けられた鉄瓶のお湯でお茶をたて、戸棚に仕舞っていたビスケットなどを用意していた。母と一緒にヒロシもそれを持って千田の家に行くと、すでに近所のおばさんたちも集まっていて、ヨシさんや加代子ちゃんを気遣い、みんなで声を掛けて励ましている。ヨシさんのお母さんは、まだ漁港から帰ってはいなかった。

ヒロシが母と共に家に帰ると、父が一人炬燵に入り、お茶を飲んでいた。姉の幸代は今までそこに居たらしいが、自室に引き上げたという。漁協に勤める長姉の美佐子は、この事態の対応に追われているせいか、まだ帰宅してはいない。

「ヒロシ、もう寝なさい。明日、学校があるのよ」

そう言うと、母は炬燵に入りながら、父に声を掛け、こう問いかけた。

「それで、どんな様子なの？　連絡が付かないって言ってるけど、大丈夫なのね？……まさか、遭難したんじゃないわよね？」

「……わからん。もう長いこと、無線が繋がらんようだ。最後の連絡は、もう港に近いと言うとったらしいが。……それから、連絡が取れんと！……漁協は、大野の港はもちろん、能登のほうの羽咋や柴垣の漁港にまで電話して問い合わしているが、見つからんようだ。念のため、反対側の美川の港なんかにも連絡してるようだ」

ヒロシは眠る気もせず、そのまま炬燵に入って父母の話を聞いていた。

「千田の源さんは、長い経験の漁師だよ。どっかの船待ちの入江の岸壁か突堤辺りに船を泊めて、じっと待ってるんかもしれん。……そうにきまっとる！」

しばらくの沈黙の後、ため息を吐き出すように口を継いだ。

「それにしても、源さん、無理したなぁ〜。ちょっとの晴れ間に、すぐそこの、沖の近場で一網曳いてくる言うて、出たらしい。……そう言ぇやー、もう半月近くまともに漁に出れんかったさかいに、カニでのうても、そこらの雑魚でも、良い値で売れる思うたんやろうな。……無理したなぁ〜！」

「わかるのよ。今年、良男さんを高校に入れてやる言うて、ものすごう、張り切っておいでたから。……良男さん、勉強が出来たから。中学校の担任の先生が何度も家に来て言うたらしいよ。高校へ進めてやってくれって」

「そうだな。……ワシにも、源さん、言うとったよ。『ワシと違《ちご》うて、あいつは頭がいいらしい。ワシのような漁師などにはせん。工業高校を出て、人には負けん立派な自動車の整備士になるんやって、そう言うとるんで、まあ、がんばってみいって言うとるんよ』なんて、嬉しそうに言うとったからなぁ〜」

千田源造さんの持ち船は、十トン足らずの小型漁船だった。通常は、冬の時化《しけ》が収まる春先から夏そして秋の十月いっぱいまで、一人で延縄《はえなわ》や、刺し網、底引き網の漁を行っていた。そして冬場には漁港横の陸《おか》の船置《ふなお》き場に船を引き上げ、船体の修理やペンキの塗り直しなどしながら春を待つのだ。その間の冬場には、二十トンクラスのカニの底引き網漁船に雇われて乗り込むが、経験豊富なベテラン漁師である源さんは引っ張りだこだった。そんじょそこらの船長より、漁場を良く知っていたし、天気や海の荒れ具合の先行きを読む力を持っていた。その源さんが、この冬は持ち船の小型船を陸に引き上げず、海の気象が許すかぎり、わずかな合間を縫って、自前の漁に乗り出すことにしたのだ。遅くして生んだ自慢の息子・良男のためであった。そして、この半月ほどは荒天が続き、時化の海で漁船がまともな漁が出来ず、魚の浜値が高騰していた。沖合十キロメートルほども行って、水深が百〜百五十メートルほどの浅い海で獲れるニギスやササガレイなどの小魚であっても高値が付くのは確実で、うまくすれば真鯛や寒ダラだって網に掛かる可能性があった。その数少ない絶好の漁の好機が、この日の午後の短い時間に訪れたのだと、源さんは見たのだろう。

その晩は、雪こそ降らなかったが横殴りの雨模様で、海も荒れていて近場でさえ捜索の船は出せなかった。翌早朝、夜が明けるのを待って、捜索のための船が六艘、出港していった。捜索の指揮を執るのは、町内会長で源さんの漁師仲間でもある新野のおじさんだった。その内、四艘は北東の能登方面へ、二艘は反対側の南西方向の美川の方へ、海岸線に沿ってゆっくり水面を確認しながら縫うように進んで行く。夜半の激しい雨は止んでいたが、厚く垂れ込める曇り空で、先日まで続いた時化の影響で海のうねりは大きかった。それとは別に、漁師仲間や新町組町内会の有志が手分けして海岸線の浜を歩き、宮腰や大野漁港の防波堤の先まで、堤防を洗う波にさらわれないように互いにロープを腰に括り付けて、源さんを、あるいは源さんの船の破片でも流れ着いていないかと、探し回ったのだ。その日の午後には漁協の依頼を受けた海上保安庁「第九管区海上保安本部」の巡視艇が沖合の捜索に加わることになった。運良く、第九管区の大野航路標識事務所のある大野港に巡視艇が停泊していたのだ。まだ海上保安庁が発足して間もなく、巡視艇の数も少なかった中で有難いことだった。

それでも、源さんとその船の行方はようとして掴めなかった。その翌日は、夜半から雪交じりの冷たい雨が家々の屋根を叩き付けていた。それでも、海に吹く強い北風は明け方には緩んできて、捜索船は昨日同様、六艘体制で早朝に出港していった。今日は捜索の範囲を広げ、羽咋や柴垣、さらに遠く福浦の港辺りまで行ってみるという。その朝、まだ暗い六時過ぎに、姉の幸代がヒロシを起こしに来た。寝ぼけ眼《まなこ》のヒロシに、厳しい声音でこう告げる。

「ヒロシ！　起きなさい！……あのね、今から支度して、千田のお父さんを探しに行くのよ。……近所の人が手分けして、浜を歩いてね、千田さんを探すの！」

ヒロシが身支度をして居間に降りていくと、母と姉二人が朝食の用意をして待っていた。父は、すでに仕事に出てしまっている。卓袱台の上に置かれた大きなすり鉢に、長芋に大根おろしを混ぜたとろろ汁が作られていて、あわせて豆腐とワカメの入った味噌汁、大根の浅漬けなどで朝食を取った。

「ヒロシ、浜は寒いから、外套を着て襟巻を巻いてね。帽子もしっかり冠るのよ」

母はヒロシの身なりを見て、そう言った。これから勤めに出る長姉の美佐子を残し、母と幸代、ヒロシの三人は、夜が明けたばかりの薄明りの中、家を出た。母は着物にモンペを穿《は》き、濃い紫の厚手のショールを頭からすっぽり冠っている。幸代も学生服の上に外套を着て頭から木綿の黒い大きなショールを巻き付け、そして三人ともゴム長靴を履いた。横本町を通り、秋葉神社の前から日和山に上る。海からの風が日和山の斜面を吹き上がって来て、海鳴りを伴った北風の音が、ゴゥーゴゥーと耳をつんざいて響き渡っている。海岸線に出て北へ、大野の突堤の方向へ向かって砂浜を歩き始めると、夜半降った雨の名残なのか、それとも海を揺らす波浪の波飛沫が海風に吹き飛ばされて舞い来るのか、時折、細かな水滴が三人に降りかかる。海から吹き付ける強い風は追い風で、母や姉が頭から冠るショールの裾を巻き上げて、パタパタとはためかせていた。三人とも無言で、波打ち際を強い追い風に背中を押されながら、ゆっくりと歩いて行った。時折、砂浜にザァーッと音を立てて打ち寄せる大波を避けながら、その波の彼方を、湿った砂を巻き上げる砂浜の彼方を、目を凝らして見詰めながら。

砂丘の松林の先に、大野の白い灯台が見えてきた。もう大きくなったから恥ずかしいと、母と手など繋ぐことはなかったが、今日は何か心細く、ヒロシは母としっかり手を繋いで歩いた。母が、ヒロシともなく、前を歩く姉へともなく、つぶやくようにこう声を掛けた。

「この町の人はね、……みんな、海の潮が満ちるとき、大きなお月さんが出た満潮の日の朝方にね、みんな生まれてくるのよ。……そしてね、引き潮のとき、死んでいくの。引き潮に乗って、海に帰って行くの。……昔から、大昔から、そうなんだって。……みんな、海から生まれて来て、海に帰って行くの」

今にして思えば、母は終戦の翌年の夏に、海で溺《おぼ》れて死んだ長男・征一のことを思い出しながら歩いていたのだろう。利発な子で、厳しい食糧難の中で、小さなお菓子などを一つ貰ってもみんなに隔てなく分け与える優しい少年だったと、誰もが言う。小学三年生の夏休みに入った日に、友達と海に泳ぎに行って、そのまま帰ってこなかった。わずか九歳の若さで、この海の浜辺で溺れ死んだのだ。波にさらわれたのではなく、栄養失調による心臓発作で死んだのだと、母や姉たちは今でも悔やんで、そう思っているようだった。

大野川が海に流れ出る先に造られた防波堤の近くまで行って、ヒロシたちは引き返した。帰りは向かい風で、母や姉は、ショールが吹き飛ばされないよう手で押さえながら、風に立ち向かうように前屈みになって歩いて行く。秋葉神社の下を通り、宮腰の防波堤まで行って帰って来たが、船の破片らしきものさえ見当たらなかった。この朝、近所のおばさんたちは連れ立って「向かいの浜」に捜索に出掛け、男衆は遠く内灘の浜の先まで出かけて行ったという。どの捜索班も何の成果もなく、みんな、蒼黒く灰色に染まる日本海の海と空を、無念の思いで見詰めながら帰ってきたのだ。

その翌日、千田源造さんは遺体となって、遠く千里浜の先の滝崎の岬の崖下に打ち上げられているのが発見された。地元・滝漁港の漁師が滝崎岬の海岸線を見廻っているとき、崖下の岩場に大きく破損した船体の一部と共に流れ着いたのを見つけたのだ。そこは、加賀平野の長く続く砂浜の海岸が能登半島にぶつかって尽き、そこからは能登地方特有の高く切り立つ岩場の海岸となる。滝崎岬は、その始まりとなる海に突き出した岬だった。源さんの船は、海に沈んだ後、冬の季節風がつくる強い潮流に乗って、どこをどう動いたものか、この岬の突端の岩場に流れ着いたのだ。作業のゴムガッパを着たままの遺体は、冬の寒さでそう傷んではいなかったが、警察の検視の後、すぐに宮腰の火葬場に送られ、荼毘に付された。

新たな年が始まって以来、金沢地方は天候が悪く、一月五日以降は二週間近く雪が断続的に降り続いていた。積雪の量こそ多くはなかったが、家々の前の路地には屋根から降ろされた雪が積み上げられている。源造さんのお通夜が営まれた日も、朝からみぞれ交じりの冷たい雨が降っていて、海からの北風が木立を揺すって吹き抜けていた。母は、朝から千田の家に出入りし、近所のおばさんたちと一緒に、お通夜の客に出す精進料理の煮物などを作るのに忙しく働いていた。父を含めた近所の男衆も、町内会長の新野のおじさんを中心にお通夜と葬儀の打ち合わせと準備に慌ただしい。千田の家族や親戚の意向で、お通夜と葬式を合わせて、今晩全て済ませることにするという。源造さんの遺体はすでに荼毘に付されて、お骨になって家に帰っておられることでもあり、正月明けの忙しい中でもあるので、簡略に済ませたいというのが理由だった。

葬式を兼ねたお通夜は、千田の小さな家の中で営まれた。玄関の土間に面して囲炉裏を切った狭い板の間があり、そこに接して四畳半の居間、その先に六畳の仏間を兼ねた客間がある。その間を仕切る襖障子をすべて取り払い、壁一面に白黒の幕を張り巡らせて葬儀場が作られた。客間の奥の壁に面して、クラブ小屋から運び込んだ木机が据えられ、その机を白い布で覆って祭壇とした。祭壇の中央には、源造さんの遺骨の入る白い布で包まれた骨壺が安置され、その横に遺影も置かれている。左右の丸い花瓶には白や黄色の菊の花が飾られ、遺骨の前には白木の仮位牌が置かれた。祭壇の前には妙専寺から経机が運ばれ、中央に香炉、その横に鈴、左右には蠟燭立てなど仏具が添えられた。

お通夜は、夕刻六時から始まった。ヒロシは母に連れられ、姉二人と共に参列した。殊に次姉の幸代は、幼いころから一緒に遊んだ同級生のヨシさんや幼い妹の加代子ちゃんがかわいそうだと、もう目を赤く泣き腫らしている。ヒロシは千田の家に入り、一番手前の居間の入口に母たちと並んで座った。父は先に来ていて、近所の男衆と客間の壁際に並んでいる。その奥の祭壇の前に、ヨシさんのお母さん、ヨシさん、そしてまだ小学四年生の加代子が心細げに並んで座っていた。家の二階で法服に着替え身支度した妙専寺の玄海和尚がセイさんを従え、祭壇前の経机に着座した。葬儀委員長を務める新野のおじさんが、開式の辞を述べ、通夜勤行が始まった。玄海和尚の唱える『正信偈』が狭い葬儀の室内に響いてゆき、やがて参列者からも、小さく低くそれに唱和する声が室内を満たしていった。それから、みんなで唱える『称名念仏』、次に『和讃』『回向』と勤行は進み、『仏説阿弥陀経』などの読経のなかで参列者による焼香となった。まずヨシさんのお母さんが焼香し、ヨシさん、加代子ちゃんが神妙な面持ちで続く。小さな焼香台が参列者に廻され、やがてヒロシたちの所にも廻されて来て、母や姉たちと焼香を済ませた。お通夜の式の終わりに、葬儀委員長の新野のおじさんが挨拶に立った。

「みなさん、本日は寒い中、千田源造さん、源さんのために集まって頂き、ありがとうございます。……源さんは、いい人でした。本当にいい人でした。……そして、私にとって大切な兄貴分でした。兄貴というより、漁師の仕事の師匠でした。このワシが、いっぱしの漁師でおられるのも源さんのおかげなんです。……小さい時から魚のあしらい方を教えてくれ、尋常小学校を出て船に乗り始めたときから、網の繕いから漁のイロハまでみんな、なんもかもみんな、黙って教えてくれました。……それにしても、源さんは兵隊に長く取られ過ぎました。二度も三度も。……終戦に近い三度目のときは四十の歳も大分過ぎていて、それから運悪く、フィリピンで抑留されてしまいました。お国のために、長い間、本当に良く働かれました。それで、日本に帰ってくるのが遅れてしまいした。その前からも長い軍隊生活で、家を構えるのも、仕事をするのも、なんもかもが遅れてしまいました。……体が頑丈過ぎたんです。そして、いい人過ぎたんです。……千田のおかあさん、気を落とさず、しっかりして！……良男君、加代子ちゃん、がんばるんだよ！……」

新野のおじさんの声は次第に涙声となり、室内は静まり返ってせきとして声もない。それを聞きながら、ヒロシは源造さんのことを思い出していた。顔を合わせればいつもにっこり笑って声を掛けてくれ、家に何かの貰い物のお菓子でもあれば、近所の子供たちにも分け与えてくれるやさしい人だった。しんと静まる葬儀の部屋の中には、ただ、家々の屋根の上を、路地の中を吹き抜けていく北風の音が、時折、遠雷の遠い響きを伴って低い唸りのように聞こえていた。

新野のおじさんの告別の辞が終わると、玄海和尚により、再度『和讃』が読経され、参列者全員で「南無阿弥陀仏、南無阿弥陀仏、……」と繰り返し『称名念仏』が唱えられた。それが終わると、参列者に向かって座り直した玄海和尚から法話がなされ、それから『白骨《はっこつ》の御文《おふみ》』が読誦された。

「それ、人間の浮生《ふしょう》なる相をつらつら観ずるに、おおよそ儚《はかな》きものは、この世の始中終《しちゅうじゅう》、まぼろしのごとくなる一期《いちご》なり。されば、いまだ萬歳《まんざい》の人身《にんじん》をうけたりという事を聞かず。一生すぎやすし。今に至りて誰か百年の形体《ぎょうたい》を保つべきや。我や先、人や先、今日とも知らず、明日とも知らず、遅れ先立つ人は、もとのしずく、末の露より繁《しげ》しと言えり。されば、朝《あした》には紅顔《こうがん》ありて夕《ゆうべ》には白骨《はっこつ》となれる身なり。すでに無常の風きたりぬれば、即ち二つの眼《まなこ》たちまちに閉じ、ひとつの息ながく絶えぬれば、紅顔むなしく変じて、桃李《とうり》の装いを失いぬるときは、六親眷属《ろくしんけんぞく》あつまりて嘆き悲しめども、さらにその甲斐あるべからず」

客間の奥から玄海和尚の低くしみとおるような御文の声が響いてくる。それを聞きながら、源造さんの遺骨の前に座るヨシさんや、肩を落とし消え入るように小さく見える加代子ちゃん、そして、もう倒れ掛かるように前屈みに座って数珠を握り締める喪服姿のヨシさんのお母さんを見ていたヒロシの胸に、突き上げるような悲しみの思いがこみ上げてきた。それは、それまでに経験したことのないような、怒りにも似た激しい悲しみの感情で、正座した膝の上に置いた拳《こぶし》を固く握り締めていた。

三

例年、一月十五日の小正月の日には、宮腰湊神社で「どんど焼き」と呼ばれる「左義長」が行われる。神社正面の参道石畳と能舞台との間の広場に、太く長い竹を三、四本組んで立て、そこにその正月に飾った門松や注連縄、子供たちの書初めなどを持ち寄って焼く行事だ。門松や注連飾りなどで出迎えた歳神様《としがみ》を、それらを焼くことによって炎と共に見送るもので、天高く空に舞い上がる煙や灰を浴びればその年の無病息災がもたらされ、子供たちの書く字も上達するとされるのだ。平安貴族の正月遊びに、「毬杖《きっちょう》という杖で毬《まり》をホッケーのように打ち合う遊びがある。そして、小正月に、宮中・清涼殿の東庭で青竹を束ね立てこの毬杖三本を結び、その上に扇子や短冊、吉書などを添え、陰陽師が謡いはやしながらこれを焼いて、その年の吉凶などを占う行事があった。毬杖三本を結ぶことから「三毬杖＝さぎちょう」と呼ばれ、これが民間に伝わって「左義長」という現在の形になったとされる。宮腰の町でも古くから行われ、この町の民俗の歴史を伝える町誌には、こう記されている。

「左義長。往古より味噌蔵町を中心として西南に當る各町を本町《もとまち》といひ、東北に當る各町を地子町と稱し、二團に岐れ一月十五日早朝海岸に出て篝火焚き試筆等を燃やすを例とせり、これに随ひ天に冲する火焔に殺気立てる各團の青年等は各々青竹を携へて火勢に應援し餘勢は互に罵詈雑言となり喧嘩となり時には多數の負傷者出せしも、何時しか此の弊風も廢れ、左義長の催しも今は衰へたり」

古い時代には、一月十五日早朝に海岸の砂浜に大きく左義長の篝火《かがりび》が焚かれ、味噌蔵町を境に東西に分かれた町の青年たちが青竹を持って火を煽り合う勇壮な行事で、その勢いで喧嘩沙汰になって怪我人まで出たという。このため、海浜での左義長は衰えて中止となり、宮腰湊神社の境内で、それも子供たちが中心の行事となったのだ。この年も、境内の広場が除雪され、そこに大きな左義長の篝火が焚かれた。新町では、少年団が中心となって各家の門松や正月飾りをクラブ小屋に集め、それをリヤカーに乗せて宮腰湊神社に運ぶ。中学二年の中田さんを中心に、中一の晋ちゃんと健ちゃん、マサ坊とヒロシの五人がリヤカーを交互に引いて、神社へ向かった。境内に到着したのは夕刻四時ころで、左義長はもう終わり近くだったが、篝火はまだ盛んに燃やされていて、白い煙が天に向かい勢いよく上っている。中田さんたちが正月飾りなどを篝火に投げ入れる横で、ヒロシは少年団のみんなから預かった書初めを一枚一枚、丁寧に火の中に投げ入れた。ヒロシの書初めは、冬休みの宿題に書いたもので、提出の前の晩に慌てて書いたいい加減なものだったが、それでもおまけで、大竹先生が付けてくれた赤い二重丸で飾られている。半切《はんせつ》の用紙に書かれた『希望の光』は、篝火の中で一瞬に燃え上がり、白い煙となって天に昇って行った。それを見上げながら、習字の腕が上達しますようにと、ヒロシは心から願った。

北陸の町の子供たちの正月遊びは、強い北風と雪模様の天候を受けて、屋外ではなく室内でのものが中心となる。凧揚げや独楽《こま》回しなどは、寒気が抜け、強い季節風も収まる春先を待って行われるのだ。正月の室内遊びは、板床で暖房などないクラブ小屋ではなく、子供たちの家の座敷を借りて、親しい者四、五人が集まってやることが多かった。一番多く遊んだのはトランプ遊びで、単純な「ババ抜き」から「神経衰弱」や「ダウト」、そして「七並べ」「ナポレオン」などと種類も多い。十二支の動物を春・夏・秋・冬の四季で描いたカルタを使った「七並べ」のようなゲームもあった。

金沢特有の遊びは、「旗源平」だ。使われるのは、竹と紙で作られた小さな旗で、笹リンドウの紋を描いた源氏の白旗と、あげ羽蝶の紋を描いた平氏の赤旗の二種類がある。双方に、精巧に作られた纏《まとい》が一本、それに大旗一本、中旗五本、小旗十本が与えられ、二個のサイコロを振って、その目により相手の旗を取り合うのだ。二個のサイコロの賽の目が五と一となるのが最強で、これを「ウメガイチ」と呼び、四と二の目が最悪で「シーニ」と呼んだ。それぞれの賽の目の組み合わせによって、相手から旗を奪い合い、大将である纏を早く取ったほうが勝ちとなる。互いに向き合って並んで戦い、「ウメガイチ」と賽を振る仲間を応援し、「シーニ」「ゴッシリハナカメ」などと敵方をはやし立てながらゲームは進行する。

そして、正月中はもちろん、正月明けから盛んになるのは、「百人一首」のカルタ取り遊びだ。遊びというより学校授業の一環でもあって、この町の少年たちにとっては冬の最も重要な遊びだった。小倉百人一首の歌かるたは、当時、どの家でも一箱は持っていて、読み札に描かれた歌人が男か女か坊主かで手札を取り合う「坊主めくり」などの単純なゲームも楽しんだ。例年、正月明けの冬休み中に、新町組少年団の中学生と小学高学年生の有志がクラブ小屋か妙専寺の大広間に集まって、百人一首のカルタ取りを行うのも習わしだった。それは毎年、旧暦正月前の日曜日に行われる、町内対抗の「少年カルタ取り大会」への準備を兼ねた練習の始めでもあった。今年は、一月五日の正午過ぎに少年たちは妙専寺に集まり、その大広間を借りてカルタ取りを行った。集まったのは新町組少年団団長のセイさん、副団長のヨシさん以下中学生全員、そしてヒロシ、健ちゃん、マサ坊の小学六年生全員と小五の銭海一利と泉野洋平で、合わせて八人。大広間の畳の上に、百枚の取り札を長円形に散らして並べ、みんなは正座してそれを取り囲んだ。百人一首の読み手はセイさんで、朗々たる読み口は堂々たるものだ。流石に中学生は良く歌を知っていて、ほとんどの札を彼らが奪い、ヒロシたち小学生は手も足も出なかった。中学生が強いのには理由がある。宮腰中学校では、毎年一月末に学年別にクラス対抗のカルタ取り大会があり、それに向け、各クラスの生徒たちが十二月に入ったころから、放課後などに練習を行っているからだ。

一時間半ほどかけて百人一首のカルタ取りを終えると、セイさんがその取り札の結果を集計して発表し、それからみんなにこう話し掛けた。

「やっぱりヨシさんがダントツだが、中学生はみんな、なかなかの成績だったね。小学生のみんなは、これから大分訓練して勉強せんとなりません！　……あの、みんなも知ってる通り、カルタ取り大会の選手は、中学生三人に小学生が二人の五人で戦うんで、小学生のみんなにがんばってもらわんと、勝てないんです。……えーっと、それで、これから全員に、みんなが絶対に取らんなん札を、一人一人に割り振りたいと思います。それから、中学の人は、自分の得意札があるようなら、教えてください。中学生のみんな、ここに集まって、相談しましょう！」

ヨシさんたち中学生は集まって、互いの得意札を申告し合って決めているようだ。それが終わると、セイさんが全員を集め、「少年カルタ取り大会」の戦略を次のように示した。

一、この町の少年なら誰もが知っている有名な歌十首ほどは、全員が暗記して取れるようにする。それは、天智天皇の、

秋の田の　かりほの庵《いほ》の　苫《とま》をあらみ

であったり、持統天皇の歌、

　　　　わが衣手《ころもで》は　露にぬれつつ

春過ぎて　夏来にけらし白妙《しろたえ》の

　　　　衣干《ころもほ》すてふ天《あま》の香具山

そして、小野小町の、

花の色は　移りにけりな　いたづらに

　　　　わが身世にふる　ながめせしまに

や、有名な蝉丸の歌、

これやこの　行《ゆ》くも帰るも別れては

　　　　知るも知らぬも　逢坂《あふさか》の関

などだ。

二、各人は、先の有名な歌十首以外に、各々五首以上の自身の持ち札の歌を暗記すること。そして、ヒロシに割り当てられた持ち札は、次の五首であった。

由良《ゆら》の門《と》を　渡る舟人《ふなびと》　かぢをたえ

　　　　ゆくへも知らぬ　戀《こひ》の道かな

（曽禰好忠《そねのよしただ》）

山里は　冬ぞ寂しさ　まさりける

人目も草も　かれぬと思へば　（源宗于《みなもとのむねゆき》）

朝ぼらけ　有明の月と　見るまでに
吉野の里に　降れる白雪　（坂上是則《さかのうえのこれのり》）

嘆《なげ》きつつ　ひとり寝る夜の　明くる間は
いかに久しき　ものとかは知る　（藤原道綱母《ふじわらみちつなのはは》）

やすらはで　寝なましものを　さ夜更《ふ》けて
傾《かたぶ》くまでの　月を見しかな　（赤染衛門《あかぞめえもん》）

三、自分の持ち札以外でも、読まれる上《かみ》の句の出だしと、取り札の下《しも》の句の始めを語呂合わせして、なるべく多く覚えること。セイさんは、その事例として、

「これは、中学校の自分のクラスで作ったものだ」

と、ガリ版刷りの用紙に書かれた二十首ほどを示してくれた。それは、例えばこんな歌だった。

奥山に　もみぢふみわけ　なく鹿の
声聞く時ぞ　秋はかなしき　（猿丸大夫《さるまるだゆう》）

この歌は、こんな語呂合わせで覚えるのだ。「奥山さんの、声を聞け」。

ちぎりきな　かたみに袖を　しぼりつつ
　末の松山　波こさじとは　（清原元輔《きよはらのもとすけ》）

この歌はこう覚える。「ちぎりきな、末の松ちゃん波来ない」。

憂《う》かりける　人を初瀬《はつせ》の　山おろしよ
　はげしかれとは　祈らぬものを　（源俊頼《みなもとのとしより》）

この語呂合わせは、「うかれる人の、ハゲあたま」。

それから、セイさんより「少年カルタ取り大会」の基本的な競技ルールや、大体の競技時間、大会の行われる宮腰中学校の体育館の様子などの説明があった。

「それでは、今日はここまでとします。みんな、自分の持ち札をがんばって覚えてね。……えーっと、後、三回ぐらいは、ここか、ここが駄目ならクラブ小屋ででも、練習会をやりましょう。今度からは、きちんと並んで、大会のように札を並べて練習しましょうね。それじゃ、解散です」

セイさんの話が終わると、みんなは家へと引き上げた。もう、五時を過ぎていて、外は薄暗くなっている。ヒロシは、去年は控え選手として参加したが、出番はなかった。控え選手といっても、ただ誘われて行っただけで何の準備もなく、物珍しくカルタの競技大会を見学しただけだった。今年は、そうはいかない。責任ある選手として、十分に出番が廻ってくるはずだった。正月に遊んだ小倉百人一首のカルタの入った箱を自室に持っていき、少なくとも自分の持ち札や有名な歌十首などは、暗記してものにせねばならない。

昭和三十四（一九五九）年の旧暦正月の元旦は二月八日となり、その日はちょうど日曜日だった。この町では、旧正月といっても特別な行事はないのだが、この日に餅つきをして、その餅で「かき餅」を作る風習があった。ただ、その日曜日には「少年カルタ取り大会」があるので、ヒロシはその前日の土曜日の午後に餅つきをしてくれるよう、母に頼んでいた。別に、ヒロシが居る必要はなかったが、ヒロシは餅つきが大好きなのだ。二月七日土曜日の午後、学校を終えてすぐに家に帰ると、もう餅つきの準備は出来ていた。流しから出てきた母が、

「ヒロシ、お帰り。そこに、おむすびが作ってあるから、それ食べて」

と言い、それから、居間でお茶を飲んでいた父に向って、こう告げる。

「お父さん、ヒロシが帰ってきたから、そろそろ始めましょう。……始めに搗《つ》く餅米も、もうじき炊き上がりますから。……今年は、六臼ほどだから、そんなに時間、掛からないはずよ。……さあーてっと！」

そう気合いを掛け、母は流しに向かう。父も、

「やっこらしょッと！」

と立ち上がり、その後を追って行った。

かき餅は「欠餅」とも書かれ、正月の鏡餅を砕き欠いてつくる干菓子《ひがし》のことだ。公家では「かきがちん」、女房詞《にょうぼことば》で「おかき」と言われ、汁粉に入れるか、干した後、焼くか油で揚げるかして食べられた。昔は、正月二十日の鏡開きの日に作られたが、江戸時代に入り、その日が三代将軍徳川家光の月命日であることから二十日を遠慮して旧正月十一日に行うようになったという。また、鏡開きの餅が「切られる」ことを忌み、刃物を使わずに手で欠き割ったのでこの名が付いたとされる。その他、餅をナマコ形につくり、小口から薄く輪切りにして干したものもかき餅と呼ばれる。この町で作られるのはこれで、よもぎや黒ごま、黒豆、昆布などを搗《つ》き込んで風味を付け、さらに食紅を入れて赤や緑、黄色に色付けしたものも作られた。

前日に準備された餅米は、竈に架けられた大釜の上に乗せられた四段重ねの蒸篭に入れられ、一番下の蒸籠の餅米が蒸し上がっていた。筵の上に置かれた餅つき臼の中に投げ込まれ、父が杵で餅米をこね始める。高々と杵が持ち上げられてと、いよいよ餅つきが始まり、途中で黒豆が投入されて搗かれ、これは黒豆入りのかき餅となる。搗き上がった餅は、小麦粉を撒《ま》いた広い板の上に乗せられ、少し冷《さ》ましてから細長くナマコ状に成形される。この作業からが父の腕の見せ所で、柔らかい餅に空気を入れないよう、また、皺《ひび》などが出来ないように両手で餅を回転させながら、細長いナマコ状に手早く成形するのだが、それには手練の技がいるのだ。どの家でも「とぼ（斗）箱」と呼ばれる長さが七十センチメートルほどの細長い木箱を幾つか持っていて、これはかき餅を作るときの専用の木型だ。細長くナマコ状に成型された柔らかい餅を、この「とぼ箱」に押し詰めて、一日ほど放置する。翌日、あまり固くならない内に、細長く成形された餅は四～五ミリメートルほどの厚さに裁断する。裁断に使われる「餅切り道具」も各家庭には必ずあって、とぼ箱と一緒に納戸の片隅に置かれていた。餅切り道具は、細長い平板の端に回転するように長包丁が取り付けられたもので、長包丁の先端には木製の取っ手が付いて、この柄を右手で握り、餅を押し切るのだ。裁断された餅は、乾燥するとき反るのを防ぐため、再度、とぼ箱に並べ戻され、四、五日ほど寝かせて硬くする。硬くなった餅は、一枚一枚、稲藁で編み込んでいき、最後は稲藁の藁紐を両手の中で転がして編み、端っこを結んで、かき餅を吊るすための作業は完成する。この作業は、母や姉たち女の仕事だった。一縄で、かき餅四、五枚を編み上げ、居間の上の吹き抜け天井の梁に取り付けた竹竿に吊り下げる。一～二ヵ月ほどの期間、そこで干されて、かき餅は完成する。北陸地方特有の、冬の雪に包まれた冷たく高い湿気の中で干されるため、カビなどの雑菌の発生がなく、ひび割れも少なくて、美味しく仕上がり、夏のころまでの子供たちの貴重なおやつとなるのだ。

二月に入ると、どんよりした曇り空だが雪はあまり降らず、時折陽の射すこともある比較的穏やかな日々が続いた。旧暦正月元旦となる二月八日も、厚い曇が空を覆ってはいたが風はなく、ヒロシは「少年カルタ取り大会」に向け、朝から張り切っていた。昨日の餅つきでは、お手伝いの褒美として、最後に搗いたお餅で粒あんや黄な粉で「ぼたもち」を作って貰ったし、夜には姉の幸代に、カルタ取りの最後となる稽古を付けて貰った。姉は高校入試への受験勉強の追い込み中で、「邪魔くさいわね！」などとブツブツ言いながらも、一時間を超えてヒロシの持ち歌を中心にカルタ取りの特訓に付き合ってくれたのだ。ヒロシの準備は万端整った。

朝八時三十分に、新町組少年団の出場選手は妙専寺に集まった。選手ではない小学生も三人いて、集まった少年たちはセイさんに連れられて、宮腰中学校へ向かった。残念ながら、父親を亡くしたばかりのヨシさんは参加せず、これは新町組にとって大きな痛手であった。さらに、緻密な頭脳を持つ誠一さんも昨年秋に失っていて、今年の大会の優勝を狙っていた新町組にとっては、黄信号の点《とも》る油断のならない大会となった。会場は中学校の講堂を兼ねた体育館で、もう、各町から出場する大勢の少年たちで溢れていた。九時三十分から、出場する各町の代表による組み合わせ抽選会が行われ、セイさんが代表してクジ引きに参加した。試合はトーナメント方式で行われ、今年は十六組の町内会少年団が出場している。

「なかなかいい組に入ったよ。うまくいけそうだ。……わしらはAブロックに入ったが、中三、中二のカルタの強い奴がいる本町や通町、松前町の連中はBブロックに入ったんで、これは、勝ち上がっていけるぞ！」

セイさんが戻って来て、みんなにそう告げる。正面の壁にトーナメント表を描いた大きな紙が貼られていて、そこに各町の名が書き込まれた。午前十時に宮腰中学校の校長先生より開会の宣言があり、「少年カルタ取り大会」が開始された。広い体育館の板床が四ヵ所に離れて分けられ、同時に四試合が行われる。百人一首の歌を詠むのは宮腰中学校の国語の先生方で、同じく宮越中学校の「競技カルタクラブ」に所属する生徒たちが、大会運営の世話役を務めている。試合は、二チームが相対して座って戦う「源平合戦」方式。中学生三人と小学生二人の五人で戦うが、控えを含めて選手登録は必要なく、その町内の少年なら誰でも自由に参加できる。試合のルールは、こんな感じだ。

一、百枚の取り札（字札）を五十枚ずつに分け、それぞれのチームに渡す。

二、両チームは、その取り札をさらに十枚ずつ五人に分け、各人は分けられた取り札を三段に整列して自分の前に並べる。
三、試合開始前に十分間、並べられた互いの取り札の暗記時間が与えられる。
四、読み手が読み札（絵札）を読み、その取り札を取り合う。
五、自陣にある札を取った場合、その札は自身の横に置いて自陣から除外する。
六、相手のチームの札を取ったときは、自分のチームの札を一枚、敵陣の相手チームに渡すことができる。これを「送り札」という。
七、百枚の取り札の半分である五十枚が取り終わると試合終了となり、自陣に残る札が少ない方が勝ちとなる。

通常は、先に自陣の五十枚全部の札のなくなったチームの勝ちとなるが、近年、参加するチームが増え、試合時間の短縮のために半分である五十枚の札の取り合いで試合終了となった。

第一回戦の対戦相手は、町の北側の海岸沿いにある下浜町少年団で、ここには七枚の差を付けて勝つことができた。第一回戦の残り半分の四試合が行われている間、一時間ほどの時間があるので、少し早かったが昼食を取ることになった。試合は、開始前の準備時間の他は休みなく続けられるので、どこかの時点で食事を済ませる必要があった。母に作って貰ったおむすび弁当を食べながら、セイさんからの細かい作戦や注意事項の指摘に耳を傾ける。十二時半ころから第二回戦が始まった。新町組の対戦相手は達磨寺町で、これはなかなか手強い相手だと、セイさんから檄《げき》が飛ぶ。渡された取り札五十枚を並べて、出場する選手みんなで眺め、各人が自分の持ち札や得意とする歌の札を取っていく。残った札をセイさんがみんな

に配布し、各人が十枚の取り札を持ったかを確認した。ピー！と笛が鳴り、読み手の先生が、

「さあ、時間です。みんな位置について、取り札を並べてください！」

と、声を掛ける。今回は残念ながら、ヒロシの責任の持ち札は一枚も割り振られておらず、すべて敵陣にある。しかし、このひと月ほどの訓練で覚えた天智天皇の御製や、山部赤人《やまべのあかひと》の、

田子《たご》の浦に　うち出《い》でて見れば　白妙《しろたえ》の
富士の高嶺《たかね》に　雪は降りつつ

西行法師の歌、

嘆《なげ》けとて　月やは物を　思はする
かこち顔《がお》なる　わが涙かな

など、十分に自信のある取り札を五枚も、自分の前に並べることが出来た。ヒロシの前の敵陣に相対するのは、六年二組の島崎正彦で、これは油断のならない相手だった。噂では、二組の学業成績トップを誇る秀才との話。島崎との戦いは、互角だった。互いに四枚の札を取り合ったが、しかし、島崎のほうが上だった。彼は、ヒロシの隣に並んでいるマサ坊の前の自陣札を一枚奪っていて、マサ坊がしきりに悔しがっている。ただ、試合自体は新町組が二枚の僅差で勝利することができた。

勝ち残った四チームによる第三回戦の準決勝は、会場中央の二カ所で同時に開始された。負けたチー

ムの少年たちも多く残っていて、準決勝を見守っている。新町の少年たちや、教育熱心なマサ坊のお母さん、中田さんのお母さんも応援に来ていて、会場は大変な熱気に包まれていた。新町組の対戦相手は、味噌蔵町の先、町のほぼ中央にある湊町の少年団で、大会前にはそう注目されていなかった伏兵的存在だった。正月明けのこのひと月に、大変な訓練を重ねたものと思われた。セイさんが貰ってきた五十枚の取り札を並べ、みんなで自身の得意札を分け合っていく。札を見たヒロシは「ツキが廻ってきた」と感じた。自身の責任となる持ち札の、曽禰好忠と坂上是則、赤染衛門の三枚もの得意札が配られたのだ。他にも語呂合わせで覚えている札が三枚もあって、これら自陣に並べる取り札は、完全にものにできると思われた。ヒロシが着座すると、目の前の敵陣に相対したのは、意外な少年だった。一学級下の五年生・鶴田信二で、まさか年下が対戦相手になるとは思っていなかったのだ。これは、勝たねばならない！　上級生としてのプライドに掛けても勝たねばならない。彼がどれくらいの実力を持つのか、まったく情報はないが、なあに、年下の若造だ。難なくねじ伏せて見せねばなるまい。ヒロシはそう思った。鶴田は小柄な少年だが、神経質そうな白い顔に、大きな茶色縁のメガネを掛けている。試合開始前の十分間の暗記時間に、メガネの奥の目を見開き、床に並べられた取り札をじっと見渡している。両手を床について身を乗り出した姿は、何とも敏捷そうで、年下とはいえ油断はならない相手に見えてきた。敵陣の鶴田が並べた取り札に、寂蓮法師《じゃくれんほうし》の歌、

村雨《むらさめ》の　露もまだひぬ　まきの葉に
霧たちのぼる　秋の夕ぐれ

を見付けた。これは姉・幸代が好きな歌で、ぜひに覚えよと特訓してくれたものの一つだった。他にも数枚、敵陣の中に取れそうな札をヒロシは見つけた。何としても、年下の鶴田をひねり潰《つぶ》さねばならない。ヒロシは心のなかでそうつぶやいた。

試合が始まった。セイさんや義明さん、中田さんなど、中学生たちが札を取り合い、勝負は互角に進んだ。ヒロシの自陣前に並べた光孝天皇《こうこう》の御製、

君がため　はるの野に出《い》でて　若菜《わかな》つむ
わが衣手《ころもで》に　雪はふりつつ

は、順当に取ることができた。とはいえ、その時に鶴田の手がすっと伸びて来ていて、一瞬、危ういところだった。中腰に身体を浮かせる彼の姿は獲物を狙う草原のヒョウに似て、いかにも敏捷そうだった。されば、鶴田の前に並ぶ札をまずは奪い取って、相手の出鼻をへし折ってやらねばならないとの思いが、むらむらとヒロシの胸に湧き上がってくる。しかし、その気負いがいけなかった。敵陣の取り札に気を取られていたその時に、読み手の声が、「ゆらのとをー、わたるふなびと　かぢをたえー、……」と響き、その瞬間、鶴田の手がヒロシの目の前に、身体ごと飛ぶように伸びて来て、曽禰好忠の取り札は鶴田の手に奪われていったのだ。一瞬のことだった。ヒロシの最も得意とする持ち札で、軽々と取らねばならない札だった。ヒロシの頭にカーっと血が上り、それからの試合運びは無茶苦茶となった。敵陣の寂蓮法師の

札どころではなく、ヒロシの前に並ぶ自陣札も奪われ荒らされて、散々な始末となったのだ。その混乱ぶりは、隣に並ぶ健ちゃんにも伝わってしまい、ここも散々な負け戦となった。すべてはヒロシの責任だった。そして、この小学生二人の崩れで、新町組の敗戦となった。十枚もの差をつけられた大敗だった。試合後、みんなを集めてセイさんが、試合結果をこう講評する。

「みんな、ご苦労さん！　結果は負けだったが、まあ、こんなもんだと思うよ。……」

そして、しょげ返っているヒロシを見ながら、

「みんな、ようやった！　ヒロシ！　おまえもようやったよ。建造もマサ坊もようがんばった。……今年は誠一君が亡くなって、それにヨシさんもお父さんを亡くして、……いろんなことがあって、それでも、みんな、ようがんばったと思う。来年は、わしらは卒業していないが、来年こそは優勝できる、きっとそうなると思うよ。今日はご苦労さんでした。えーっと、……それじゃあ、今日はここで解散としますからね」

決勝戦は、優勝候補の通町と、湊町の間で行われたが、ヒロシはそれを見届ける気もせず、会場を後にした。ほろ苦い悔しさが、まだ胸に残っていて、宮腰往還を吹き抜ける海からの北風が、やけに冷たく感じられた。まだ夕刻には早かったが、冬の、今にも雪交じりの雨が振り出しそうなどんよりした曇り空で、すでに辺りには薄闇が漂い始めていた。

四

　毎年、二月の末になると、どの家でも「お雛さま」がお座敷に飾られる。旧暦に合わせて四月三日に雛祭りをする所もあるというが、この町では三月三日の「桃の節句」に雛祭りは行われた。広い座敷を持つ旧家では、そのまま雛壇を四月三日まで飾って一月以上も雛祭りをする家もあるというが、この町内にはそんな広い家は少なく、三月三日を過ぎれば早々に雛壇は片付けられた。この古い湊町では、江戸時代末ころからの北前船による船乗りや商家の繁栄を受けて、昔から雛祭りが盛んだった。町の古い民俗を伝える町誌には、こう記載されている。

「雛祭り。　俗に桃の節句、女子の節句と稱し今も猶ほ相應に行はる。等以上の家庭には雛人形をかざり御馳走を供えて雛祭りを行ふ。親戚知己に雛餅を配り、四五人の少女一團となりて雛壇を見歩く奇習あり」

　ここに書かれているように、三月三日の「桃の節句」を中心とする二週間ほどは、町内の女の子たちが最も華やぐ季節であった。女の子たちは赤く華やかな着物《べべ》を着せられ、四人、五人と誘い合って、雛壇が飾られた家々を訪ね廻った。迎え入れる家では甘酒を用意し、それに色鮮やかな彩《いろどり》のちらし寿司や蛤《はまぐり》の潮《うしお》汁《じる》、春野菜の煮物などを作ってもてなした。

　往古、平安貴族の子女の間で「ひいな遊び」と言われる人形遊びがあった。さらに、五節句の一つ「上《じょう》巳《し》の日」の三月三日に、紙で作った人形を流して厄災を祓う「流し雛《びな》」の風習があり、これらが合わさって「雛祭り」の原型となったという。当初は、男女一対の素朴な内裏雛を飾るだけのものであったが、江戸時代に入り、それまで主流の「立ち雛」から、装束を付けた一木造の「座り雛」が誕生する。そして、人形飾りの形式と、災厄を人形に身代りさせるという祭礼的意味合いから、身分の高い武家の嫁入り道具の一つに数えられるようになった。そのため、次第に華美で贅沢なものになり、雛人形は精巧さを増し、十《じゅう》二《に》単《ひとえ》の装束を着せた「元禄雛」、大型の「享保雛」などが作られた。江戸時代後期には「有職雛」とよばれる宮中の平安装束を正確に再現したものが現れ、さらに、江戸の人形師・原舟月が考案した「古今雛」と呼ばれる今日の雛人形につながるものが現れた。江戸時代末期には囃子《はやし》人形が現れ、官女《かんじょ》・随身《ずいしん》・仕丁《しちょう》などの添え人形も考案され、さらに人形を取り巻く雛飾りとして、嫁入り道具や台所の再現、様々な小道具、御殿や壇飾りなどが作られ、今日の雛壇の形となっていった。

三月一日の日曜日は、前日の穏やかな晴れとは打って変わり、朝から冷たい雨の降るあいにくの天気だった。それでもお昼には、近所の女の子たちがヒロシの家に来て、お雛祭りをするという。それを迎える主役、姉の幸代は朝から張り切っていて、母・キヨの雛祭り料理を手伝っている。朝方、仕事に出ていた長姉の美佐子も十一時ころには帰宅して、手伝いに加わった。母が前日に仕込んだ「干し椎茸の煮物」や「酢れんこん」「茹でた小エビ」、そして貴重な卵を使った「錦糸卵」などを酢飯に盛り付け、最後に鮮やかなピンク色をした「桜デンブ」も散らして、華やかなちらし寿司が大量に作られた。それに、丸芋やレンコンなどと「ヒロズ」（がんもどきの事を、この町ではこう呼んだ）を甘く煮た煮物や、ほうれん草やチンゲンサイなど春野菜の御浸《おひた》し、蛤の潮汁、それに父が置いていったカレイやタラなど魚の煮付けが、居間の卓袱台に所狭しと並べられた。

ヒロシの家の雛壇は五段で、緋毛氈《ひもうせん》を掛けて居間の奥の階段下の空間に設置されている。一番上の段に乗る内裏雛《だいりびな》が古くから伝わるもので、亡くなった爺さんが大正のころ買ってきたものという。他の添え人形も揃っていたのだが、戦中戦後の混乱の時代に二階天井の屋根裏にある物置場に長く放置され、ネズミに食い荒らされて失った。内裏雛だけが木箱に入っていて、難を免れたのだ。もう色褪せた繧繝縁《うんげんべり》の厚畳に座る男雛と女雛が一対で、男雛は束帯に冠、飾り太刀を付け、手には笏を持つ。女雛は十二単に頭には平額《ひらびたい》に釵子《さいし》櫛を付け、手には檜扇《ひおうぎ》を持っている。二段目には三人官女《さんにんかんじょ》が立っているが、これは母が手作りした厚紙の紙人形で、婦人雑誌のおまけに付いていたものを組み立てて作ったのだ。五人囃子《ごにんばやし》と随身の人形はなく、三段目には、中央に色鮮やかな「金花糖《きんかとう》」と呼ばれるお菓子が平らで大きな竹籠に飾られて置かれ、その左右に赤・白・緑が重なる菱餅が並ぶ。さらにその端には花屋さんで買ってきた桃の花や、庭で咲いた椿の赤い花などが花瓶に活けられている。

金花糖は、江戸時代末期の加賀藩十三代藩主前田斉泰《なりやす》のころから作られ始めた砂糖菓子で、鯛や蛤などの海鮮物、ナスや松茸などの野菜、さらに様々な果物など、縁起の良い物を模《かたど》って作られ、結婚式の引き出物や祝い事の席で飾られる。砂糖と水を銅鍋で煮詰めて作った水飴を専用の木型に入れて成形し、固まって出来た白い砂糖菓子に、赤や青、緑、黄色などの食紅を使って絵を描いて色鮮やかに作られる。この町の老舗のお菓子屋さんで買ってきたものだ。四段目には、右から竹箒《たけぼうき》、塵取《ちりとり》、熊手《くまで》を持った三人の従者の人形が置かれた。この仕丁の人形は、五年ほど前に父が金沢の街角で開かれていた青空市場で手に入れたもので、新聞紙に包まれ埃をかぶって無造作に売られていたという。五段目には、雛あられが大きな皿に盛って中央に置かれ、その横の左右に、姉たちが幼いころに遊んだままごと遊びの鏡台や茶道具、化粧箱などと、大小様々なお人形たちが、雛壇をはみ出すほどに並んで置かれている。

正午少し前ころから、近所の女の子たちが集まってきた。最初の来たのは幸代の同級生の銭海由美子で、妹の小学三年の智子を連れてきた。由美子は幸代とは幼いころより遊んだ最も親しい友人で、すぐに奥の流しに入って行って、

「おばさん、何かお手伝いすること、ありません？」

などと、母・キヨに明るく声を掛けている。弟の一利は、女の子の集まる雛祭りの席が恥ずかしいのか、お昼に少し遅れてやって来た。ヒロシの家の真向いの新川は、高校二年生の明美が中学二年の妹・裕子を連れて正午丁度に入ってきた。新川の家には二人の兄がいるが、中学を出るとすぐに家を出て働いている。正午を過ぎても、斜め向かいの千田加代子が来ないので、幸代が呼びに行った。今年は、例年になく豪華に雛祭りの料理やお菓子を用意しているが、それは、この冬に父親を亡くした加代子を慰め励ますためであった。加代子は、もともと口数の少ない内気そうな女の子だったが、父親を亡くした後は益々外に出て遊ぶことが少なくなり、近所の人々は心配していたのだ。

「みんな、いらっしゃい！　じゃあ、お雛祭り、始めましょうね。……さあ、幸代、この甘酒をみんなに配ってね。……さあ、さあ、……」

母が、そう声を掛け、女の子たちは卓袱台の上に並んだ白い湯飲み茶碗に甘酒を入れ、明るい歓声をあげながら飲み干している。それから、みんなは雛壇の前に並んで、雛祭りの歌「うれしいひなまつり」を歌い始めた。

あかりをつけましょ　ぼんぼりに
おはなをあげましょ　もものはな
ごにんばやしの　ふえたいこ
きょうはたのしい　ひなまつり　……

四番まですべて歌い終わると、雛祭りのご馳走を頂く時間となった。そのころには加代子も打ち解けてきて、少し青みを帯びた白い顔にほんのりと赤みが差してきている。その時を待っていたように、銭海一利がヒロシの家にやって来た。たくさんの女の子たちの集団に圧倒され、少し離れた場所で座って見ていたヒロシも、それを機に一利と一緒に食卓に向かった。丸い卓袱台の横にさらに平机を並べた雛祭り料理の食卓は、色鮮やかに豪華に並べられ、腹を空かせていたヒロシの食欲をそそる。

「ヒロシ！　そんなにガツガツして食べないの！」

長姉の美佐子から、叱責の声が飛ぶほどに、ヒロシは取り分けられたご馳走にガツガツ齧り付いていた。朝から母も姉たちも雛祭りの準備に追われ、ヒロシには目もくれなかったので、しっかりとした朝食にありつけず、その空腹は限界に来ていたのだ。お昼の雛祭りの宴《うたげ》が終わり、最後に町のお菓子屋さんで買った生菓子が振舞われた。粒餡を薄紅色の皮と桜葉で巻いた「さくら餅」、蓬《よもぎ》で若草色に色付けした焼皮で粒餡を巻いた「ふくさ」、それに薄茶がかった黄色の丸い「栗きんとん」で、滅多に目にすることない甘い生菓子に女の子たちがまたまた歓声を上げた。みんなは、迷いながらその内の一つを口にし、残りのお菓子は白い紙に包んでいる。これからさらに夕刻まで、町内の雛壇を飾る家を二、三軒、みんなで見て廻るという。一番年長の明美や幸代に率いられた一団は、賑やかにヒロシの家を出て行った。加代子もすっかり元気になって、笑い声を立てながらみんなに付いて行く。それを見送る母・キヨも美佐子も、満足の笑みを浮かべ嬉しそうだ。

毎年、三月三日の桃の節句の当日は、銭海の家の雛祭りに近所の女の子たちが集まるのが常だった。それは、銭海の家の雛人形と雛壇が、近隣の家々のものとは格段に違う大きさと豪華さを持っていたからだ。間口が二間半ほどの小さな銭海の家の、玄関を入った居間の奥にある八畳の客間に雛壇は飾られる。その雛壇と雛人形は、ヒロシの家のものより二回りも三回りも大きく、江戸時代末にこの家の先祖が残したものという。その七段飾りの雛壇の高さは、子供たちが下から見上げれば、もう天井に届くかに見えるほどだった。雛壇の大きさも八畳の客間の半分以上を占める広さで、子供たち五、六人が前に座れば、それだけで客間一杯になってしまうほどだ。その年の三月三日は、先日までの雨模様の曇り空がようやく明るい白みを帯びてきて、学校から帰るころには薄日が射し始めていた。幸代がすでに家にいて、銭海の家に雛祭りに行くと言う。

「鞄を置いたら、すぐ出るのよ！　そのままでいいから、そのままで。……もう、みんな待ってるのよ。急いで！」

幸代はもう玄関に出て待っていて、手招きしている。雛祭りにそう興味はなかったヒロシだが、たぶん出されるであろう甘いお菓子には、十分な関心があった。銭海の家に入ると、もう多くの近所の女の子たちが客間の座敷に座っていて、ヒロシは玄関を上がった六畳の居間の片隅に座った。客間となる八畳間は五人の女の子で一杯となり、残り三人はその居間から雛壇を眺めている。それにしても大きな雛飾りだった。普段は、この客間で銭海のお父さんお母さんは寝起きするのだが、雛祭りの期間は雛壇に占拠されて、二人とも二階の子供部屋に移動する。そのため、雛壇が飾られるのはせいぜい一週間ほどで、早々に雛飾りは大切に片付けられる。

銭海のお父さんは加賀友禅の腕の良い染物職人だった。加賀友禅は、京友禅の創始者である宮崎友禅斎が、晩年の正徳二（一七一二）年に故郷である金沢（能登国穴水の出身との説もある）に帰り、加賀藩御用の紺屋棟取であった太郎田屋に於いて、それまでの加賀御国染に大胆な意匠を持ち込んで確立した。加賀五彩（藍《あい》、臙脂《えんじ》、草、黄土、古代紫）と呼ばれる艶麗な色彩が特色で、デザインの意匠から始まり、下絵・糊置・彩色・中埋・地染・蒸し・水洗・仕上と、細かく言えば十五ほどの工程を経て加賀友禅は作られる。殊に下絵に使った青花や糸目糊、中埋め糊などを洗い流す「友禅流し」の工程は重要で、この水洗の作業は浅野川の流れを利用する。この時、川の水が冷たいほど繊維が締まって色の染め上げが良く、この「友禅流し」の作業は冬場に最盛期を迎えることになる。そのため、染物職人である銭海のお父さんは、この時期には仕事が忙しくて家を留守にすることが多く、この日も不在だった。銭海のお母さんが用意した甘酒や雛菓子を、女の子たちが歓声を上げて食べ始めた時、ヒロシは客間に入って、ゆっくりと雛飾りを見定めた。これまではあまり関心はなく、ゆっくり見たことはなかったのだ。奥の背戸の庭から障子戸を通して入り込む淡い光を背景に、天井の裸電球に照らされて、雛人形たちは古錆びた色彩で並んで座っている。それは、見れば見るほど豪華で大きく手の込んだ作りの雛人形で、子供心にも、これを作った人形職人の繊細な腕の冴えが伝わってくる。

まず、最上段の内裏雛の背後には、色褪せてはいるが、金箔地に松や鶴が描かれた大和絵の雛屏風がおかれ、繧繝縁《うんげんべり》の厚畳に座る男雛は束帯に冠、手には笏を持つ。殊に女雛が豪華で、その十二単の衣装は緑の唐衣《からぎぬ》の下に白地の表衣《うわぎ》と打衣《うちきぬ》、その下に赤紅色の五衣《いつつぎぬ》と単衣《ひとえ》、さらに緋色の鮮やかな長袴《ちょうばかま》を履く。それら衣装の絹地のすべてに細かな刺繍が施されている。大垂髪《おすべらかし》の頭に乗るのは、なんとも大きく重たげな金色に輝く天冠で、唐草模様の透し彫の中央に日輪や鳳凰《ほうおう》の立て物が重なり、左右に瓔珞《ようらく》と呼ばれる長い飾りの鎖が垂れている。二段目には三人官女が並ぶ。もう傷んで黄ばんではいるが、白い小袖に緋色の長袴を履き、中央に座る官女は三方、右手は長柄《ながえ》、左手は提子《ひさげ》を持ち、各女官の間に高杯《たかつき》が置かれている。三段目には五人囃子が座る。能のお囃子《はやし》を奏でる五人の楽人で、向かって右から謡《うたい》・笛・小鼓《こつづみ》・大鼓《おおつづみ》、そして太鼓《たいこ》の順で並んでいる。禿頭《かむろ》の五人の子供たちは辛子色の着物、萌黄色の袴を履き、その衣装は傷んで黒ずんでしまっているが、よく見るとこれにも見事な刺繍が施されている。四段目の左右には随身が置かれ、右手に年配者の左大臣、左手に右大臣の若武者が座っている。左大臣は藍鉄《あいてつ》色と見える闕腋袍《けってきのほう》を着た左近衛中将《さこんのちゅうじょう》、右大臣は臙脂《えんじ》の闕腋袍を着た右近衛少将《うこんのしょうしょう》で、共に頭に巻纓冠《けんえいかん》を冠り、耳に緌《おいかけ》を付け、腰に儀《ぎ》仗《じょう》の剣を佩き、手に儀仗の弓を持って矢を入れた胡簶《やなぐい》を背負っている。五段目に並ぶのは仕丁で、共に浅《うす》黄《き》色の着物に白袴姿で、右から立傘《たてがさ》・沓台《くつだい》・台笠《だいがさ》を持つ。怒り、泣き、笑いの表情で作られていて三人上《じょう》戸《ご》とも俗称されるというが、この人形たちはそう楽しい顔には見えなかった。六段目には、大名格の武家の嫁入り道具を模した箪笥《たんす》・長持《ながもち》・挟箱《はさみばこ》・鏡台《きょうだい》・針箱《はりばこ》・火鉢《ひばち》などの雛道具が置かれ、七段目は中央に重箱、左右に御駕篭《おかご》と御所車《ごしょぐるま》が置かれている。いずれも、黒漆塗りに牡丹唐草《ぼたんからくさ》などの蒔絵を施し、細かい細工の金具が取り付けられている。これら豪壮な雛人形や雛飾りは、すでに光沢は失せてすべてに黒ずんではいるが、その鈍い輝きの中に、百年に及ぶ長い年月を経た重厚な存在感を漂わせていた。

飾られていた雛あられや生菓子を食べながら、女友達たちと楽し気にお喋《しゃべ》りする幸代を残し、ヒロシは早々に銭海の家から引き揚げてきた。お土産にもらったお菓子を母に見せながら、熱いお茶で母と一緒にそれを頂いた。それは、隣町・松任のあんころ餅で、「お母ちゃんと一緒に食べてね」と、竹皮で包まれた一袋を銭海のお母さんが持たせてくれたのだ。そのこし餡の丸く小さなあんころ餅を食べながら、ずっと以前から疑問に思っていたことを、母に聞いてみた。

「ねえ、母ちゃん、何で銭海の家に、あんなでかい雛飾りがあるの？　座敷一杯になる、でっかい雛飾り。……でっか過ぎるよね？」

しばらく考えていた母が、こう答えた。

「ヒロシね。あの雛飾りは、銭海の家のご先祖さんが残していったものなの。……大野の町との境の所の、小学校の近くに、ちっちゃな公園があるでしょう？」

「うん、知ってる。時々、あそこで遊ぶよ」

「あの公園の真ん中に、大きな高い銅像が立ってるでしょう？　あの銅像の方が、銭海の家のご先祖さんなのよ。……もうずっと大昔、百年以上も昔なんだけど。大変な偉い人で、町の人がみんなで、あの銅像を立てたくらい偉い人だったの」

宮腰小学校の左手の松林の中に、そこだけがポツンと切り開かれた小さな公園があった。その松の木々に囲われた砂地の真ん中に、見上げる高さの巨大な銅像が立っている。四隅を丸くした方形で高く積み上げられた御影石の台座の上に、緑青《ろくしょう》の鈍い錆色を浮かせて、巨大な男の銅像が海を見詰めてすっくと立っている。その男は、航海用の外套を着て懐に算盤を入れ、後ろ手には望遠鏡を持っている。その外套の立てた襟の上に乗る顔は、眉が大きく盛り上がり眼窩が深く窪んでいて、太い鼻筋に意志的な口元を結んで、目は北の海へ、遠くロシア・樺太に向けて、背筋をピンと伸ばしてすっくと立っているのだ。男は幕末のころ、加賀藩の御用商人として北前船を駆使し、北は樺太・山丹《さんたん》から、南は琉球、香港・厦門《アモイ》まで、日本周辺の全国全ての海を股にかけて交易をし、巨万の富を築き上げたのだ。ただ、その晩年、河北潟の干拓事業の工事に於いて地元民の反発を受け、加賀藩の手によって投獄されて、嘉永五（一八五二）年旧暦十一月二十一日、極寒の牢内で獄死する。享年八十歳。その死を悼んだ町民が、昭和八（一九三三）年に、総工費一万一千六百円の大金を投じて造営したのが、この銅像なのだ。

　しばらく黙って考えていた母が、口を継いでこう語る。

「ヒロシ、あのね。この町の家には、みんなその家の伝説があるの。どんな路地裏の小さな家でもね、昔は、本町筋に大きな店を構えていたことがあったんだって、そんな言い伝えを持っているのよ。……母ちゃんは、それは本当のことだと思うの。ここは大昔からの商人の町だからね。商売って言うのはね、浮き沈みがあるの。何代も続いて栄え続けてるなんて、ないのよ。……甘やかされて育って、世間知らずの商売の下手な人が出りゃあ、明日にもその店は潰《つぶ》れるし、少しでも才覚があって、夜も寝ずに働く人が出りゃあ、やがて、本町筋の大通りに大きな店を構える家になる。……家が衰えて、店が潰れるのはあっと言う間のことよ。……母ちゃん、何度も見てきた。ある日突然夜逃げして、翌朝に借金取りが大勢やって来て取り付け騒ぎになって、あっと言う間に家がなくなるの。周りの人はあっけにとられて、びっくりするだけ。……」

それからヒロシに向かい、改まった口調でこう言うのだ。

「ヒロシ、人間はね、たとえ今が貧乏で貧しい生活だといっても、それを惨めだって卑下することなんかないのよ。いっぱい働いて努力すりゃあ、いつかは運が向いてきて成功する日が来るんだから。……反対にね、成功したからといって、大きな家のお金持ちになったからといって、有頂天に浮かれてはだめよ。そんな成金のような人は、他人様を見下すようになるの。そんな人の家はね、やがては失敗するからね。そんな人は、世間様が許さない。世間様はね、みんな、よーく見ているんよ」

やがて、幸代が帰ってきた。

「幸代、お帰り。……お雛祭りの日なんだから、飾ってる金華糖、食べようか？　真ん中の大きな鯛は残しておいて、お雛さんを片付ける今度の日曜日に食べるけど、他の果物なんかの金華糖を食べましょうよ」

と、母が言う。

「わあー、嬉しい！　いいの？　もう食べて？」

幸代は雛壇の三段目に飾られている竹籠に入れられた金花糖の内、真ん中にでんと座る赤く大きな鯛を残し、ピンクに彩色された蛤と青紫色のブドウ、それに緑の葉を付けた薄桃色の桃の実の金華糖を取り上げた。卓袱台の上に新聞紙を広げ、母が木槌を持ってくる。

「なんか、壊すのもったいないわね。美佐ちゃんの分、取って置きましょうね」

と、幸代がはしゃぎながら、母の手元を見ている。確かに、透き通るような白い砂糖菓子の上に鮮やかな色彩で彩色された金華糖は、木槌で叩き割るには勿体ないような美しさだ。まず、実を青紫色で彩色されたブドウの金華糖が割られ、その破片を取り分けて口に入れる。その金属質の硬い食感の破片は、すぐに口の中で溶け始め、なんとも甘い砂糖の味が口いっぱいに広がってくる。まだ甘さが貴重だった時代で、砂糖そのものが高価で貴重な品物だったのだ。

数日後の三月初旬に、石川県下の公立高校の入学試験が行われた。去年七月末、一学期が終わったころに、父から高校進学の許しを得た幸代は、高校入試に向け懸命に勉強してきていた。向かいの銭海由美子も、金沢の商業高校を受験するといい、仲の良い二人は、参考書で教え合うなど助け合いながら受験準備を進めてきたのだ。入学試験の当日は二人そろって出かけたが、母親たちは宮腰電車の停車場まで心配げに見送りに行ったのだ。三月中旬に合格発表があり、二人とも無事に合格することができた。この町内では、セイさんが、県下一番の進学校に合格している。この人の場合は、殊更に受験勉強するとかがんばるとかいう雰囲気ではなく、常に変わらず新町組少年団の世話をし、自ら率先して行動する日々だった。高校受験などは単なる通過点であって、周りの誰もが宮腰中学校随一の秀才である彼の高校受験など、心配すらしていなかったのだ。心配されていた千田のヨシさんは、中学校の先生方の奔走や周囲の人々の援助があって、県立工業高校定時制の機械科に入学することになった。昼間は町の鉄工所で働き、夜間に学校へ通い勉強するという。

春休みが始まった三月二十五日の午前十時に、セイさんの呼び掛けで新町組少年団の全員がクラブ小屋に集まった。前日まで曇り空の日が続いていたが、この日は朝から快晴で、日和山を吹き超えてくる海風も、春の気配の柔らかさであった。もうすぐ、町外れを流れる伏木川の土手の桜も満開の花を咲かせる季節であった。クラブ小屋の板の間の前列には小学一年の金田一郎や斎藤明、小二の飯塚義則など低学年の子供たちが並び、中学生たちは全員、正面の壁際に立っている。父親が亡くなり、自身のことや家族のことなどで忙しかったのであろう、しばらく姿を見せなかったヨシさんも、元気な笑顔で参加している。団長のセイさんが、別れの挨拶に立った。

「みんな、おはよう！　早いもんで、ワシが少年団の団長になってから、もう一年が経ってしまいました。そして、残念なことに、去年の秋に、竹田誠一君が交通事故で亡くなってしまいました。それで、みんなで誠一君を偲んで黙祷をしたいと思います。……黙祷！」

少年たちはみんな座り直し、頭を下げて目を瞑った。一分ほどの静寂の時間が過ぎていく。みんな、明るく利発で、何事にも沈着で思慮深かった誠一さんを思い出し、思い出せばまた、彼がここに居ないことが信じられなくなるのだった。黙祷が終わり、セイさんが口を継いで話し始めた。

「この一年の少年団の活動は、例年通りにやれたと思います。いや、いつもの年より多く、いろんなことをしたんじゃないかと思います。そのいろんな活動に、みんな、良く一緒にやってきてくれました。ありがとう！　本当にありがとう！　それで、ワシとヨシさんは、今日で卒業します。ヨシさん、何か一言、お願いします」

「えーっと、みんな、お世話になりました。本当にありがとうの一言です。ありがとう」

ヨシさんは簡潔に一言を終え、セイさんが最後となる引継ぎの言葉を述べた。

「それでは、来年のことですが、来年は三人の小学一年生が少年団に加わる予定です。女の子の方も二人いるそうです。……それで、みんなが賛成してくれれば、来年度の団長を中田勇君にお願いしたと思います。……それでは、賛成してくれる人は拍手してください。……えーっと、それでは、みんなが全員拍手してくれたので、中田勇君を来年度の団長とします。それじゃあ、勇、ここに来て、挨拶して！」

みんなからの大きな拍手を受け、頬を少し紅潮させて中田さんが挨拶に立った。

「みんな、来年の団長をやることになりました。中田です。今田義明君と相談しながら一緒にやります。……やる行事の予定は、いつもの年と同じだと思いますが、今田君と相談して決めます。……それで、いつものように、四月一日の午前十時に日和山に集ってください。いつもの年のように、新しい一年生の歓迎式をします。……あッ！　そうだ、今年と同じに、みんなへの伝令役は泉野晋弥君にお願いします。晋ちゃん、新しい一年生への連絡、お願いしますね」

正午少し前に、昭和三十三年度の最後となる新町組少年団の集会は終わった。クラブ小屋から出ると、外は快晴で、ヒロシは健ちゃんとマサ坊を誘って日和山へ上って行った。海から吹く風は、もう春の風であったが、それでも春の日差しのもと、紺碧に輝く日本海の海原からは、大きなうねりの白波が浜辺に打ち寄せている。ヒロシは四月からは中学生となる。もう、母が町の洋服屋さんから中学校の制服を買ってくれていた。白いセルロイドのカラーを付けた詰襟の「東郷印」の学生服は、すでに部屋の壁に吊り下げられている。身体が大きくなっても着られるようにと、だぶだぶに大きな学生服だが、新品が買ってもらえるとは思っていなかった。今年は、姉の幸代が金沢の高校に入学するので、大変な出費となるはずだった。母が、近所の家か、親しい友人に声を掛け、中学校の制服のお古を手に入れてくると思っていたのだ。

ヒロシは、健ちゃんとマサ坊に声を掛け、日和山から波打ち際に向かって砂浜を駆け下って行った。新しい生活が始まる。中学生となるのだ。もう小学校の子供なんかじゃあないのだ。もう一人前の大人に近

いんだと胸を張って叫びたい！　そんな気持ちが湧き上がってくる。そして、ヒロシたち三人は波打ち際に並び、海に向かって、

「オーッ、オーッ」

と、大きな叫び声をあげた。声は海の波音に吸い込まれ、叫んだ口からは海から吹く春の冷たく澄んだ潮風が吸い込まれ、それは胸の中一杯に広がっていった。

完

「令和」への改元を前に、もう歴史のかなたに消える「昭和」の時代をなつかしみつつ、その時代を生きたすべての人々にささげる。

著者略歴

1946（昭和 21）年、石川県金沢市生まれ。1971（昭和 46）年、早稲田大学理工学部卒業。大手化学メーカーに勤務しプラント建設や建設資材の研究開発を担当する。その後、建設コンサルタントに転じ、東南アジアを中心に、下水道や環境関係のインフラ整備に関する調査・計画・設計に従事した。著書に『四国遍路日誌』（梧桐書院）がある。

1958 新町組少年団《しんまちぐみしょうねんだん》

2019 年 5 月 1 日　第 1 刷発行

著　者── 袴《はかま》　克《かつ》明《あき》
©Katsuaki Hakama 2019, Printed in Japan
発行者── 能登健太朗
発行所── 能登印刷出版部
https://www.notoinsatu.co.jp
石川県金沢市武蔵町 7 番 10 号　郵便番号 920-0855
電話 076 - 222 - 4595

装丁── 松尾礼子（能登印刷株式会社）
印刷・製本所── 株式会社ダイヤモンド・グラフィック社

本書を無断で複写複製（コピー）することは、著作権法上の例外を除き、禁じられています。
落丁本・乱丁本は小社にてお取り替えします。

ISBN978 - 4 - 89010 - 746 - 9